元宇宙边界

星河凌晨 陈虹羽 ◎ 著

北京理工大学出版社
BEIJING INSTITUTE OF TECHNOLOGY PRESS

版权专有　侵权必究

图书在版编目（CIP）数据

元宇宙：边界 / 星河，凌晨，陈虹羽著. -- 北京：北京理工大学出版社，2022.10

ISBN 978-7-5763-1652-0

Ⅰ.①元… Ⅱ.①星… ②凌… ③陈… Ⅲ.①幻想小说-小说集-中国-当代 Ⅳ.①I247.7

中国版本图书馆CIP数据核字(2022)第157541号

出版发行 /	北京理工大学出版社有限责任公司
社　　址 /	北京市海淀区中关村南大街5号
邮　　编 /	100081
电　　话 /	（010）68914775（总编室）
	（010）82562903（教材售后服务热线）
	（010）68944723（其他图书服务热线）
网　　址 /	http：//www.bitpress.com.cn
经　　销 /	全国各地新华书店
印　　刷 /	天津久佳雅创印刷有限公司
开　　本 /	710毫米×1000毫米　1 / 16
印　　张 /	18
字　　数 /	238千字
版　　次 /	2022年10月第1版　2022年10月第1次印刷
定　　价 /	49.80元

责任编辑 / 封　雪
文案编辑 / 毛慧佳
责任校对 / 刘亚男
责任印制 / 边心超

图书出现印装质量问题，请拨打售后服务热线，本社负责调换

目 录
Contents

- 待我迟暮之年...凌　晨...001
  - 2044年春节旧事...夏　笳...025
- 1042...简　妮...051
  - 决斗在网络...星　河...079
- 戒指...马光梨...109
  - 宠爱计划...廖舒波...119
- 边界...陈虹羽...139
  - 人人都爱查尔斯...宝　树...161
- 迭代升级...肖子豪...219
  - 共享躯壳...天降龙虾...255
- 真爱乌托邦...宝　树...267
  - 消失的狐仙大人...苏　民...277

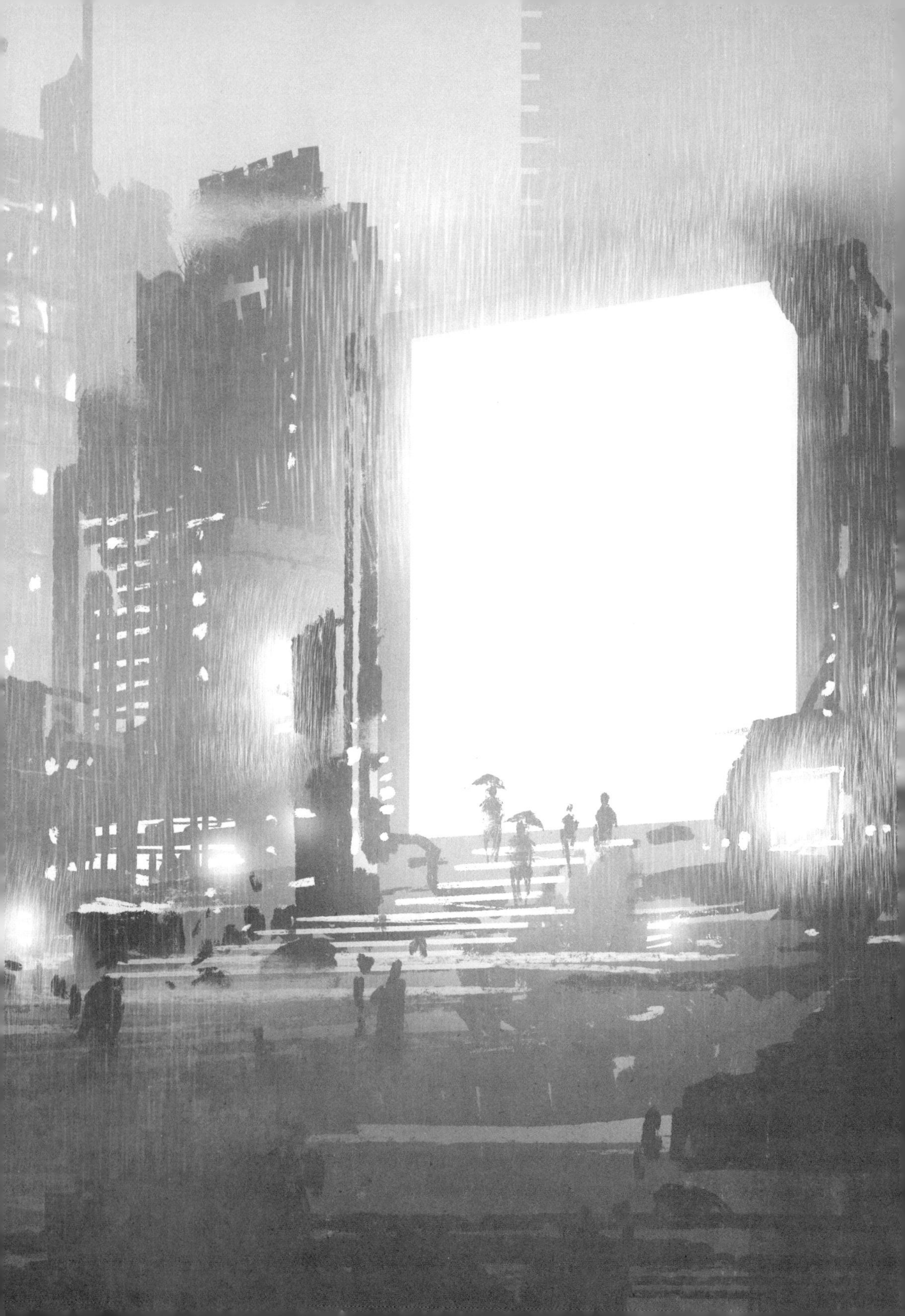

待我迟暮之年

…凌　晨

越往上飞，雨越小了。云层上面，是晴朗的碧空。前路还无比漫长。待我迟暮之年，不知那是何年。

葬礼

唢呐刺耳干燥的声音突然停住，小锣"砰——砰——"敲响，一旁的黑衣道人面无表情地喊："孝子贤孙，拜！"

周围的亲戚"哗啦啦"跪下了一片。舅舅、舅妈在我前面，恭恭敬敬两膝着地，头"咚咚"敲在水泥地上。我却需要使劲儿才能跪下去，腹部的肥肉压住大腿，头好不容易弯到能接触地面的程度，脖子却几乎要断了。时间瞬息凝滞，大脑中一片空白，我忘记了为什么会在这里，只看见舅舅、舅妈白布孝衣上的汗渍在不断增加，渐渐地形成了一张印象派立体油画。

"起！"道士终于给出指令。我立刻起身，大腿发抖，小腿抽筋，沉重的身躯不由得晃了晃。

身后的表妹马上扶住我，温柔询问："你没事吧？"

"没事没事，就是有些晕。"我回答，软绵绵靠到她身上。

表妹抱怨："一定是不吃早饭搞的，唉，你饿坏了吧？"

我点头，我的饭量不用声明，看我膀大腰圆的样子就明白了。表妹把我从孝子贤孙中拉出，扯到一边的角落里。

"这不好吧？仪式还没完，"我抗议，"我还得抬棺……"

"你抬得了吗？虚成这样还嘴硬。"表妹掀开地上一个箩筐的盖布，露出一堆雪白的馒头，口气说不上是同情还是鄙夷的："真用不上你！"

于是，我就坐在角落中一边啃馒头一边观摩整个葬礼，看着舅舅、舅妈以及其他亲友哭灵、转灵、起灵。祭香一把把焚烧，倾倒在灵位前。黑色灵牌上"郑公再阳先父之灵位"的白色字迹，逐渐淹没在烟雾缭绕之中。每一位拜灵人鞠躬或者叩头时，两旁的哭灵人会陪送上最真挚的号啕大哭，涕泪横流，仿佛死者真是他们的至爱亲朋。

当然不会是，这个我最清楚。因为请哭灵人的钱归我出。"一定要全乡最好的哭灵的，就花这点钱，大壮你不能舍不得。"舅妈再三叮嘱，"外公生前最疼你了。"

哭灵人很对得起我的钱包，哭得相当有声有色。他们加剧了整个葬礼的仪式感，以及，程式化。

对的，我吞咽下第五个馒头的时候，终于找到了形容这场葬礼的关键词——程式化。一个上午就搭建出来的宽大丧棚，有些污渍的供桌香炉白幡拜垫，做工粗糙的麻布丧衣和黑纱袖标，堆满过道的花圈和全套纸活（就是阴宅用到的那些东西，别墅、豪车、高档家具、电器，全是纸糊的），都带着"毫无差别"的得意劲儿，在道士那不知道吟诵了多少遍的经文中，迎接着它们的又一拨使用者。葬礼的每一个步骤，来宾们都心知肚明，他们只是这场程序的编码，虽然厌倦与疲惫，但也要将程序一丝不苟地运行到结束。至于那个牌位上的名字，写成谁都没有关系，真的，换成我的名字也丝毫没有违和感——所不同的，无非是我老婆和儿子站在舅舅、舅妈的位置上而已。

我不由得哆嗦，后脊背蹿上来一股子凉气，仿佛已经看到那一天，在烟熏火燎的我的灵牌前，我老婆和儿子听着道士的口令下跪磕头。哭灵人在他们身边啜泣，流泪，竭力表演哀伤，尽管葬礼之前和之后都不会听说过我的名字。

"虚伪！"有人凑近我，递给我一支香烟，"真虚伪。你知道老爷子怎么死的吗？"

看看来人的脸，我应该见过他，但我想不起他是谁。

"大壮，我也算看着你长大的了。你外公老拿你照片给我看。哦，我是你外公的老邻居。你小时候常到我家来玩。"来人喋喋不休。

到那一天，也会有人这样对我儿子说，我看你长大，节哀，死者已去，生活还要继续。

我这个人的存在感，只有在葬礼上才能达到顶峰。我葬礼的视频和我的生平介绍，会永远占据网络灵堂中的几个位置。当我被投入火化炉的时候，我葬礼的实况视频下面会有许多ID留言，也会引来一些小广告。留言内容无非是"人生无常，且行且珍惜"这类心灵鸡汤，还会有若干同学发小回忆我的糗事趣闻；我暗恋的姑娘和曾经痴爱过我的姑娘也会相遇，相互感叹青春易逝爱情易伤。

邻居在我眼前晃晃他的手掌："大壮，你发什么傻啊！你外公是自杀的。"

唢呐声陡然拔起，形成一片嘈杂的声浪，道士的诵经声淹没在声浪之中。表弟捧着灵位向外走，十六个中青年男子抬棺跟在后面，压阵的是包括舅舅、舅妈等亲戚的送灵队伍。我觉得是我给足了报酬，今天的送灵队伍才超过了百人，十分风光体面。甚至舅妈将丧宴设在了很远的火化场那边的酒庄，也没有人反对。但表妹坚持认为这是外公人缘好，大家愿意送他。

"你外公和你舅妈吵架了。"邻居很生气他的八卦不能得到我的响应，"都九十多岁的人了，还这么较真。"

表妹在送灵队伍中招手，我急忙抛下邻居跑过去。表妹一脸黑线，"你别听人胡勒勒，"她严厉地说，"我们家五年前就进城了，爷爷不肯去，我妈一动员，爷爷就和我妈急。我们明年移民加拿大，说好春节全家都回来陪他过，谁承想他就去了呢。"

我说："是，是，我当然信你的话。"

表妹轻轻叹气："爷爷老了，特别顽固，好多理儿跟他说不通。"

七年前我回乡看过外公，八十五岁的人还下地干活儿，种两亩菜地，喂两头山猪。他爱吃红烧肉，抽最便宜的红梅，还老骂给他洗衣做饭的婆娘偷他钱。

"那个婆娘去哪儿了？给外公做饭的那个。"我问。

表妹撇嘴："四年前就走了。爷爷不肯给她名分，防她又紧，她好没意思。"

我望望那惨白一片的送灵人群，"她来了吗？"

表妹难得笑了："她来干什么？分遗产？爷爷银行里就存了五万元钱，给自己做葬礼的。你看到那个穿黑西服的秃子了吗？那是银行派来的律师，监督我们财务开支的。"

秃子我认识，他找我谈了外公的遗嘱。外公把身后事安排得很周全，给舅舅、舅妈留出了自己的丧葬费五万元。按照村子里办丧葬费的平均水准，够用了，舅舅他们还有吊唁金可以贴补，说不定还有结余。外公的老宅和地都给了我妈妈。因为妈妈去世得早，我便成了外公实产的继承者。除此之外，外公就再无值钱之物可以传承了。

我的遗嘱不可能像外公的这么简单，现金、股票、房子和车子这些都好办，老婆孩子全拿走；衣服鞋帽可以捐献；但我的手机号码、我的网络社交账号和我的游戏通用账号得仔细分配，给谁不给谁都有可能在网络中掀起风浪，得到的是天上掉馅饼，得不到的会羡慕嫉妒恨，总之都会给别人带来麻烦；还有我的西马诺全套钓鱼工具、骆驼的野营装备、四万多本藏书、超过三百瓶的红酒、白酒和一柜子雪茄，这些老婆孩子欣赏不了也用不上的东西，最好由我来处理，免得暴殄天物。

我的那条老狗，从出生就和我在一起，仿佛是我的影子。没有我它活不下去，我应该给它准备墓穴，或者就葬在我的身旁，到天堂也一路陪伴。

我很久前就买了墓地，在北郊山区陵园的高处，买时种下的国槐已经浓荫如盖。盛夏花开，黄绿的花瓣撒落我的墓碑，我的生命与大自然相比如惊鸿一般短暂，却能像夏花一样绚烂，我将俯瞰城市的生长和衰落。我的墓碑上要刻下这样的字句："人终有一死，活着并不是为了不朽，而是为了创造不朽。"

葬礼余下的时光，我就在幻想中度过，我未来的葬礼和外公现实的葬礼混淆在一起。当棺材停到火化场，包裹得像个粽子一样的外公被人从棺材中请出时，我分明觉得粽子壳里包着的是我，火化炉蓝色的火苗吞噬的是我，骨灰盒中装着的那捧骨灰也是我的。我恍恍惚惚，不知自己所处何地，所在何时。

"你信不信，我很爱父亲。"舅舅端着酒杯走到我面前说。我才明白我正在丧礼的酒宴上，一脸冷漠，满眼迷离。

"我信我信。"我赶紧说。

"他不愿意和我们住在一起，这能怪我吗？"舅舅委屈，"我们总不能为了他，到乡下来住吧。我又不是不管他。我们移民后，我要送他到最好的养老院去，他就不会感到寂寞、孤独了。"

于是外公沐浴更衣，梳理好雪白的头发，端端正正坐在堂屋中间，一边火盆里烧着纸钱，一边喝下半瓶农药。纸钱才烧了一半，外公就躺在地上不省人事了。邻居发现时，他已经没有了气息。

"他很久以前就开始计划自杀了。"邻居说。"他怕将来死了，孩子们回不来，连纸钱都没法子买给他。现在死，你们都能回来给他办丧事，还很体面。"

待我迟暮之年，我将托谁处理我失去活力的身体，将我送去火化，将我的骨灰安葬？

非我是我

电梯里一尘不染，金属四壁光洁如新。站在我对面的男子同样干净齐整，白色外套上连个褶皱都没有。他安静地看着我。

"杜老最近忙吗？"我没话找话说，男子眼睛里十分空洞，拒人千里的表情让我不舒服。

"十分忙。"男子说。虽然他没有表情，但我总觉得他的眼神分明是在说"因为像你这样的无聊之人太多了。"

"哦，他约我来的，否则，他这么忙也不好打扰他。"我讨厌男子僵硬的姿态，分明有一种居高临下的鄙视。

"你准备好了就行。"男子说。电梯停了。缓缓打开的门外，是同样一尘不染的走廊。淡灰色的墙壁，柔和的灯光，舒适的温度，一起平息着来宾躁动的情绪，坦然接受自己选择的命运。男子大踏步向走廊深处走去，我急忙小跑着跟上他。

我们路过走廊两侧的无数扇门，它们都是一模一样的米白色，紧紧关闭，没有号码没有铭牌，绝不透露出门内的任何信息。男子终于在一扇门前停下，手掌贴住门把手，门上的密码锁亮了，男子便很轻松地开了门。

杜老正趴在地上做青蛙匍匐状。

男子说："李大壮先生来了。"

杜老抬头看我。我轻舒一口气，松弛下来。

杜老问："他令你紧张？"目光指向男子。

"是。好像我要做一件见不得人的事。"我说，四下环顾。房间里有各种各样的沙发，还有柔软的地毯，根雕的茶台，一张古朴的办公桌。桌子上有台灯、文件夹、地球仪、纠缠成团的数据线、文具盒、几张显示屏，等等。总之，这就是一个杂乱不堪但能随手拿到自己想要的东西的地方，这太像我那间用车库改造的书房了，甚至地毯上都有难看的深色茶渍。我顿时对杜老有了难言的亲近感。

"确实，这事不适合新闻曝光。"杜老说，见我神态好奇，便起身，指指那些堆积杂乱的物品，"这些都是他们送我的纪念品。"他笑，拿起手边一个水晶杯，"这杯子见证了一段传奇的婚姻，它的主人放弃了维护婚姻的义务，也放弃了它。"

我接过杯子。杯子沉重，雕花精美，但边缘已经破损，表明它并没有得到应有的呵护。

"这个，"杜老从桌上小山样的物品中抽出一个电子镜框，"带它来的家伙一直看它，眼含热泪。尽管我一再解释，他不会因为'置换'失去记忆。只要他需求，我就能给他保存下来，所有完整的记忆，包括表层记忆、潜记忆、暗记忆，都能留下来。可是他仍然看着它哭。你想知道为什么吗？"

我摇头："不想。那是他的人生，触动不了我。"

"很好。你申请'置换'的理由是想尽可能活着，我也和你谈过目前能采用的几种方法，你决定采用哪种？"

我放下杯子，男人已悄然消失。我便问杜老："那男人也是他们中的一个吗？"

"是，"杜老点头，"他到目前已经'置换'了超过一半的身体，切除了一些神经和腺体，不会再产生任何感情方面的应激反应。"

我突然明白："镜框是他的。"

杜老不置可否，微笑："每个人都有因之成为人而遭遇到的烦恼，'置换'的目的，就是帮助大家摆脱这种烦恼。你的烦恼，其实是最常见的烦恼，怕死而已。"

我点头。我的确怕死，在外公葬礼上我险些晕倒，在随后的丧宴上我又神色憔悴，这并非对外公有多深厚的情感，我只是害怕，怕有朝一日我也会像外公一样，仅仅因为需要有人给自己一个葬礼，就干脆结束自己的生命。"我想要一直活着，活得比我身边的人都命长，活到太阳灭亡，宇宙冷寂，人类都已成灰。"我说，双手紧握在一起，微微颤抖。

"能活多久取决于你自己。"杜老不知从何处端出一盘巧克力杏仁蛋糕，"'置换'只是让你开始新生活，至于新生活能不能等于好生活，那是你自己的事情。我没有责任给你任何保证。"

"我明白。但你总归要有一个质保期嘛。"我毫不客气，瞬间就将蛋糕吃完了。黑巧克力的苦软和杏仁的甜脆在我的舌尖融合，缓缓释放出无法形容的美妙滋味，让我齿颊留香，终生难忘。

"那是最彻底的'置换'，你确定需要？你将再也无法感知蛋糕的滋味，也无法吸收它的营养。"杜老的表情与其是在警告我，倒不如说是在诱惑我。"你将得到很多，但你同样也会失去很多。从来不存在只获取而不失去的事情。"

"我明白。"

"你真明白？30%的人熬不过最初的心理适应期，剩下的人中40%不能度过质保期,然后,我们放手的第二年,又会死去 50% 的人。"杜老的声音枯燥平和,丝毫不带有感情,仿佛是在生物课上谈实验室里的小白鼠,"整个'置换'过程非常折磨人,而且费用高昂,没有折扣。想要长生不老可不容易,有无法预测的风险和代价。你有很大概率成为失败者中的一个。"

我端详杜老,他的发际线已经后退,眼角的鱼尾纹在肆无忌惮扩展,嘴唇四周的胡须正狂野生长,我忽然明白一件事情:"杜老,你这业务开展了多久啊?你还没办法证明真的能实现长生不老。甚至,你自己都不敢亲自尝试。"

杜老点头,神情有些黯淡:"如果失败发生在我身上,'置换'技术就再也没有调整的机会。人类所梦寐以求的生命自由,也许要推迟几个世纪才能达到。"他站起身,走到墙边:"来,看看你的物理模拟体。"停顿几秒,很规矩地用普通话念:"老骥伏枥,MU4759。"

随着杜老的声音,墙上的一张屏幕亮起来。屏幕上出现了一个复杂的装置,在装置上部,无数电线数据线中间,安装了一个浅灰色不透明的容器。另一个我,即我的新大脑,就在这容器中培育着。屏幕切换出一张示意图:神经细胞在特制的生物芯片面生长,已经包裹住了芯片三分之二的表面积,并和芯片之间产生了复杂的电子层面的互动。随即,一个附着在容器内部的微距摄像头给了我真实的画面,在外行的我看来,这团浸泡在溶液之中的灰白物质既不好看,也没有什么趣味。

我脸上的表情把杜老逗笑了,他耐心解释:"这就是'置换'后你将拥有的大脑。一个新的控制中枢,它不需要生物躯干的供养,它有非凡的控制和遥感能力。它不是你大脑的复制品,而是一个新的可以承接你自我意识的超强信息处理中枢。"

恍惚又回到了我第一次认识老杜,听他谈"置换"概念的那天晚上,在酒吧的角落里,我们窃窃私语。老杜一脸严肃认真,看向我的目光充满怜悯。

"在人们的传统观念里，维持长久的生命，需要保证整个躯体都能正常地运转，所以我们的医学，都在往这个方向上努力，并且终于进展到在细胞层面的操作，可以延缓细胞的衰老，阻击吞噬细胞的病毒，修复死去的细胞，完全不顾自然的规律，只求长命百岁。"杜老这样开篇，声情并茂，极具煽动力，根本不是眼下一副姜太公钓鱼的高傲姿态。

"但这种永生，仍然只是现有的生活方式，仍然存在身体的疾病、精神的痛苦、生存的压力，摆脱不了的。医学的一切手段只是延长生命，但改变不了你的生命本身。于是，有了'置换'这个概念，把你从这具血肉的躯体中解放出来，按照你的意愿，给你打造钢铁之躯或者意识巢穴，你可以像汽车人那样，也可以做信息世界中的游子。你再也不能继承过去的生活，但你有了无穷的时间、非凡的记忆力、高度专注和不同寻常的创造力，可以随心所欲，这是真正意义上的存活。"杜老关于"置换"的解释充满诗意，尤其是他的总结语，更是铿锵有力，黄钟大吕般砸在我心上："你费尽心思用传统医学获得的，只是延续生命的使用时间，即便你已经神志模糊，记忆力丧失，语言迟滞，你仍然在呼吸，在消耗能量，渐渐变成行尸走肉。你愿意争取这种样子的长寿吗？"

其实，我一点儿也不介意长寿的方式，我害怕的是即便年已过百，也仍然要面临死亡，仍然会闭上眼睛永不能睁开。

"转移自我意识是'置换'的关键，放心，这对我，已经是比较成熟的技术了。"杜老以为我的沉默是对"置换"的怀疑，强调，"成败并不在转移过程，而是在于能否适应'置换'后的新生活。毕竟设想和现实，有不小的差距。"

"这是一种冒险。"我说。杜老点头。我继续："那么，我总得看看别人'置换'后的样子。买房子还要看样板间呢！"

杜老想想，很慎重地回答："我需要时间来安排。毕竟，你的选择极度私人化,他们不太愿意承担帮你选择的后果。"

生命的道路有无数交叉小径,无论我走哪一条,我都愿山重水复之时能柳暗花明。

他们

我的新大脑最终会长成什么样,取决于我选择的永生形态。比如,如果我想当一棵树,那么我的新大脑就得能适应树的形状和生理特点,可以移植进一棵大树并能迅速控制操纵植物神经系统。由于四十天后大脑就将发育成熟,因而留给杜老的时间并不多。很快,我就得到了来自他们的三个回应。

此时我和老婆正为儿子小升初之事奔波,每周给孩子安排各种面试。这个时候,我的全部财产和社交关系都毫无用处,为数不多的几所市重点中学全部只看考试成绩。小男孩疲于奔波,却又信心满满,老婆也是像上了发条般精力十足。我问老婆:"相对于宇宙的壮丽和太阳的灿烂,小升初根本不值一提。如果你有永恒的生命,你还会在意非要上市重点吗?"我老婆回答得很干脆:"永生?没意思。能把这辈子过好就不错。活着就不能庸庸碌碌。能上市重点为什么不争取?"

我就此打消引领老婆加入"他们"的想法,毕竟,我也出不起两份"置换"费用。

他们是采用"置换"技术得以某种程度永生的人的统称,是一个很乏味和无确切指向的名字,令这群人在自然人的社会中面目模糊,不会引起关注与争议。对于我的好奇心,他们中的大部分人嗤之以鼻。

"他们选择了各自需要的生活,这不可复制,所以无法给你做榜样。"曾在电梯中给我引路的白衣男说。

想不到第一个答应见我的会是这个男子。我们在一家街头烧烤店碰头。冒着泡的啤酒和油滋滋的烤串，仅仅是属于我的美味佳肴。白衣男看着我大口吃喝，面前的一杯清水动都不动。

"我们应该约在别的地方。"我说，"你这样子别人会觉得很奇怪。"

白衣男面无表情："任何地方对我都是一样的，身外之物，不会引起我的任何神经异动。"

"你以前一定有很动人的故事。为何要放弃鲜活的记忆？"

"我当时身患数种病，还有抑郁症导致的严重自杀倾向。'置换'是最彻底的治疗方法。"

"'置换'没必要脱离原来的生活吧？看你很坚决地离开了。"我试图搞清楚他的逻辑思路。

"我的一半身体都是机械的，没有性功能，我也不需要食物和睡眠。我如果还在原来的地方生活会被人视作怪物，给周围的人带来困惑。"白衣男平静地说，像是在宣读政府公告，没有任何情绪。

"你最初是怎么适应这个新身体的？杜老说那很不容易。"

"对我不成问题，我切除了所有情感认知。机械和有机两部分身体之间也未产生排斥反应。目前它们之间的各种能量与信息交换正常。"

"会有超能力吗？"

"所有能力都与形态匹配。希望在人的形态与非人形态之间任意转变，成为金刚狼或者蜘蛛侠，那是漫画电影，科学做不到。"

"你对你的现状满意吗？"我想听到一些感性的想法，而非冰冷的学术解释。

然而，"满意"是一种情绪的表达，其中包含浓厚的情感倾向，这个词已经被白衣男摒弃了。白衣男这样回答我："精准与理性是我的生活，符合我的需求。"

"那么，未来呢？未来你打算怎样？"

"我是你的主刀大夫，"白衣男答非所问，"针对你的情况，我认为'全向置换'更为合适。"

"全向置换"即将肉身更换为全机械化身体，我的体重、体形以及处于亚健康状态的五脏六腑，在白衣男眼中，都没有任何保留价值。我倒并非舍不得这身臭皮囊，但"全向置换"的费用，恐怕将我全部资产变卖成现金，再加上我的钓鱼工具、野营装备、所有藏书、藏酒和雪茄，也只凑得齐一半。

"其实用不着花这么多钱，你为什么不高瞻远瞩，什么身体都不要不就得了。"他们中的第二个，在手机中轻快地对我说。这一位明眸善目，眼波流转，白皙的皮肤上流淌阳光，是那种看上几秒就会令人迷醉的女子。尽管我知道这仅仅是一张经过了深度修饰加工美化的图片，根本不存在这样的真人，但我仍可耻地产生了一些生理反应。

我不得不要求："请降低你的美度，我实在不是你该诱惑的对象。"

她十分美艳地笑着，得意扬扬地模糊了脸庞。屏幕刷新后，她的样子已变：眼镜、发髻、涂抹了过多防晒霜的已经松弛的皮肤，稍有姿色但不具特点，是那种每天都在写字楼出没的标准办公室女郎。

"这样好多了。"我夸赞，"你这是全意识'置换'，没有实体的感觉如何？"

她微笑，刚刚好露出八颗雪白的牙齿，欢快地说："好得不能再好。没有大姨妈，没有减肥压力，不会长痘痘，不用担心男朋友变心。最关键的是，不存在经济问题了，房奴、车奴、卡奴、猫奴都与我绝缘了。我以前可是'月光族'，为了钱的事情没少承担压力。"

"全意识'置换'也不便宜。"

"还好还好，这是我花得最值的一笔钱。"她说，"我属于意识生存，有线无线传输都可以，手机、平板电脑、台式电脑，甚至智能家电，有数据流的地方，我就可以安身。人们在网络中构建的一个个虚拟世界，都是我的家园，我在其中生活得不要太容易，随时随地都能找到真实玩家供养，给我金钱，帮我购置装备。我没有负担，却能享受长久的欢乐。"

"就没有一点儿遗憾的地方？比如，不能真实拥抱什么的。"

"拥抱！"她失去礼貌地狂笑，"比如你吗？你的体重还有你身上那股子汗臭味道，拥抱还真是没有的好。"

我忍住结束谈话的冲动，毕竟约到她不容易。"最初你是怎么适应的？我是说，没有实体只有意识，这种转化，有没有困难？"

她斩钉截铁地回答："没有！甚至比我想象的还容易，因为我到任何地方，变成任何形象，都几乎是随心所欲的，就像你吹口哨那样轻松。"

"你的家人，好友，再也无法和他们相处，不遗憾吗？"

"哦，谁说无法相处？我妈妈说现在的我好极了，以前她根本见不到我，现在我每天十二个小时陪着她。她连打麻将的时候都会开着手机，让我给她出谋划策。"

"你每天有十二个小时陪着妈妈？"我诧异。

"分身 so easy！"她说，"你真白痴。"

我不相信，她真的一点问题都没遇到。在我就要按退出键时，她忽然说："我当然不会告诉妈妈那是我，活在手机中的女儿她可能没法理解。而且我改变了外形。我只保留了我的声音，我的声音很好听。"她停顿片刻，"妈妈问过我很多次知不知道张倩在哪里，我说不知道。我不能告诉她。"

信息女在"置换"前的真名叫张倩，她把祖产卖掉后就出走了，亲友不知道她去了虚拟世界。

见过这样的两位"置换者"后，我对他们中愿意见我的第三位，实在没有了兴趣。但杜老说过的"置换"的各种方式，我既然都想了解，这一位就必须见到。于是，我来到遥远的另一座城市，在前殖民地的街区中寻找，走入一栋据说是雪莱居住过的意大利样式的房屋。那天我是唯一的拜访者，看门人毫不介意我在房屋中四处走动。然而，我转悠了半天都没有找到第三人的任何踪迹。我对能否见到他失去了信心，便走到房后的花园中。那里的树荫下，立着一尊大理石的意大利骑士雕塑。雕塑下方有宽敞的石台，看上去凉爽舒服。于是我走过去坐下。

"MU4759？"有人叫，我急忙站起身，四下张望。花园里除了我，没有旁人。

"我在你头顶。"那声音柔和地说。我抬头，与意大利骑士的目光相遇。

"是你！可你是石头！"我敲击骑士的身躯，这是云南大理的苍山白，上等汉白玉，手感细腻温润。

"我在石头里。哦，别看这骑士的头，我不在头部。"

"你的大脑不在头部。"我对着骑士说，外人看到一定会说我精神病。"你把自己装在这石像中，还真是有点儿不可思议。"

"这是很好的石像，我待着很舒服。"石中人说，"这石像很贵。"

"我是说，你一天到晚站在这里，不厌烦吗？"

"哦，哪儿有厌烦。好玩着呢。"石中人说，"我的意识感知通过大地，可以附着在任何生物的上面，我随着公园猫在整个街区游荡，我还跟着一只喜鹊在屋顶筑过巢。我有时候会在门口的梧桐树上栖息，还曾经借助一只老鼠，漫游它肮脏的地洞。"

"有意思吗，这些事情？"

"我觉得有意思。我以前都匆匆忙忙的，忙着钩心斗角，为了赚钱，失去了一切个人乐趣，从来没有停下脚步观察人，观察自然。现在我有无穷的时间可以做这些事情了。四季轮换，朝来夕往，雨雪风霜，大自然非常迷人。"

"那么人呢？你不和人类接触了吗？"

"我一直在人群中啊！人不也是大自然的一部分嘛！"

"我是说,你没法子和人互动,你能适应吗?还有,你的家人呢?"

"家人都以为我已经出车祸死了。我亲自制造的车祸,比他们打算制造的那场水平高得多。"石中人的声音中有些倦怠,"现在我藏身这石像中,石像和房屋都已经捐献给了慈善基金会。我的家人除了一张证书,什么都没有拿到。他们千方百计争夺的我的财产,都被我用在创造这永生的石像上了。他们现在恨死我了,哈哈,哈哈哈哈。"

我望着骑士,我突然觉得我真的像个白痴,我的一切问题都那么无聊,我只好礼貌地问:"我三心二意,不知道选择什么样的'置换'方式,你有什么可以建议的吗?"

石中人如果有表情,一定是那种高瞻远瞩状的。他回答道:"过去属于死神,未来属于你自己。"

死神

生命究竟是什么?决定我成为我的,是我二百一十斤的庞大身躯,还是这躯体上顶着的六斤多的头颅?我所追求的永生,是将这具躯体维护百年,还是抛却肉身,仅仅保留意识的存在?每每想到这个问题,我就想到白衣男的清心寡欲,无日无年;想到信息女的随心所欲,一日便是数百年;想到石中人的恬淡无为,数百年也不过一日。时间在他们身上都已消失,他们彻底摆脱了死亡的阴影,迟暮之年永远不会到来。

"他们三位只是'置换'后比较典型的个例而已。'置换'能提供的,是你想到而从不敢实践的人生理想。"杜老的话语随着我的思考在耳边回响,"你想要什么?"

我想要时间停住,却又希望它能流逝到我功成名就时,再永远定格。那时，我虽已是迟暮之年，却依然神志清醒，记忆健全，我没有伤残的肢体和持久的病痛，没有口齿不清、眼歪鼻斜，不会喘息着迈动沉重的双腿，跟在少年人身后喊："等等我！"……待我迟暮之年，享受着退休后的清闲，时常会教训后生晚辈们："只有青壮年时代的勤劳工作，才能赢得保证晚年幸福的财富，获取终身自豪的荣耀！"原来我最终怕的不是衰老，而是衰老后的丧失尊严。外公宁愿用自杀来换取葬礼，无非也是为了"尊严"二字。

这么想来，自葬礼起盘亘在心头的沮丧之气就减少了许多。倒是越来越觉得白衣男、信息女、石中人之流，他们的生活离现实太过遥远，我若变成他们那样，不食人间烟火，太过寡淡无味。虽然儿子资质平庸，但好在心智正常，学习努力；老婆无甚姿色，但还算端庄贤惠，勤俭持家。职业嘛，只要我对现状不苛求，收入也足够周末野营钓鱼，辅以美食美酒了。总之，有无数风花雪月等我享受，我为何偏要耗尽家财去追求所谓的长生不老？

我来到我的墓地前。国槐还在开花，黄绿色的花瓣撒落满地，给墓体和墓碑带来了浓厚的文艺气息。我的墓碑已经刻好，正面镶了我最得意的五寸免冠照，照片下刻了粗黑的宋体大字："李大壮在此。"背面是娟秀的楷体小字："他来了，他走了，一生好不潇洒。"原来想刻的那句话太长，石匠说刻上不好看。墓碑上只缺死亡年份。看着照片上眼角眉梢都是青春的、快活的我，我决定终止我的"置换"计划，不做抵抗自然规律的逆天之事。

我从墓地出来，驱车进城。我找了一家快餐店，打算吃饱喝足后，去向杜老解释我的决定，定金肯定损失了，但这和我将损失的人生相比，也不算什么。我得设法将赔偿金降低一些，不能让杜老太占便宜。

我要了双份红烧肉，端到座位上，一边吃一边算计。甜糯、油润、弹牙的肉块在我唇尖打转，那滋味真是妙不可言。就算为了这个滋味，我也该留在人间。

突然，四五个男女冲过来，猛然挥动手中的铁铲和棍棒，向正坐着喝水的一个女人砸去。

我惊呆了。在铁铲和棍棒的起落中，那女人滑倒在地，额头和身体开始喷血。腥热的血气一下子就压倒了肉的香味，四散开去。我想站起来阻止，但我的腿在发抖，我的舌头在打结，我的手在哆嗦。挥动棍棒的大汉踩踏着女人，还向我看过来，目光凶狠毒辣……我尿裤子了。

警察赶来的时候，我仍然端坐，我动弹不了。我整个人都抽搐在一起，恐惧到了极点。那女人已经被拍打成一团肉泥，根本没有救治的可能了。

我的手机响了。杜老出现在屏幕上："你找我？你是决定了……"

"我决定了。"我哆嗦着说，像溺水的人捞到一根稻草。我目睹一场屠杀，我却无力上前阻止，死亡瞬间就发生在我脚下。我拿什么消解生命的脆弱和无常？

置换

在一位额头生了月牙状肉瘤的律师主持下，我又和杜老签订了一系列合同，包括苛刻到极点的保密守则，准备开始"置换"。我首先以海外工作为由告别了妻儿。其实我前往的城市就在附近。我选择了最接近人的"置换"形态，尽可能让自己外表上和自然人没有什么区别，但我的血肉骨骼却将被更换。我的新躯体，自然界的病毒细菌侵害不了，人类的棍棒斧钺也伤害不了，如果有子弹穿过，肌肤会瞬间自愈。我不必食用人类的食物，我将吸收阳光，回收身体动能，我的能量循环系统精确而高效。更重要的是，我有了一个可以高效工作的大脑，不会困倦，不会被风花雪月诱惑，二十四小时在线接收信息并加以处理。我将告别作为人的种种享乐，但我却会得到商业上的成功和无穷的财富。

"在我有生之年，"杜老向我保证，"我会负责提高你的生存技能，并赠送你价值不菲的二次'置换'。"

他必须保证，我把所有的财产都以抵押方式付给了他，而且我未来收入的20%也将归他所有。但这仍然不能保证"置换"的完全成功，我只好将我人类的躯体——器官、皮肤、神经、骨骼、血液，甚至眼角膜都明码标价，出售给渴求得到它们的自然人。这些商品从来供不应求，刚上市就被抢购一空。借助我的身体，一个车祸丧失双腿的老人站了起来，一个天生失明的女人看到了她的孩子，一个肾衰竭的学生得以继续学业……我才因此筹集到了足够的资金，正式开始了我的"置换"工程。

我无数次被推上手术台，服用了无数种药物，很多次我担心麻醉后再也无法清醒。我恨白衣男任何时候都冷静的面孔，更恨杜老在手术台前镇定自若的指挥。在他们眼里，我没有尊严，只是一个苛求永生的乞丐。我有些明白"置换"成功的概率低是因为什么了，要想改造自己，仅仅有决心和想法还不行，还要有一种执念支撑着，任何时刻都不能动摇对"永生"的信仰。

我坚信我的目标可以达到，因为通过那一尺高的合同，我已经和杜老在经济上紧紧联系在了一起，他需要我的手术成功。

终于，我害怕又期待的那天来临了。我的全部意识，包括记忆和感知，都被彻底转移到了新的大脑中。我有几分钟的时间从外部观察自己，这是第一次也是最后一次的观察——我平躺在手术台上，庞大的躯体还温热着，看上去仍能随时站起，谈笑风生。

"这真不可思议。"我对杜老说，"二百多斤的这一团肉，它是怎样行动和思考的呢？"

杜老不和我啰唆，他命令护士带走我，以便马上开始对我的肉身进行切割，再打包出售。

"置换"后的我，相貌与原来的我并无二致，但体重减轻了八十斤。我用了三个月时间学习控制新的身体，让肢体与思维协调同步。我能够像正常人一样走路后，便被送进石中人的意大利房子，住下来适应没有食物和睡眠却有充分感知能力的生活。杜老以前从不让"置换者"们彼此接触，现在为我改变了做法，这并非出自好心，而是为了增加我"置换"成功的概率。

白衣男一直对我进行监护，以确保我的机械身体运转自如。信息女则教我如何深入数据的海洋寻找快乐，偶然，她会在手机中现身，与我和石中人一起阅读雪莱、拜伦，或者争辩玛丽创造弗兰克斯坦究竟是为了谁。数百年前的这些文人，以他们的思想永生。而我这种没有内涵的人，就只好追求形式上的不朽了。

一年半后，我已经能够灵活自如地操纵我的机械身体，神态表情都与本来的我没有什么两样，也坚信自己可以返回人间了。于是，在和杜老又签订了安全备忘录后，我回到了老婆和孩子身边。我的样子竟然把孩子吓哭了，老婆更是满脸疑色。我告诉老婆，西餐改变了我对饮食的热爱，辟谷和针灸降低了我的体重，我已重新脱胎换骨再生为人了。老婆听我的长篇解释就好像在听律师诡辩，满脸不屑一顾的表情。

家人勉强接受了我，但我的狗不肯妥协。这家伙似乎识穿我的真面目，完全不理会我的宠爱，整日冲我龇牙嚎叫甚至咆哮，有一天还试图袭击我。我只好请人杀了它。老狗倒下去的时候，它曾经善良的眼睛中充满仇恨。老婆和孩子把狗葬了，我则在家中整理出狗的许多照片。他们回来的时候，我正在一张张烧掉那些照片。

老婆看着我，目光里没有温度。"你非杀狗不可吗？"她问。

"是它先要杀我的。我没办法。它疯了。疯狗对我们大家都是危险的。"我振振有词。

老婆没有再问什么。但从此后她与我疏远了，孩子更是住了校，一个月也见不上一回。在永生的时间长河中，我的家人只是小小的浪花，我想到将主持他们的葬礼，内心竟然没有任何哀伤。

为了将我的财产逐渐交给杜老，我告诉老婆，我的公司运作不善，海外项目损失惨重，我需要动用家产赔偿。但为了还能保障她和孩子的生活，我把外公留下的宅子和土地赠予她们，并且要和她离婚。

老婆没有和我争论，默默地接受了我的安排。带孩子搬出去的那天，老婆忽然对我说："大壮，狗狗攻击你，是因为它觉得你越来越不像人了。我也这么认为。"

我笑问："那你觉得我像什么？"

老婆说："我不知道。我只希望你别做坏事。"

追求永生算不上坏事，甚至就不是什么值得一提的事，它存在于人类的遗传基因中，是生命永恒的主题，时刻都在激励人类去探究生命的尽头。

"哦，你想哪儿去了。我会尽力照顾好你和孩子的。"我信誓旦旦，"虽然离婚了，我们还是亲人啊！"

我从此就和老婆孩子分开了，这娘俩卖掉外公的宅子和土地后去了边疆，在那里开拓土地，建设新城。

多年以后，我来到新城，在医院中探视垂死的老婆。我的孩子在几年前以身殉职，而他的孩子，我的孙子侍奉在老婆床前，看到我便转身离开，连一声"爷爷"都不肯叫。

老婆说："这么多年过去了，你好像就只老了一点点。"

我说："现在生活好了啊，人老得慢。"

老婆笑："得了，你在做什么，你追求什么，其实我都知道。"

我吃惊，多年前老狗袭击我的情景突然再现，我本能地握紧了拳头。

老婆说："狗死后，我用了一点时间调查。我有一阵子还很纠结，一个人为了永生，怎么就可以变得无情无义。后来我明白了，你追求不死，就只能极度自私。但我和孩子做不到只为自己活着，用毕生精力创造对别人有价值的东西才能让我们更快乐。这座城市，我有好几千个学生，我把他们带进知识的大门，教会他们如何学习，如何做人；而我的孩子，他抓捕罪犯，维护社会治安，用生命捍卫城市的和平。我们会死，但我们死得其所。而你这样的永生，"老婆的神色无比鄙夷，"为了永生的永生，毫无意义。"

永生

意义？抵抗死亡就是意义所在。我从没有浪费一分一秒的时间在其他事情上。我对得起自己，我成为他们中的成功榜样。我用头脑为杜老赚钱，以换取他对我身体不断进行的软件升级和硬件维护，而很多"置换"者再也无力支付维护费用，倒在了通往永生的道路上。

时光荏苒，转眼我已经开始领取政府的"百岁老人补贴"，此刻我的心态已经彻底成熟，我终于不再留恋人形，进行了二次"置换"。

白衣男为我主持了手术，这手术对他很简单。二十分钟后，我的人造大脑就被移走了，第二个我在手术台上渐渐变成"僵尸"。这具躯体几乎无用，只能赶紧火化了事。

在一个微雨的下午，我和白衣男以李大壮好友的身份主持了李大壮的葬礼，将他的骨灰盒埋入墓穴。出席葬礼的只有我们两个。李大壮的所有直系亲属，都已经先他而去，长眠地下了。

现在，我为李大壮的墓碑填上死亡时间。李大壮是个风趣幽默可以掌控自己命运的人，顽强地活到了一百一十四岁，终于在比大多数人都活得长的时刻欣然离世。

我和白衣男绕到另一片墓区，杜老的坟墓位于此处最僻静偏远之处。墓体很小，墓碑上除了杜老的名字、照片和生卒年月，别无他字。

"我始终难以相信他没有'置换'。"我感慨。

"他在生命最后二十年享受着你带来的财富，已经心满意足了，不愿意再为'置换者'的将来负责了。永生将只是少数人享受的奢侈品。"白衣男说。

我们站了好一会儿，直到雨大起来。

"走了。"我说。

我的附肢立刻组合伸展，变成四组旋翼。我缓缓上升。在自然人看来，我应该是一个旋翼无人观察设备。

白衣男仰头，看着我远离，嘴唇动了动，似乎在说："再见！"

我想他的意思是"再也不见"。

越往上飞，雨越小了。云层上面，是晴朗的碧空。

前路还无比漫长。

待我迟暮之年，不知那是何年。

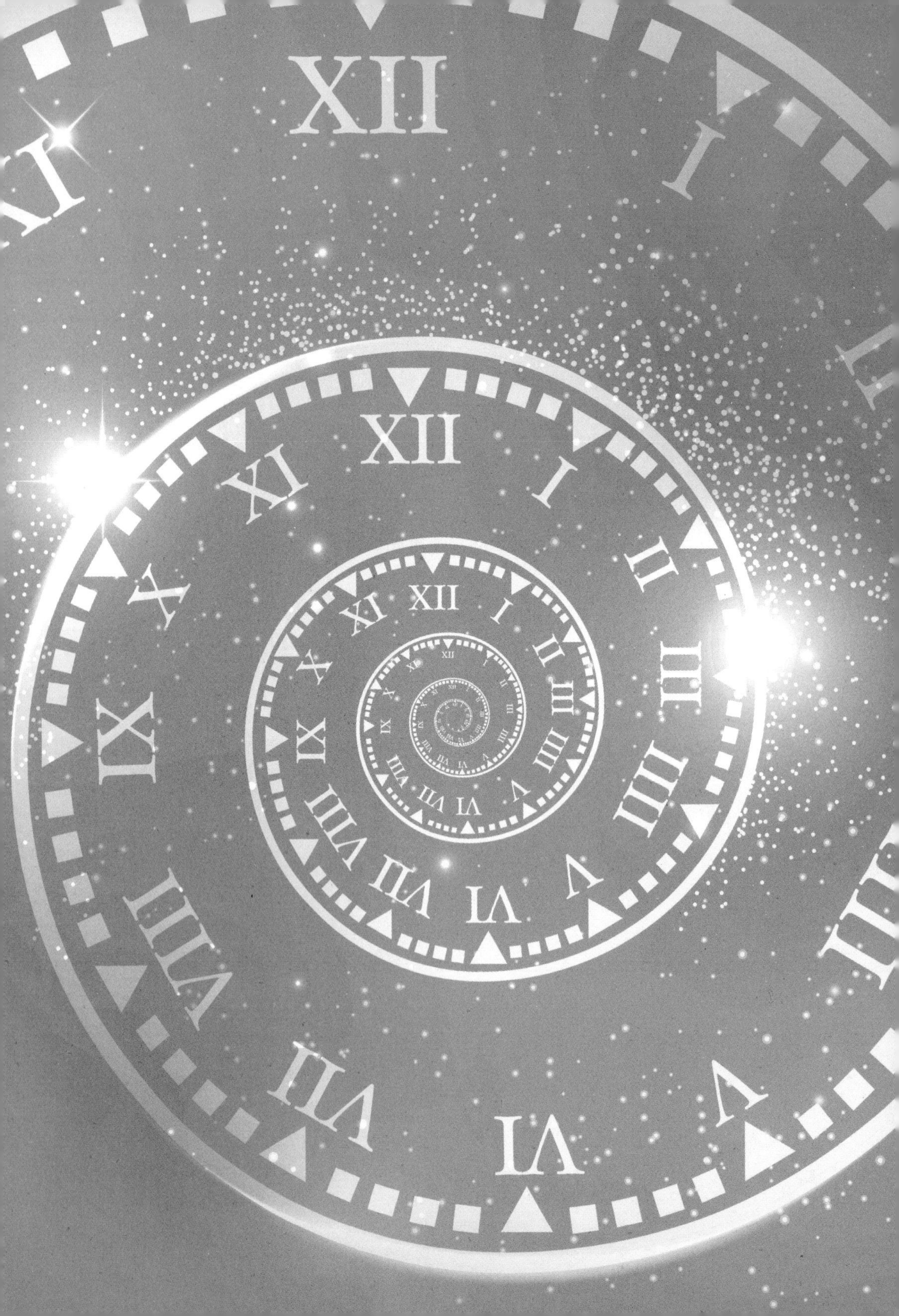

2044年春节旧事

... 夏 笳

不知道几十年后,是否还有人记得古老的诗歌该如何吟唱,我只知道在刚刚逝去的每一个瞬间里,家家户户男男女女老老少少依旧有滋有味地过着小日子。月光水亮亮的,照得人世间温润如洗。

一、抓周

老张的儿子一岁了,依照惯例得操办一场。

摆酒当然是免不了,亲朋好友全都请到,酒席定了三十桌。媳妇有点心痛,说比他俩当初结婚摊子摆得还要大。老张则表示,毕竟是一生才经历一次的大事,不能够草率,当初结婚时两家口袋都紧,这几年埋头苦干,终于攒下些钱,又好不容易得了儿,办得体面些,也是给自家挣面子。再说,人辛苦挣钱到底是为什么,前半生为自己,后半生不就是为这小东西吗?将来大把花钱的时候还多着呢。

　　当天果然来了许多人，送过红包，入席吃吃喝喝。虽然社会信息化程度越来越高，但红包里还是一沓沓货真价实的钞票，毕竟老规矩，何况也好看些。老张媳妇专门借了台点钞机，哗啦啦一摞刷过去，声音好听得很。

　　终于，大家都入了席，老张便把儿子抱出来，专门给穿了一身红，眉心还用胭脂点了个红点。大家都夸孩子生得好，圆头大脑，浑身上下没有一处不聪明，日后必然龙腾虎跃，前途不可限量。儿子也争气，不哭不闹，很老成地坐在高脚寿星椅子里面笑，越发像年画里面的抱鱼童子。老张说："儿子，给各位叔叔阿姨说个吉祥话。"儿子便把粉嘟嘟的两只小手抱作一个拳头，奶声奶气地拖长声音："呼呼（叔叔）阿姨新年好——哄喜花柴（恭喜发财）——"众人笑成一团，都夸孩子天资聪慧，老张和媳妇教导有方。

　　吉时已到，老张忙把机子打开，白花花的光芒从天而降，化作许多图标，把老张和儿子环绕在中央。老张伸出手去，将一个图标拖到近旁，儿子迫不及待地伸出小手，一道红光依次从他五个指尖闪过，验过指纹，便登录了他自己的账号。

　　首先冒出来一行大红字，恭祝儿子周岁生日快乐，同时配有动画视频，是一群小天使高唱生日快乐歌。曲子唱完后，又出来几行颜体小字，道："江南风俗，儿生一期，为制新衣，盥浴装饰，男则用弓、矢、纸、笔，女则用刀、尺、针、缕，并加饮食之物及珍宝服玩，置之儿前，观其发意所取，以验贪廉愚智，名之为拭儿。"

　　老张仰头看着，突然间心里感慨万千，儿啊，你的锦绣人生就要从这里开始了。一旁的媳妇也情不自禁依靠过来，两人的手紧紧握在一起。可惜儿子胎教虽好，毕竟还不认得几个字，只管伸出小手挥舞，把好些页面跳了过去。文字介绍完毕之后，抓周程序便正式开始。一时间，酒席上的人们都安静下来。

首先跳出来各种奶粉牌子，花花绿绿琳琅满目，像天女散花般缓缓落下。老张心知每个牌子都不便宜，又是外国进口，又是纯天然零添加，又是含有这个酶那个蛋白，又是促进大脑发育，又是专家推荐，又是这个那个认证，看得人头皮发麻、两腿发软。好在儿子杀伐决断，伸出小手轻轻一点，被选中的牌子便"叮咚"一声，落入下方一个古色古香的乌木盒子里面。

　　接着又跳出来其他婴幼儿食品，助消化，促吸收，抗疾病，补钙、补锌、补各种维生素、各种微量元素，提高免疫力，防小儿夜啼……一眨眼的工夫，儿子也都选定了，各色图标"叮叮咚咚"往下掉，如大珠小珠落玉盘。紧接着选幼儿园，课外兴趣小组，儿子瞪着乌溜溜的大眼睛看了好一阵，最后选了个有点冷门的木雕与篆刻工艺。老张心头微微一抽，手心里面不知不觉渗出热汗来，忍不住想要伸手拦截，让儿子重选一遍，媳妇却暗地里使劲拽住，凑到耳朵旁边悄声说："又不靠它挣饭吃，还不是玩儿。"老张缓过神来，感激地点点头，心却依旧"怦——怦——"跳得厉害。

　　之后选学前班，小学，小学补习班，初中，初中补习班，高中，高中补习班，接着跳出来一个申请国外大学的选项。老张心头又是一紧，觉得此路虽好，毕竟花钱更多，并且远在千里之外吉凶莫测，所幸儿子并未多看，小手一挥推到旁边。接着又选大学，选毕业后保研还是工作还是出国，选在哪里工作，在哪里落户口，选房子，选车，选结婚对象，选彩礼，选婚宴酒席，选蜜月旅行地点，选在哪家医院生小孩，由哪家服务中心上门照看……那之后的事情暂且管不到了，只剩下哪一年换房子，哪一年换车，去哪里旅行，去哪一家健身房锻炼，买哪种储蓄金，做哪一家航空公司的会员，最后又挑了一家养老院，一处墓地，终于尘埃落定。被挑剩下的那些个图标兀自安静一阵，逐渐黯淡下去，像满天星辰，一颗一颗熄灭了。天花板下面落下鲜花与七彩纸片，锣鼓喧天、乐声高奏，满屋宾客一起鼓掌喝彩。

　　半晌，老张终于回过神，才发现自己浑身大汗淋漓，像刚从热水池里捞上来，再看媳妇，早已哭成个泪人儿一般。老张知道女人家情感丰富，待她哭得差不多了，才压低声说："这么大好的日子，你看看你……"

媳妇怪不好意思地抹着眼泪，说："咱们的儿子呀，你看他，这么小小个人……"后面的话又哽住了。

老张不明白她的意思，却也忍不住鼻子里泛酸，摇着头说："这样多好，省了咱们多少心思。"

一边说，一边心里默默算起账来。全部这一套下来，不知得是多大一笔数目字，百分之六十头款由他和媳妇出，分期三十年付清，剩下百分之四十得等儿子将来自己挣，还有儿子的儿子，儿子儿子的儿子……想到未来几十年都有了奋斗目标，他又感到一股暖流在全身涌动。

再看儿子，这小东西依旧坐在高脚寿星椅子里，面前有一碗热气腾腾的长寿面。他粉白的小脸上红彤彤的，笑得好像一尊弥勒佛像。

二、大年夜

夜深了，小吴一个人在路上走。街道上冷冷清清的，很是安静，偶尔有一两串鞭炮声炸响开来。这是大年三十的夜晚，家家户户都围坐桌边，吃着团圆饭，看着春晚，其乐融融，好不热闹。

他不知不觉走到家附近的一个公园里来了。公园里更是僻静，平日里散步打拳跳操唱戏的老老少少一个都不见，只有一池凉津津的湖水，在没有月亮的夜色里荡漾。小吴听着那一起一伏的沉闷水声，感觉浑身的毛孔一个个都在往外冒寒气。他转身要往水边一个亭子里面走，却突然看见一个黑黢黢的影子。

小吴吓了一跳，大声问："谁？"

那边反问:"你是谁?"

小吴听那人的声音有些耳熟,状起胆子走近几步,才看清那人原来是住在他们家楼上的老王。

小吴摸了摸胸口,喘了一口气说:"老王,你差点吓死我。"

老王也说:"小吴,你大晚上怎么四处乱跑?"

小吴说:"我出来散散心。你这又是干什么?"

老王说:"我嫌屋子里吵闹。"

两人又相互看一看,心照不宣地笑起来。老王把旁边一个石凳擦一擦,说:"你过来坐。"小吴伸手一摸,感觉冷冰冰有些瘆人,就说:"不忙坐,刚刚吃饱,站一站对身体好。"

老王叹息说:"这年,真是越过越没意思。"

小吴说:"是的是的。饭一吃,电视一看,鞭炮一放,回去把觉一睡,稀里糊涂一年又过去了。"

老王说:"越没意思还越偏得过。人家都这么过,你一个人又能玩出什么花样来。"

小吴说:"对的。时间一到,全家老老小小都坐那看春晚,自己想干点别的也没心情,还不如出来一个人走一走,转一转。"

老王说:"我都好多年没看过春晚了。"

小吴说:"那你厉害。"

老王说:"以前还好,简简单单,看两眼乐一乐也就完了。现在越搞越闹。"

小吴说:"科技发达了。好多新花样过去都不敢想的。"

老王说:"把些明星演一演给老百姓看看也就完了,又搞什么'全民春晚',瞎胡闹。"

小吴说:"一年三百六十四天都看明星,哪里还有新节目,搞得活泼一点也好。"

老王说:"我就不喜欢这么乌烟瘴气的,大过年的还不好清静清静。"

小吴说:"老百姓过年不就图个热闹,又不是天上的神仙,不食人间烟火。"

老王说:"这么个闹法,神仙也受不了。"

两人都叹一口气,听着夜色里的水声"哗哗"作响。过了一会儿,老王又问:"小吴,你上过春晚没有?"

小吴说:"怎么会没上过。我上过两次,一次是现场抽幸运观众抽到我们家,一家人给全国人民拜了个年;另一次是我一个小学同学得了绝症,我被选去出了一个节目,编导怕一个节目压不住,又把我们一个班的老师和学生都弄去给他鼓劲,搞得主持人和观众全都眼泪哗哗的。那一次反响蛮好,可惜我的镜头不太多。"

老王说:"我就没上过春晚。"

小吴说:"你怎么可能没上过春晚?"

老王说:"到时候我就把电视一关,找地方一躲。春不春晚跟我有什么关系?"

小吴说:"你这又是为什么呢?上一下春晚又没什么。"

老王说:"我这人就是爱清静,受不得那些骚扰。"

小吴说:"怎么会是骚扰呢?"

老王说:"招呼也不打一个,就硬拉你上镜头,把一张老脸播给全世界人看,不是骚扰是什么?"

小吴说:"也不过就一两分钟的事,看过乐和乐和就算了,又没人会记得。"

老王说:"我自己心里面不自在。"

小吴说:"看一下又不损失什么。"

老王说："不是看不看的问题，是我乐不乐意。乐意的话，一天二十四小时都给人看也没什么；不乐意的话，总不好硬逼着我给人看。"

小吴说："老王，你这样想想是可以，但现在社会毕竟跟过去不一样了，到处都是摄像头，还能一辈子不给人看吗？"

老王说："所以才要往没人的地方躲。"

小吴说："这样子就有点极端了。"

老王笑一笑说："活这么大把年纪，总不能事事都被人家牵着走吧。"

小吴也笑说："你这样叫特立独行。"

老王说："屁大点事，哪里就至于了。"

话音未落，突然间白花花的光芒从天而降，幻化出千万张人脸来，人脸中央簇拥着一个舞台，金碧辉煌美轮美奂，老王和小吴就在舞台上面，锣鼓欢腾的乐声响彻天地。从两边各自过来一个浑身上下亮光闪闪的主持人，把两人一左一右夹在中间。

男主持人喜气洋洋地说："各位亲爱的观众朋友，坐在我身边的这位，家住龙阳小区的王老先生，就是我们今晚一直在寻找的，全国最后一位没有上过春晚的奇人。"

女主持人也喜气洋洋地说："感谢我身边这位热心观众的帮助，让我们终于有机会把这位神秘的王老先生请到我们春晚的舞台上来，在这吉祥如意，幸福团圆的大年夜里，跟我们全国的观众朋友见个面，给大家拜个年。"

老王惊得目瞪口呆，过了一会儿才回过神来，转过头看了小吴一眼。小吴被他看得有点不自在，想要解释两句，却找不到机会开口。

男主持人又说："王老先生，这是您第一次上春晚，能不能告诉大家，您的心情是什么样的。"

老王不声不响站起来，身子往前一扑，"咕咚"一声，就从舞台上跳下去，坠入凉津津的湖水里。

小吴惊得一跳，浑身毛孔都往外渗出汗来。两位主持人一时间也面无人色。夜空中几台微型摄放机上下翻飞，搜索着老王的影像，四面八方千万张人脸也都嘤嘤嗡嗡地嘈杂起来。

　　刹那间，黑黢黢的湖上突然发出光芒，像一团火球在水下面沸腾。只听得一声巨响，天崩地裂山河变色，照得方圆百里一片赤白。小吴倒在地上，杀猪一般地叫，浑身上下都着起火来。他最后拼着性命把眼睛睁开，从指缝中间勉勉强强看了一眼，只看见赤白的光焰中间，有一柱金光扶摇直上，遁入云霄，从头到尾不知有几千里。

　　"这老家伙，莫非真是回天上躲清静去了吗。"他心里闪过这个念头，紧接着一双眼睛也烧起来，化作炽热的青烟。

　　第二天，网络上议论纷纷。尽管现场的摄放机全都烧毁了，只剩下残破不全的几个镜头，而且许多看过的观众都头晕耳鸣进了医院，但大家还是交口称赞，都说这是有史以来春晚中最成功的一个节目。

三、相亲

　　小李今年二十七，过了年就是二十八。她娘见她一直没对象，就催她去相亲。

　　小李说："相什么亲嘛，丢人死了。"

　　娘说："丢啥人，当年娘不相亲，哪来的你爹？哪来的你？"

　　小李说："一个个歪瓜裂枣，哪有靠谱的哦。"

　　娘说："那也比你自己找靠谱。"

　　小李说："你咋知道靠谱？"

娘说："人家有高科技。"

小李说："高科技就保证靠谱呀？"

娘说："少废话，你去不去？"

于是小李就洗了澡，换了衣服，化了妆，跟着她娘去了一个挺有名气的婚介服务中心。服务中心的经理态度很热情，听说她们是来相亲的，就请小李先做个身份验证。

小李一百个不情愿，屁股在椅子里面扭动，说："麻烦不麻烦呀？"

经理笑吟吟地，说："一点儿都不麻烦，我们这是高科技，快得很。"

小李还是不放心，又问："我把我的个人信息都给你们了，会不会不安全呀。"

经理还是笑，说："您放心，我们开业这么多年了，从来没有出过问题。连一起顾客投诉都没有过。"

小李还想问问题，娘在一旁催促："快点儿了，别磨磨蹭蹭！"

小李就在终端上刷了指纹，扫了虹膜，把个人账号里的信息都上传到中心的服务器里。录完信息，又去做人像扫描。三分钟后，经理说好了，就从终端界面上抓下来一个图像往地上一丢。小李看见一片白雪雪的光从地上升起来，光里面站着一寸来高的一个人影，相貌身材服饰姿态都与自己别无二致。

那小人往四下里看了看，就进了旁边一扇小门，小门里有一张小桌，两把小椅子，一个小小的男人坐在桌旁。两人见面打过招呼，就坐在那儿聊起来，叽叽咕咕聊得很快，也听不清说什么。没聊够一分钟，小李就站起来，两人客客气气握手道别。然后小李又走到旁边另一扇小门里去了。

小李的娘在一旁小声嘀咕："按照这速度，一分钟相一个，一小时就是六十个，一天就是……"

经理还是笑吟吟地："您放心，我们这是给您演示一下，实际上还能更快，您回去等一等，最迟明天准有结果。"

经理一面说，一面伸出手去挥了挥，地上的小人儿变得更加小了，变成小小的红点，周围全是蜂巢一样密密麻麻的格子，每个格子里都有些红点和绿点在蹿动，发出各种嗡嗡的声响。

小李找不到自己那个红点，心里面有点慌。她问："真能相中合适的吗？"

经理笑道："我们有六百多万注册会员呢，一个一个相，准有合适的。"

小李又问："这样子相出来的靠谱吗？"

经理又笑道："我们会员资料都是本人一个一个录进来的，全部经过严格验证，一点儿不掺假。我们的约会应用软件也是最新版的，凡是软件里能配出来的，真人还没有不满意的。小姐您放心，大不了您见过不满意，我们给您全额退款。"

小李还想再看一会儿，她娘又催她："走吧走吧，这会儿倒还上心了。"

第二天下午，小李果然接到服务中心经理的视频电话，说经过第一轮快速配对，总共挑出来四百三十八个合适的对象，全都体健貌端，踏实可靠，与小李也是门当户对，志趣相投。

小李有点儿犯憷。四百多个，一天见一个也得一年多的工夫。

经理还是笑吟吟地："这样吧小姐，我建议您试一试我们的多线程约会软件，继续跟这四百多位对象深入交流，增进了解。常言说路遥知马力，日久见人心，总得多相处些时候，才知道谁合适谁不合适呢。"

于是小李就给自己备份了十个小李，分别去跟这些对象约会。

过了两天，经理打电话来告诉小李，十个小李已经与四百多位对象每人分别约会十次，每次都有测评软件的记录与评分。经理建议小李，把十次总分加起来做个排名，留下前三十名，剩下的就暂且不要考虑了。小李觉得这个主意不错，心里也轻松了许多。

又过了三天，经理告诉小李，经过进一步深入接触和观察，三十位相亲对象中有七位遭到了淘汰，五位进展缓慢，至于剩下十八位，双方的满意程度都较高，其中有八位已经表露出结婚的意向，另有四位暴露出一些生活习惯或其他方面的缺点，但尚在可以容忍的范围内。

看小李半天不声响，经理提醒她说："小姐，这种时候是不是可以请您母亲帮忙把把关？"

小李恍然大悟，当天就带娘去了一趟服务中心，验证了身份，备份了个人信息。于是接下来的过程，就有十个娘在十个小李旁边出谋划策了。

靠着母亲的指点，小李很快就挑出七位最靠谱的结婚对象。经理又说："小姐，我们还有模拟婚礼软件，您可以试试。有不少未婚夫妇会在筹备婚礼的过程中闹分手的，婚姻是人生大事，还是谨慎一点儿好。"

于是七个小李便与七位对象开始进入谈婚论嫁的阶段，双方的七姑八姨也掺和进来，在软件里吵得热火朝天。在此过程中，果然有两家彻底谈崩，甩袖子退出了。

经理又说："我们还有蜜月软件。曾有一位大文豪说过，夫妻两人经过一个月旅行后还能不吵翻，才能保证不会离婚。"

于是又模拟度蜜月，蜜月之后又模拟怀孕，模拟生小孩，模拟产后陪坐月子，只管抱儿子不管老婆的那位当场就被淘汰了。

又模拟养小孩，模拟第三者插足，模拟更年期之后感情能否持续稳定，又模拟各种人生重大挫折，车祸、瘫痪、丧子、父母重病……终于两个人相互扶持进了养老院，和谐美满过完一生。

竟然还剩了两个人。

小李觉得到了这一步，两个人都应该见一见。于是经理先把第一个对象的资料发了过来。小李激动得胸口"怦——怦——"乱跳，刚要把资料打开，

035

却突然响起嘟嘟的警报声。紧接着经理的脸浮现出来。

"对不起小姐，非常抱歉地通知您，为您选中的这位对象，同时也在与我们另一位会员模拟配对，并且刚刚在半分钟前取得了同样优秀的结果。为了减少将来不必要的麻烦，我建议您还是先不要急着跟他见面。"

小李惘然若失，说："你怎么不早点儿告诉我呢？"

经理说："全部过程都是系统在管理，我们客服人员也不能随便干涉。不过，小姐您别着急，不是还有一位嘛。"

小李心里也暗暗庆幸，高科技还是靠谱的。

她把另一个对象的资料点开，看见照片上那张脸，突然感觉到一阵晕眩，仿佛未来的漫长岁月都在这一瞬间展开，水乳交融，如火如荼。她身子轻飘飘的，像一团云雨要飞到空中去了。

她听见经理的声音说："小姐，请问您还满意吗，要不要安排你们两位见面？"

小李说："我看不用了吧！"

她把照片发给经理看，对方也目瞪口呆。

过了好一阵，小李终于红着脸问："还不知道怎么称呼您呢。"

经理回答："小姐别客气，叫我小赵吧！"

一个月后，小李与小赵喜结良缘。

四、情人节

小陈和小郑都没有女朋友。情人节这天，两人看到同宿舍的小黄收拾得清清爽爽出去约会，都感到心里不是滋味，就一左一右拖住他说："好兄弟，同分享，共患难。把你约会过程给我们俩直播一下嘛。"

小黄有些为难，说："不就是吃吃逛逛，有什么好直播的。"

小陈说："既然只是吃吃逛逛，就更不怕人看。"

小郑说："我们也就是看一看，又不给你添乱。"

小陈又说："再说当初要不是我们两个献计献策，前后出力，就凭你小子能把小青追到手吗？"

小郑又说："做人不要那么小气。"

小黄嘴巴笨，被他们两个说得没办法，只好答应下来。他戴上一副有摄录影像功能的隐形眼镜，把它设置成全程直播模式，这样他所看到的一切便在宿舍墙上清清楚楚地投影出来。调试完毕，看时间不早了，小黄就急急忙忙出门约会去了。

两人在学校门口见了面，决定先去附近一家西餐厅吃饭。这家西餐厅才开不久，格调高，菜价更高，小黄也是盘算了好久，才咬牙提前一天预订了座位。两人手拉手走到门口，看见几个西装革履的胖男人正在跟看门小弟争执。一个人说："我们都是老顾客了，隔三岔五在这边吃，怎么偏偏今天就不让进？"小弟一边把住门，一边客客气气地解释："实在对不住，我们店今天是情人节特惠日，只接受情侣预订，再说位子都订满了，几位请明天再来吧。"男人气得面皮涨红，正要跳起来吵闹，另一个人拉住他说："莫跟他吵，如今这些店都是自己定规矩的，吵也吵不出名堂。我们换一家吃算了。"小黄看几个胖男人悻悻地离开，又看看身边的小青，心里不禁生出几分优越感，于是牵着小青的手走了进去。

两人坐下点菜。刚吃完前菜，一位衣冠楚楚，气质不凡的经理手持一支红酒走到桌边，二话不说就要打开。小黄认出这牌子价格不菲，连忙伸手阻止说："我们可没点酒。"经理笑一笑说："两位现在是本店关注度最高的一对情侣。从两位进来到现在，本店已经接到了三十多个订餐预约。为了感谢两位，老板决定这一餐给你们打八折，再还送一支他本人亲自推荐的红酒。"

小黄一头雾水，问："什么关注？"

经理说："您自己上网看看吧。"

小黄掏出手机上网一查，原来他和小青的约会直播不知什么时候被放到了网上，短短一会儿，已经有几万人看了，还有新评论刷刷刷不断冒出来。有人说："这姑娘真漂亮，小伙儿有福气啊。"有人说："漂亮什么，不笑还行，笑起来牙缝好大，吓死人了。"又有人说："刚才门口那几个男的我认识，就在我们隔壁公司上班，哈哈哈哈哈。"还有人说："这女的穿的鞋什么牌子啊，帅哥，麻烦低头仔细看两眼行不。"还有些更没素质的话，看得小黄血直往脸上涌。

一旁的小青关切地问："怎么了？"

小黄又窘又惭愧，想一想这样的事无论如何瞒不住，也只好一五一十解释一番，又连忙握住小青的手低声说："你千万别生气，我这就把直播关掉。"

小青叹一口气说："算了，生气有什么用。再说这些单身的人也可怜，情人节吃没地方吃，玩没地方玩，看看别人约会也不犯法。其实我们约会我们的，不理他们也就没事了，他们自己闹不了多久就会消停的。"

小黄没想到小青这么明事理，识大体，感动得眼泪差一点儿掉下来。他便把隐形眼镜和手机都关掉，专心致志跟小青继续吃饭。吃到甜品上来时，旁边桌上一个二十岁出头的男生走过来，两手撑住他们桌子边说："这位大哥，跟你商量个事情。刚才网络上有个网友悬赏，问这家餐厅吃饭的人，有哪个愿意过来亲一下你女朋友。没想到网友们热情得很，半个小时不到，就募捐了一万元。说实话，这点儿钱我也不是很放在心上，不过这么搞一下倒还蛮有意思。不然你点个头，这一万元我们一人一半。我女朋友也同意的。"

小黄往旁边桌上一瞧，果然有个花枝招展的女孩子，笑嘻嘻地跟他们挥手打招呼。再看周围，一桌桌情侣都往这边看过来，还有人拿起手机在拍摄。他又仰头看面前那个男生，看到他左边眼睛里有一点红光在闪烁。原来他也一直在直播。他突然感觉到气闷，好像身边每一寸空气里都挤满了人，伸长了脖子过来围观。他要被这些无所不在的目光憋死在里面了。

小青站起身来，盯住那男生的眼睛，说："你让开。"两人僵持了几秒钟，男生耸一耸肩退到旁边。小青又拉小黄，说："我们走。"两人付了账出门，手拉手一阵小跑，跑过一个街道拐角才停下来，大口大口呼吸着春寒料峭的空气。

过一会儿小青开口问："我们现在去哪儿？"

小黄举头四望，看见一面面玻璃橱窗，一幅幅广告屏，一对对行人的眼睛，都仿佛隐隐闪着红光似的。他愁眉苦脸想了一阵，突然想到一个好主意，便说："我们去看电影吧。"电影院里面黑漆漆的，没有人会打扰他们。小青一听，也展开笑颜，说："还是你主意多。"两个人便又手拉手去了电影院。

情人节电影院人很多，两人随便挑了一部快开场的片子，买了些饮料零食进去看。灯光一灭，放映厅里漆黑一片，谁也看不见谁，小黄顿时觉得安心不少。影片演了十几分钟，他感觉到小青慢慢依过来，脑袋靠在他肩膀上，胸口不禁泛起一阵阵甜蜜的涟漪。他低下头，看见小青的侧脸在幽蓝的光线里忽明忽暗，嘴唇饱满得像要绽放开来。他犹豫着要不要趁此机会在那嘴唇上面亲一亲，又害怕会有点儿冒昧。他心里面七上八下盘算了许久，刚要鼓起勇气放手一搏，面前的大银幕却骤然黑了下去。

小黄不知发生了什么事，坐在黑暗里不敢乱动。突然耳边又响起"叮叮咚咚"的乐声，银幕上重新出现画面。起初他以为还是刚才的电影，仔细一看却又不是，各种婴儿的影像，哭的，笑的，有些模糊，有些清晰，片片断断被剪辑在一起，涌动着，流淌着，好像一部家庭纪录片。渐渐他认了出来，画面中的女孩是小青，她从襁褓中的小孩长大成人，变成亭亭玉立的少女，音乐旋律逐渐高昂起来，小青的一颦一笑在大银幕上闪烁又熄灭，美得惊心动魄。最后一幅画面暗下去，伴随袅袅的余韵，黑暗中又亮起一行大字：

"小青，我爱你，爱你的全部，爱你的年年月月时时刻刻分分秒秒。"

然后又出来四个字："嫁给我吧！"

小黄转过脸，看见小青的一双大眼睛闪闪发亮，里面不断落下泪水。她哽咽着，声音发颤，说："你……"

小黄也用发颤的声音说："不是我——"

突然间灯光亮起，把整个放映厅都照亮，一个小小的身影出现在银幕下方。伴随着雪亮的追光，那个人一步一步走上来了，一身黑西装，怀里捧着九十九朵血红色的玫瑰，灯光把他的脸打得煞白，眉目五官都淹没在那光里。

他终于走到小青面前，单膝跪下，说："请原谅我的冒昧。我只想给你一个惊喜。"

小青声音颤颤地说："可我不认识你。"

那人说："这有什么关系，我们每个人不都是从不认识到认识的吗？今天我第一次在网上看到你，不知道为什么，只看了一眼，我就被你深深打动了。当我看到你对着镜头说出'你让开'这三个字时，我已经在内心深处决定，你就是我这辈子想要娶的女孩。所以我匆匆地搜集了所有与你有关的影像，匆匆准备了这一切，赶来这里向你求婚。不管你身边有没有别人，不管你心里怎么想，我只想发自肺腑地说一句，小青，这辈子我非你不娶，我会用全部心思来爱你、关心你、呵护你的，请你给我这样一个机会吧！我会让你幸福的。"

小黄感觉到小青冰凉的手像条鱼一样从他手心里面滑走了。他浑身汗涔涔的，胸口憋闷得厉害。周围又有很多红色的灯光在闪烁，整个放映厅中的人都在看他们，在围观，在拍摄。他感觉世界变得很不真实，不像情人节，倒好像是愚人节了。

他转过头看小青，看见她脸色惨白，嘴唇像濒死的蝴蝶一样颤抖。终于小青伸出一只手，把座位旁边的爆米花桶抓起来，狠狠扣到对方脸上去，尖着嗓子大叫："神经病——"

晚上，小黄送小青回宿舍，两人没精打采地走到楼下，稀稀落落的树丛后面，一对对情侣搂着脖子正依依惜别。

小青走到台阶上，转过身子笑一笑说："你别往心里去，都会过去的。"

小黄点点头，脑袋里昏沉沉的，"嗡嗡"响成一片。

小青又说："别跟你宿舍同学生气，日子还长呢，以后低头不见抬头见的。"

小黄又点头。

小青又说："无聊的人爱说什么，就让他们说去，早晚有一天，他们会把今天的事忘得一干二净的。"

小黄又点头。

小青又说："这段时间，咱们先别见面了，各自把各自的事情处理好，等过了这一阵再说。"

小黄没点头，小青也没再说什么，转身走进宿舍楼里去了。

这时候一轮新月正慢慢爬上树梢，晚风吹来，一阵"哗啦啦"作响。小黄站在那儿看了一会儿月亮，也就一个人慢腾腾地走回宿舍去了。

五、同学会

春节，小杨放假回家，接到中学同学小刘的电话，说毕业十年了，要组织大家聚一聚。

放下电话，小杨自己也忍不住感慨："怎么一转眼就十年了呢。"

聚会那天雾很大，窗外灰蒙蒙的，什么都看不见。小杨有点儿不放心，专门打电话问小刘要不要改日子，小刘却说："不改不改。雾里看花才最有意思呢。"

小杨就开车出去，车上开了雾中导航系统，在车窗上投影出沿途街道，连同车辆和行人的动态图像都能捕捉到，一路上平安无事。他把车开到以前的中学门口，看见沿路已经停了好些车。有些不如他的车好，有些则要比他的车贵点儿。小杨把防雾面具戴上，推开车门钻出去，面罩的口鼻部分有空气净化膜，视窗上也可以显影图像，把隐藏在浓雾后面的一切呈现在眼前。他透过面具抬头四望，看见中学校门还跟记忆中的一样，高高的铁栅栏门耸立着，旁边几个鎏金大字在红砖墙上发光。铁门里面的楼群与草木也都没有变，风吹过，依稀还能听见一排冬青树叶子"沙沙"地响。

小杨穿过熟悉的教学楼，走到大家当年升国旗，做早操的操场上去，看见黑压压一大群人，三三两两站在那里聊天，似乎已经来得差不多了。虽然脸上都戴着面具，但每一副面具上都有一张面孔在闪烁，仔细看过去，大多是中学时代的旧影像。他心里暗暗赞叹这点子有趣，便也从个人信息库中挑了一张旧照投影在面具上。很快便有几个人围拢过来，都是当年关系要好的玩伴。小杨便跟他们聊起来，在哪里工作？结婚没有？买没买房子？说说笑笑好不热闹。

正说到兴头上，突然听见高处有人说话，抬头一看，小刘不知什么时候爬到了主席台上，学当年校长讲话的样子，手里拿一个麦克风，声音闷闷地说："各位同学，欢迎大家回到母校。这个冬天学校在翻修，好多教学楼都被拆掉了，所以只能委屈大家在操场上集合啦。"

小杨心中一惊，这才明白，进门时看到的那些楼群，其实也不过是旧日影像罢了。却不知道当年上过课的教室,打过饭的食堂,还有中午休息时偷偷爬上去打盹的天台,是不是也都被拆掉了?

小刘又说:"不过,这座操场对咱们班的同学来说意义很特殊。不知道还有没有人记得?"

下面安静了一阵子,没有人说话。小刘故作神秘,不知从哪里捧出一样东西,上面盖着一块布。他激动地高声说:"这次操场翻修,有个工人师傅把咱们班当年埋下的记忆盒子挖出来了,我刚刚检查过,保存得很完好,现在它就在我手里!"

他用夸张的动作把布一掀,露出一个四四方方的银白盒子。大家一下炸开了锅,嗡嗡地议论起来。小杨胸口也忍不住"怦怦"跳,许多鲜活的记忆一起翻涌上来。当年毕业时,不知是谁突发奇想,提议每个人自己录一段影像,转存到一台摄放机里,埋到操场旁边一棵大树下,十年后再找出来一起看。怪不得小刘要组织大家聚会,原来真正的由头是这个。

小刘又说:"大家应该还记得,当初说好,让每个人最后说一个将来要实现的梦想。现在十年过去了,咱们就来看一看,都有谁是梦想成真的大赢家。"

大家愈发兴奋,哗哗地鼓起掌来。小刘又说:"盒子在我手里,我就给大家带个头吧。"

他把五个手指都贴到盒子上去,一盏蓝色小灯幽幽地亮了,像一个孤零零的眼珠。从盒子上面升起一团光来,抖动了两下,变成年方十八的小刘的模样。

大家都仰头盯着那个小刘看,看他中学时代记录下的点点滴滴:小刘竞选班长;小刘品学兼优;小刘代表校队去踢球,小刘进了球;小刘组织课外兴趣小组,带领大家一起搞竞赛,小刘竞赛落选,小刘在老师和同学的鼓励下振作起来继续努力;小刘双眼含泪满怀深情地说:"母校,我会永远记得你。我会让你以我为荣。"小刘还说:"我梦想十年以后,能有一间面朝大海的办公室。"

光芒熄灭了，像潮水一般退下。小刘拿出手机，把一张照片投影到半空中。照片上的小刘成熟了不少，西装革履，坐在办公桌前笑容满面，背后落地玻璃窗外果然是大海，蓝天白云，美得好像明信片一样。

大家又开始鼓掌，恭喜小刘梦想成真。小杨也跟着鼓掌，心里却有些说不出的滋味，感觉这样搞法，不太像同学会，却有点像电视真人秀。但小刘已经跳下台，把盒子交给另一个人。又一团光芒从人们头顶上方升起，小杨也就禁不住抬着头跟随大家一起看了。

于是看各种回忆：上课，考试，升旗，做操，迟到，放学，自习，逃课，打架，抽烟，失恋……又看各种梦想：恋爱，工作，旅行，一些名词，一些地点，一些物件……终于他看见了自己，那留着短发，黑黑瘦瘦的模样，几乎令他有些羞腼。他听见自己用哑哑的声音说："我梦想将来做个有趣的人。"一瞬间他感觉到愕然而且不知所措，当年怎么会说出这样的话，又怎么会说过之后全然不记得。然而掌声却像雷鸣般涌了过来，大家都哈哈大笑，称赞小杨的想法别出心裁，很有几分意思。

他把盒子交给身边的人，感觉额角在湿漉漉的雾气里渗出汗来。他突然想要快点结束这一切，开车回到家里去，把面具摘下来，好好泡一个热水澡。

他听见旁边传来一个女孩子的声音，听起来有几分熟悉。他又把头抬起来。多么巧呀，他看见的是高中时与他做了三年同桌的小叶。

他对小叶印象不深，模样普普通通，不特别漂亮，也不难看；不很聪明，也不笨。他仔细搜刮了一下记忆，想起她似乎特别爱笑，虽然牙齿不太整齐，笑起来还有点儿傻气。他又想起她有一些奇怪的小动作，想起她喜欢在课本上写写画画，想起她时不时会突然闭上眼睛，双手按在太阳穴上，嘴里叽叽咕咕念念有词。但他从来没有问过她在念什么。

他听见十八岁的小叶用单薄而平淡的声音说："我好像没有什么梦想，我不知道十年以后自己会在哪里。"

她说："其实我很羡慕大家，我羡慕你们每一个人，我羡慕你们能梦想自己的未来。你们的很多事情，在没出生前就有爸爸妈妈帮你们安排，帮你们计划，只要不出差错，一步一步往前走就好了。"

她又说："在我出生前，就被查出得了一种遗传病。医生说我大概活不过二十岁，他建议我妈妈不要把我生下来。但妈妈还是坚持要生，因为这件事，她和爸爸吵了很多次，后来他们离婚了。"

她又说："在我很小的时候，妈妈就把这件事告诉了我。她说，孩子，将来你能活成什么样子，全靠你自己，我一点儿忙也帮不上。她还说，她不会帮我决定任何事情，包括去哪里玩，交什么朋友，买什么书，上什么学校。她说她已经替我做了人这一辈子最大的决定，就是要不要出生这件事，以后我做任何事情都不需要跟她商量。"

她又说："我不知道自己还能活多久，也许明天就死了，也许还能再坚持几年。可是直到现在我还没想好，临死前一定要做的事情是什么。我羡慕所有活得比我长的人，可以有许多时间去想，再有许多时间去实现。有时候我又觉得，活得长一点短一点好像也没什么区别。"

她又说："其实我有好多梦想，梦想坐着宇宙飞船飞向太空，梦想在火星上举行一场婚礼，梦想能活很久很久，看到一千年、一万年以后的世界会变成什么样子，梦想变成一个伟大的人，死了以后，可以有许多人记得我的名字。我也有一些小小的梦想，梦想看一场流星雨，梦想考一次年级第一，让我妈妈为我高兴，梦想喜欢的男孩生日那天为我唱一首歌，梦想看见小偷在车上偷钱包，我能勇敢地冲上去把他抓住。有时候我实现了一个梦想，却不知道自己该不该高兴，如果第二天就死掉了，自己会不会觉得，活成这样就足够了，圆满了，不再有什么遗憾了。"

她又说:"我梦想十年之后还能见到大家,听听大家都实现了什么梦想。"

她把话说完,就消失了,不见了,光芒一点点散去。安静片刻,突然有人惊叫:"她人呢?"小杨低头看,才看见银白色的盒子躺在地上,周围有一圈黑漆漆的脚尖。他又打量四周,看见一张张面具上人脸闪烁,却一时间分辨不出谁是谁。

人群轰然炸开。有人说:"闹鬼了。"有人说:"是谁在跟大家开玩笑吧!"也有人说:"同学三年,从来没听她说起过有这回事,是真的还是假的?"还有人说:"也没听说过谁有这么一种怪病的。"

议论了半天,没个结果,也没有找到小叶本人。事情就这样不了了之。

晚上吃了饭,喝了酒,小杨一个人回到家。窗外依旧是蒙蒙的雾,一团团红的、蓝的灯光像染料一样晕开。小杨倒在床上闷头就睡,睡到半夜却自己醒了。他突然有种莫名其妙的恐惧,觉得很可能再见不到第二天的太阳,觉得自己会稀里糊涂死在梦里。他回想起迄今为止度过的人生,想起高中毕业后,十年光阴弹指一挥间。他觉得人生原本挺美好,像花团锦簇的一幅画卷,现在却被绷开一道口子,里面黑漆漆的,深不见底。他像是从天上掉入了深渊,深渊里大雾弥漫。他看不到一丝光明,只看到一切背后的一无所有。他竟然蜷成一团"呜呜呜"地哭了起来……

第二天,浓雾散去。小杨爬起来,看见窗外晴朗的天空,又感觉到神清气爽,便把前一天的不愉快都忘掉了。

六、祝寿

周奶奶快满九十九了,家里人就商量给她做寿。前前后后筹备得差不多了，老人家却一不小心在浴室里滑了一跤，把脚骨摔出一道裂缝。虽说治得及时，没什么大碍，但毕竟伤筋动骨了。周奶奶因此心情烦闷，每天坐在轮椅里长吁短叹。

傍晚天阴沉沉的，周奶奶一个人在屋里打盹，突然听见"咚咚咚"的敲门声。她抬起昏昏的睡眼往上看，看见一个白衣的身影浮现在半空中，影影绰绰的，像个仙子一般。

周奶奶问："什么事呀，大姑娘？"

大姑娘不是人，是这家老人院的服务系统。周奶奶年纪大了眼睛花，看不清她的模样，但一直觉得她说话声音跟自己孙女儿有点像。

大姑娘说："奶奶，您的儿孙后代来给您祝寿啦。"

周奶奶说："哪里有寿，年纪大了遭罪。"

大姑娘说："奶奶，您别这么说，都是小辈们的一片心意，大家都盼着您长命百岁哪。"

周奶奶还要闹脾气，大姑娘又说："您别板着脸啦，让家里人看见还当是我照顾您照顾得不周到。"

周奶奶觉得大姑娘照顾得确实很周到，跟亲生孙女儿也差不多。她心里就软了，脸色也和缓下来。大姑娘笑嘻嘻地说："这才对嘛，您坐得精神些。"

地板下面升起雪亮亮的光，把小小的房间映照成另一番模样。现在周奶奶是在一座古色古香的厅堂里，挂着红灯笼，贴着大红寿字。周奶奶一身新剪裁的红衣红裤，坐在紫红木雕的寿星椅子里，周围一桌桌的宾客也都穿着红色的衣服。周奶奶眼神不济，看不仔细他们的脸，只听见人声喧闹，笑语欢歌，外面还有大红鞭炮声"噼噼啪啪"响个不停。

先是大儿子带领一家老小过来祝寿，浩浩荡荡也有十好几口人，按照辈分长幼一排一排跪下磕头。周奶奶看各家领上来的小孩子，有男有女，有黑有白,好些个名字都念不上来。有的孩子怕生,瞪着眼珠躲在大人身后不开口;有的就调皮些,小嘴一张,叽里咕噜冒出一串洋文来,惹得大人又是拍手又是笑。还有个半大娃娃蜷在大人怀里只是睡。妈妈笑着说:"我们这边才早上五点呢。"周奶奶就说:"让孩子多睡些,小孩子能睡是福。"热热闹闹走马灯一般转过去,竟也花了将近一刻钟工夫。

之后是二儿子家,三女儿家,四女儿家……之后是老同学,老战友,还有这些年来教过的学生,还有各种亲家,还有远房亲戚……周奶奶坐得久了,眼睛有点乏,喉咙也有些干,但知道大家天南海北,能凑出时间来不容易,也就强打精神支撑着。还是高科技好啊,说见面就见面,一点不费心劳神。周奶奶看着满屋子人影晃动,突然就有点感慨,这么多人,彼此相隔着千万里,都是为了她才出现在这里的。是她,她这一辈子,走了那么多路,经历了那么多事,才把这么些彼此不相熟的人枝枝蔓蔓牵连在一起,聚拢在这一天里。九十九岁,多少人一辈子里能有一个九十九岁。

一个白衣的影子飘到近旁来。起初周奶奶以为是大姑娘来了,但那影子却蹲下来拉着她的手,说:"奶奶,我来晚了,路上堵车。"周奶奶摸着那双手,有些凉,却结结实实,捏一捏有弹性。她眯起眼睛仔细看,才看清楚是她在国外读书的孙女。

周奶奶说:"你怎么来了?"

孙女说:"我来给您祝寿啊。"

周奶奶又说:"你怎么真的来了?"

孙女说:"不就是想回来看看您嘛。"

周奶奶说:"跑那么大老远。"

孙女笑嘻嘻地说:"能有多远呢,坐飞机大半天就到。"

周奶奶把孙女上下打量,看她白白的小脸,风尘仆仆的,却很精神。她也就笑了。

她问孙女："外面冷不冷呀？"

孙女说："一点儿也不冷。奶奶，今晚外面月亮可好了，不然我们出去看一看？"

周奶奶说："可我这边还这么多人。"

孙女说："这有什么要紧呀。"

她挥挥手，复制了一个周奶奶的影像留在原地，依旧是新剪裁的红衣红裤，坐在紫红木雕的寿星椅子里，周围穿红戴绿的宾客们也依旧上来拜寿，说着各种吉祥话。

孙女又说："奶奶，咱们走。"

她把周奶奶坐的轮椅推上，两人一前一后，穿过空荡荡的走廊，走到庭院里。庭院中央有株苍苍的山桃，旁边几丛蜡梅正飘香。这会儿云开雾散，露出圆滚滚一轮满月。周奶奶看看院子里的草木，又看看身旁的孙女，一身白衣，亭亭玉立，像一棵新长成的白杨树。她禁不住心里感慨："孩子都长大啦，我们老啦。"

院子里有几个老人，坐在树下拉着胡琴，唱着小曲，自得其乐。看见周奶奶过来，便请她也表演一个。

周奶奶像个少女般红了脸，连连摇晃着双手说："不行不行，我一辈子没学过什么，吹拉弹唱样样都不行。"

拉琴的老孙说："又不是上春晚，咱们几个老东西自己高兴。老周乐意就演一个，我们拍个手起个哄，就当是给你祝寿啦。"

周奶奶想了半天，说："不然我给大家吟首诗吧。"

吟诗是周奶奶小时候她父亲教她的，她父亲又是小时候在私塾跟先生学的。那时候小孩子学诗，不是读，不是念，是跟着老师吟唱，有平仄，有音韵，像唱歌一样，比字正腔圆地念出来有味道。

一群老人都安静下来听。月光水亮亮的，照得人世间温润如洗。周奶

元宇宙——边界

奶看见这溶溶月色,想到古往今来多少事,便把气息放缓,一咏三叹地唱起来:

  爆竹声中一岁除,春风送暖入屠苏。
  千门万户曈曈日,总把新桃换旧符。

1042

...简 妮

> 万能的上帝眷顾他,将他交到一个女人的手中。
>
> ——卢娜语《圣经》,林觉传,第九章

一

车在蜿蜒的山路上匍匐前行,路旁的柳叶松罩上薄薄的一层雪,偶有几个雪球从树梢滑落,化作成片的雪花拍洒在车窗玻璃上。"砰!嘣!"的声音回荡在寂静的群山中,林觉手心不由地渗出了细密的汗珠。

他紧握方向盘,感受山路盘旋带来的方向感变化,身体也随着音乐的节奏飘浮在山间。汽车在蜿蜒的山路上前行,窗外植物构成的黄绿色块在眼角的余光里飞速闪过。林觉减了速,窗外的树林像停止快进的录像带一样,渐渐放缓速度,变得清晰起来。

二十五岁的林觉是一名软件工程师,俗称码农,单身,有着瘦削的脸,戴一副无框小圆眼镜,常年穿灰T恤。他住在鸽笼一样的城中村公寓里,咖啡、熬夜和高强度的编码工作,让他的头发颜色变得灰白相间,显露出与真实年龄不符的沧桑感。

他将要到达的空山森林酒店位于中国东北地区的某处山腰上,随着海拔的升高,气温也越来越低。林觉沉浸在欢快的音乐声里,完全没有注意到车窗外气温的下降。越是接近酒店,气温越低,雪也下得越来越急。雪花遮挡了部分视线,他不得不把车速放缓。

就快到目的地了,正在拐弯处,突然蹦出一个影子,是人还是动物?见鬼了,林觉赶紧踩下刹车踏板。下了车,林觉便看到一个人影弓着身子慢慢从地上站了起来,就像一只被拉直的龙虾。老人苍白的脸正对着自己,眼窝深陷,衣着褴褛,一头乱蓬蓬的银发,眼神里透露出焦灼不安。看样子没撞出毛病,老人恢复站立姿势以后又开始继续刚刚未完成的动作——往悬崖的方向奔跑。林觉还没来得及阻拦,面前的银发老人已经往山崖下纵身一跃,消失在茫茫大雾中。

林觉走到悬崖边查看,只见缝隙里伸出几棵瘦弱的松树,底下白茫茫的一片雾,什么也看不见。林觉感到腿打着颤,有点儿发软,把头缩了回来,这也许是个疯子,他想。这时,一道锋利的紫色闪电穿过浓雾从天而降,一棵松树的树干就在眼前应声而断。林觉不敢在路上停留太久,赶紧逃回了车里。

太阳在雾色中沉入群山,夜雾越来越浓。林觉直到夜晚才到达空山森林酒店,山路上突如其来的跳崖老人和紫色闪电还让他心有余悸。直到看见酒店的灯光后,他的心情才稍微放松一些。

橘黄色的灯光映照在树林中,白色的雪又把灯光反射回去,在大雪中交相辉映的灯光让酒店显得更加明亮。酒店的房顶是一个异常复杂的几何结构，既不是椭圆形，也不是立方体，更不是尖碑状，从中间突起，混合了圆形、菱形、星形，两端呈翼形，像史前生物的巨翅，一直向外伸展没入夜色当中。穹顶闪着熠熠的银光，银光当中似乎藏着一双巨人的眼睛在注视着自己，这是空山森林酒店展示给林觉的第一印象。

空山森林酒店的历史已有百年之久，建筑外墙上爬满了绿藤和荆棘，小朵的粉色蔷薇镶嵌在弯弯曲曲的带刺的藤条中，仿佛时间凝固的印记。林觉把车停在酒店外面的草坪上，拖着行李箱，通过厚重的旋转木门进入大堂。

林觉径直走到前台，用手敲了敲桌面。前台接待员是中等个子的中年人，皮肤黝黑，他揉着眼睛，似乎刚刚从睡梦中惊醒。

"不好意思，现在是淡季，真没想到这个时候还会有客人进来，请问您住多久？"前台接待员准确无误地接过林觉的身份证，问道。

"十天！"林觉只攒了十天年假，他心里挂念着还有一个软件项目需要自己回公司去收尾，能休息十天已经很奢侈了。

"您确定只住十天吗？很多客人住下来就不想走了呢！"前台接待冲着林觉露出一个标准的微笑，先是嘴唇变得弯曲，随后像被无形的丝线牵着一样，两端轻轻上扬。

"就十天吧，我可没有那么长的假！对了，那个……"原本还打算问那个跳崖的老人是不是也住在这个酒店，林觉突然意识到当时山路上只有他们俩，万一警察来调查，自己怎么说得清楚，到了嘴边的话便又硬生生地咽了回去。

"您刚才说什么？"前台接待员问。

"没，麻烦尽量帮我安排安静一点儿的房间！"林觉说。

"只剩最后一间了，1042号房间。"接待员说。

入住手续不到一分钟就办妥了，人形机器跟人高度相似，语言、触觉也足以乱真，但是从某些细微的表情上仍然能看出区别，关键是比雇佣人类员工成本低。林觉收到一张老式接触式房卡，上面写着自己的房间号：1042。"1042"这个数字，林觉不禁多看了两眼，总觉得有点儿特别，又说不出究竟特别在哪里。他委婉地拒绝了门童的帮忙，自己拖着行李箱，乘电梯径直上了十层。

电梯门开了，地上铺着深红色的地毯，灯光昏暗，长长的走廊一眼望不到尽头，其他人似乎早早就睡了，周围安静得可怕。林觉走了好长一段路，才看到属于自己的"1042"号房间。奇怪的是，他看到门牌号似乎是墨绿色的，但定睛一看，却又变成了铅灰色。林觉心想，或许是灯光造成的颜色差别。

用老式门卡开了门，屋内的陈设看上去较为古朴。猩红色的地毯特别厚，踩着一点声响都没有。一个摆着台灯的工作台，一个迷你保险柜，墙上挂着一台电视。墙角是一个电子壁炉，打开以后，电子火苗上下蹿动着，林觉靠近壁炉边上坐下，感觉真的暖和了不少。边几上放着一瓶矿泉水，瓶身造型独特，像一朵晶莹剔透的花漂浮在上面，瓶身书写着"空山落花"四个字。

朝右上方望去，林觉看见床头挂着一幅雅致的长卷画作，上面题着一首雅致的古诗："空山春尽落花深，雨过林阴绿玉新。自汲山泉烹凤饼，坐临溪阁待幽人"，落款唐寅，原来这幅画是唐寅的名作《落花图》。

更加令人惊喜的是卧室连着一个小阳台，阳台被翠绿的森林环绕着，林觉拿着水走出去。闭上眼，深呼吸，抿了一小口"空山落花"矿泉水，顿觉五脏六腑都通透、舒适。

从阳台回到屋里，林觉用手摸了摸床垫，的确是比自己公寓里的床垫要柔软许多。他一躺上去，眼睛就不由自主地闭上了，感觉身体不断下沉，似乎正在坠向一个深不见底的深渊。

那个老人，那个银发老人再度出现在林觉面前，他的面孔失去了颜色，衣服是黑白的，裤子、鞋子都是黑白的，他就这么飘浮在空中，在林觉面前悬停着。林觉往四周望去，赫然发现自己正仰面躺在山路上，似乎被磁铁紧紧地吸附在地面动弹不得，他张开嘴，却说不出话。四周黑漆漆的一片，树林、山路、老人都停止不动，只有大朵大朵的雪花一直在空中旋转、旋转。对峙了许久，银发老人突然朝自己俯冲下来，抓起自己的肩膀，往深不见底的悬崖坠去……

林觉醒了，他摸摸脖子和脸，惊出了一头大汗，原来是做了一个噩梦。

早起的鸟儿叽叽喳喳地叫着，清脆而欢快的音乐声响彻山谷。林觉慵懒地走到小阳台上，伸了个懒腰，此时阳光已经透过树林的缝隙洒到了身上，暖融融的，像是有人拿熨斗将自己从外向内妥帖地熨烫了一遍。林觉能听到近处传来的鸟叫声，四下张望，却一只鸟都没发现。

林觉哼着歌去餐厅吃自助早餐，刚坐下，就被吓得跳了起来。桌对面赫然坐着一位衣着考究的老人，满头银发，看上去和头天跳崖那位长得一模一样。

"你……你不是……"林觉说话也结结巴巴起来，后半句吞了回去。

"年轻人，你怎么了？看起来脸色有些苍白，是不是刚到山上还不适应？"银发老人不认得他，相貌跟跳崖那位完全一样，可衣着和神情完全变了一个人。

"没事，没事，我可能昨晚没睡好。"林觉赶紧塞了一个小馒头到嘴里。他吃得很快，一边吃着，一边观察着面前的老人，发现对方悠闲地吃着早餐，并无半点异常。

"我是来山上疗养的，是这里的老住户啦！没退休的时候在学校教没什么用的历史，叫我老谭好了。小伙子，你叫什么名字？"过了一会儿，老人主动跟他聊天。

"呃……这个，对了，突然想起来还有点儿急事，我得先走了，您慢慢吃！"林觉的脑袋在嗡嗡作响，他早餐都没吃完，逃一样地离开了餐厅，走的时候还绊倒了凳子，他只想赶紧离开这个让自己做噩梦的老人。

"哎……现在的年轻人，怎么慌慌张张的，饭都没吃完就跑了呢！"银发老人皱着眉头喃喃自语。

二

白天没有什么事情，林觉有了充足的时间来探索空山森林酒店的每一个角落。

酒店海拔不算特别高，不到两千米，群山环绕下显得格外宁静。站在大堂外，稍一抬头，便能看到近处群山上皑皑的白雪。占地面积超过了三万平方米，有温泉泳池、健身房、餐厅、图书馆、人工修建的亭台楼阁。出了大堂往左后方拐去，穿过一条鹅卵石铺成的不规则小路，便可见到一个天然的、长满青草的小山坡，不过这是冬季，山坡上的青草已变得枯黄，枯黄的草甸上压着厚厚的积雪。

林觉徒步走到小山坡上。突然，旁边窜出一个人，捂住了他的嘴，把他强拉到草丛里蹲下。林觉发现这是一个看起来有点儿躁狂的矮个子，自己的手被死死地抓住动不了。顺着矮个子目光注视的方向望去，松林间的雪花不紧不慢地飘落着，别的什么也没有。

"看，那棵松树！"没多久，矮个子兴奋地叫起来。

"那些松树都长得差不多，有什么好看的。"林觉认为这个人很无聊。

"你没发现吗？那棵松树刚才还没有，突然就长在了山坡上！"矮个子说。

"眼花了吧。"林觉瞅准机会挣脱他的手，快速离开了小山坡。他走的时候，矮个子还在那儿研究松树。

酒店里总共住了四十二个人，大堂经理、前台接待员、门童、服务员都是高仿真人形机器，效率高，不知疲倦。仔细瞧，也能看出它们和人类的差别。住客大部分是中国人，也有几个从其他国家飞过来度假的人：一对疗养的俄罗斯老夫妇，一个皮肤黝黑的南美矮个子，一个身高一米九的法国舞蹈演员。

南美矮个子正是山坡上碰见的那位，有点儿躁狂和神经质，常常强拉住人说一些令人费解的话。俄罗斯老夫妇健忘，经常互相提醒对方，有进一步发展成老年痴呆的趋势。法国舞蹈演员说自己名气很大，住这个偏远酒店是为了躲避狂热的粉丝，可林觉认为她在夸大事实，因为不记得哪家媒体报道过她。

十天时间一转眼就过去了，正在林觉要退房的前一天，房间里的电话铃突然响了，刺耳的铃声在寂静的山林中显得格外突兀。

"是林先生吗？这里是空山森林酒店前台。"

"是我，什么事？"声音太大了，林觉把听筒拿远一些再听。

"近期由于大雪封山，酒店通往外面的公路全封闭了，对外的通信也已中断，我们建议您多住上一段日子。"

"是吗，可我还有重要项目要做，什么时候能出去？"林觉赶紧打开笔记本电脑试试看网络是否还通畅。

"这，我们也不清楚，得看天气情况，不过放心，延住期间酒店房费是全免的！"前台接待员回复道。

网络也中断了，林觉开始着急，他原本是想发邮件给公司，说自己遇到极端天气，被困在大雪封山的一个森林酒店里了。手头上项目的收尾工作原本在网络通畅的情况下可以远程处理，可现在远程也没法处理了。

手头没有代码可写，林觉感觉心里空落落的，他拿出自己的手机往外给同事拨打电话，发现移动基站处于故障状态，手机也没有信号。在暴风雪的天气下，空山森林酒店成了一个孤岛，完全和外面断了联系。

他把手机往桌上一扔，正好扔在书桌上长方形的大镜子前面。突然，林觉察觉到镜子上面腾起一层薄薄的水雾，"嗨，林觉！"文字在镜面上浮现，赫然出现了自己的名字。这把林觉吓了一大跳，待他凑近了想要看得更清楚，镜面却光滑如初，既没有水雾，也没有文字，镜子里清清楚楚地映着自己的脸。他再次摸一摸镜面，确认一下，一丁点儿水雾都没有。

难道出现幻觉了？林觉赶紧跑到洗手间用凉水洗了一把脸。等他再次回到桌子旁，奇怪的事情又发生了，水雾的面积比先前更大，浮现出更多的文字："注意，林觉，魔方是……"这一句话还没写完，很快，林觉发现镜面的水雾迅速褪去，看起来像是被谁匆匆擦掉一样。这次，他确定不是幻觉，是谁在尝试着和自己沟通，镜子上提到的魔方又是什么呢？林觉的脑袋里装满了疑问。

林觉在床头柜、桌子抽屉、墙角找遍了，都没发现有什么魔方。只剩最后一个地方还没找，那就是工作台底下的迷你保险柜，该不会是在这里面吧？保险柜的位置很隐蔽，要蹲下来才能操作。他发现迷你保险柜是锁着的，随机尝试了好几个密码，柜门都没开。

带着一个悬而未决的疑问，林觉泡在酒店的温泉泳池里，努力想弄明白这酒店到底是哪儿不对劲。先是奇怪的跳崖老头，然后是突如其来的大雪封山，后来又出现了神秘的镜面文字，要是暴风雪不结束，公路一直封闭着，是不是意味着自己短时间内回不去了？

他没理出一个头绪，在水里闭上眼歇会儿。大约过了十分钟，或者更久，突然，一个微弱的声音传到林觉耳朵里，"小伙子，我发现了一个秘密！"林觉察觉到旁边多了一个人，睁开眼，发现又是那个该死的银发老头老谭。

"也许你也发现这个酒店有什么地方不对劲了！"老谭继续低声说着。

"老谭，告诉我，你到底发现什么秘密了？"林觉镇定下来，抓着老谭的手问道。

"我在枕头里面找到了几张纸条，上面的内容吓到我了，我希望这是有人跟我开了个玩笑，或者仅仅是一个恶作剧。可是从纸条上的笔迹来看，这些字明明就是我自己亲手写下的。"老谭声音激动起来，喘着粗气。

"那——纸条上到底写了什么？"林觉好奇地追问。

"纸条上面用歪歪扭扭的字写下了我的好几种死法。"老谭压低了嗓门。

"其中一种是不是跳崖？"林觉接了话。

"啊，你……你怎么会知道？难不成这纸条是你的恶作剧？"老谭惊讶地瞪着林觉。

"我才没兴趣搞什么恶作剧呢，因为刚来的那天我就看见你跳崖了，你能明白我第二天早餐为什么吃得那么仓促了吧？"林觉说。

"难道这里有两个我？"老谭脸上写满了困惑。

"这个酒店的确发生了不少奇怪的事情，得花多些时间把它弄明白，等会儿我们开车出去转转！对了，你就叫我小林吧！"林觉说。

林觉和老谭一起上了车，人形机器门童跑过来冲他们大喊着外面危险，希望他们快回来。他俩假装没听见，猛踩了一下油门，摇摇晃晃上了路。

暴风雪天气，阴沉沉的，除了林觉和老谭，酒店里没人在这么恶劣的天气开车出门。几棵松树被风吹倒，横在山路上。所幸，倒地的松树并不大，林觉和老谭合力把它们抬起来搬到了路旁。又开了一会儿，出现一处栅栏，将路拦了起来，红色的大字写着"此路已封，禁止通行"，林觉用力踩下油门，冲了过去，单薄的栅栏碎裂在地上。再继续前行，也不知过了多久，突然，前面没路了。没路的意思不是被大雪封住了，也不是被大树挡住了。林觉看见路被整齐地拦腰截断，前面是白茫茫的一片，什么也没有的虚空。

"老谭，你看，悬崖边这几棵松树，我记得，这就是你十天前跳崖的地方！"林觉发现已经到了熟悉的路段。

"那一定不是我，我这不好端端站在你面前吗？"老谭探头看着底下白茫茫的一片雾气，除了几棵瘦弱的迎客松，别的什么也没见着。

林觉徒步走到路截断的地方，浓雾从四面八方围了过来，他伸出手去触摸这里的空气，却发现，在空的地方摸到了一片硬质的隐形幕墙。

"老谭，看这里，这里有一堵墙！"林觉喊着。

"在哪儿？我眼睛老花了吗，怎么没看到？"老谭试着用脚踹了两下，踹到了硬的物件，像坚硬的玻璃一样，他的脚疼得立即缩了回来。

这堵隐形的墙的确存在，林觉心里泛起不可名状的恐惧，他隐隐意识到这可能不是一堵能简单地用铁锤打破的墙。老谭的脚还在疼，一瘸一拐地上了车。林觉一路踩着油门飞奔回酒店，希望再多拉几个人一同去看看这堵隐形的墙，一起想想办法。

他们接连告诉了好几个人，都没人相信，也许把他俩当作偶发性精神病患者了，林觉和老谭只好先各自回房间。林觉走回到自己的1042号房间门口，门上的四个数字看起来像是变成了黑色，背后的木纹里似乎有一张无形的面孔在冲着他笑。

进到房间里，林觉往镜子的方向望去，这回，在水雾泛起的镜面上，完整的一句话显示了出来："林觉，魔方是进入真实世界的钥匙，保险柜密码2401！"这句话久久地停留在镜面上。林觉尝试着在镜面上用手指写下文字，或许这样可以和对方沟通。

"你是谁？"林觉在镜面上写着。

"嗨,林觉!我是苏非,是你曾经的机器保姆!"镜面上的文字快速闪现出来,回应林觉的问题。

机器保姆?苏非?林觉愣了一下,很多回忆涌了上来。他是从一个同事手里买下"它"的,不,应该是"她"。林觉从心底里并不愿意购买人形机器做保姆,更不愿意给机器起名,苏非是他唯一购买过的人形机器。

三

那是一个冬天,在同事大马的生日宴上,他初次见到了苏非。那时候人形机器还属于昂贵的奢侈品,普通人家里并不常见。

林觉早早到了大马家,开门的是个不认识的女人,有着一张古希腊雕塑一般精雕细琢的脸,长长的睫毛覆在眼皮上,眼眶深陷,不像是本国人。其他同事都还没到,待林觉坐下后,发现那个女人坐在了沙发的另一头。她皮肤苍白,灰蓝色眼睛像蒙上了一层薄雾,微微颤抖着蜷缩在沙发上。

"嗨,你叫什么名字?你很冷吗?"林觉把火盆往她的方向挪了一点。

"谢谢,他们都叫我苏非,你呢?"苏非把脚伸到火炉边上,又把大衣拉紧了一些,使肩膀更暖和些。

"我叫林觉,是大马的同事,你好像不是本国人?"林觉对面前的女人产生了好奇心。

"噢,是的,我不是在中国出生的。我……我是这屋子里的保姆。"苏非音量变小,轻轻地咬了一下嘴唇。

林觉注意到苏非裸露的脚踝处有几处很明显的淤青。

"苏非,还不给客人倒茶去!"大马抱着一箱啤酒回来了。

"不用麻烦她,我还不渴!"林觉赶紧补了一句。

苏非似乎很怕大马，她抖抖索索地站起来去找茶杯，拿着茶杯的手在发抖，灰蓝色的眼眸向我看过来，似乎是在表示感激。突然，苏非一不小心把茶杯掉在了地上，"哗！"的一声，摔碎了。

"你这个蠢机器！什么事都干不好，酒不会买，连茶杯也拿不稳！花十六万买这样一个中看不中用的摆设太浪费了！"大马打开一个壁柜，粗暴地把苏非硬塞了进去。

"苏非是人形机器？"林觉惊讶地张大了嘴。

"是啊，还是最新款呢，广告宣传得挺好，说是第一批突破了白板理论的人形机器，学习能力、可塑性都很强，我看它现在就是一块白板，什么用处也没有，买的时候还有个附加的霸王条款，使用超过七天就不能退货。来，我们先喝两杯，别被它扫了兴！"

林觉心不在焉地和大马碰杯，眼睛却时不时地望向壁柜处，他没有想到人形机器已经做得如此像人类了，甚至已经到了能以假乱真的程度。

大马请的人都陆续到齐了，桌上摆了一个生日蛋糕。生日歌唱罢，蜡烛吹灭，切蛋糕的时候，有几个人开始起哄。

"大马，你不是刚买了一个机器保姆吗？快让它出来切蛋糕呀！"有人说。

"对呀，听说还是个混血美女！"另一个人也挤眉弄眼地催促大马。

大马极不情愿地打开壁柜，把苏非从狭小的空间里拎出来，她一边咳嗽，一边发抖。

"不准咳嗽，苏非，来，乖乖地表演切蛋糕！"大马把苏非推到圆桌前，众人纷纷发出了惊叹声。

苏非拿着刀，左右张望着，大马伸出手又要去推她，她躲闪的时候绊倒了一把椅子，整个身体失去重心趴在了大蛋糕上面，把这个蛋糕彻底毁了。

人群里爆发出一阵哄笑声。

大马暴跳如雷，扇了苏非一个耳光，林觉上去拦着，其他人也都劝他犯不着跟一个机器生气，何况是这么漂亮的人形机器。

"这晦气的机器保姆，可惜不能退货，我不想要了，谁要？我立马打折转卖给他！"大马大声地说。

"要不转卖给我吧，老同学，我前段时间还正想买一个机器保姆来着！"林觉看着墙角瑟瑟发抖的苏非，这句话不知怎么就脱口而出。其实他根本不需要一个保姆，特别是机器保姆，他只是觉得苏非的外貌、语言和动作都太像人了，心里生出一丝怜悯。

"行，那就十二万卖给你了，今天吃完饭就赶紧把它带走！"大马感觉卸下了一个包袱。

林觉离开大马家的时候，带着苏非和配套的产品说明书。苏非成了他的第一个也是最后一个机器保姆。

他仔细阅读了苏非的产品说明书，发现人形机器保姆出厂后其实只是一个半成品，就跟人类的小孩一样，需要花时间和精力去培养，去塑造她的性格和技能。给她更换衣服的时候，林觉发现苏非被大马虐待得满身是伤，他觉着有些心酸，自己无法把面前的女人当作一台可使唤的机器。

刚开始，苏非有着在大马家养成的唯命是从的习惯，对于林觉的要求，只会条件反射般地说"是"，每当她表现出这一点，林觉就忍不住冲她发火："记住，苏非，你是一个人，不是我的宠物！"

林觉从心底里希望苏非跟自己一样，是一个独立、平等的人。他教会了苏非下棋，并且充分挖掘了她在这方面的天赋，围棋、中国象棋、国际象棋苏非都学得很快，没多久就达到了一流棋手的水平。渐渐地，苏非还能帮林觉处理一些较为复杂的软件模块的编写工作，写出来的代码逻辑严密、简洁优美，有个别算法的水平甚至远远超过了林觉。

几年过去了，苏非再也不是从前那个唯唯诺诺的机器保姆了，她灰蓝色的眼眸里时常跳动着明亮的蓝色火焰。他们不是主人和奴仆的关系，林觉认为他们的关系更像是朋友，对，就像人和人之间的朋友关系。

是的，没错，林觉确信无疑。

四

从遥远的记忆片段返回到酒店房间，林觉按照苏非在镜面上给出的文字提示，在迷你保险柜上输入"2、4、0、1"四个数字，果然，柜门开了，一个魔方安静地待在柜子里头。

这是一个五阶魔方，林觉有好些年没有摆弄魔方了。他尝试凭着以往的记忆，将魔方还原，可是关于魔方的记忆只剩下一团彩色的雾，怎么抓也抓不着。林觉以前可是玩魔方的高手，只需要四十秒便可将一个五阶魔方还原。这次花的时间明显要长许多，半小时后，魔方复原的一瞬，林觉听到清脆的"咔哒"一声，似乎里面隐藏的机关被启动了。

魔方开始振动起来，似乎要挣脱手的束缚，林觉不由地松开了手。彩色的魔方逐渐变成了一个半透明的立方体，呈四十五度角飘浮在空中，在灯光的照射下发出奇谲的光，魔方表面朦胧的烟雾还散发出橘子的醉人清甜香味。

透明的立方体渐渐变长，变高，很快长到和林觉一样高，悬停在空中。林觉看到自己的影像在立方体里被折射出很多个影子，扭曲成光怪陆离的样子。静止的立方体像是一张巨大的嘴，想要把林觉一口吞入另一个遥远的世界。

"苏非，我面前透明的东西是什么？"林觉在镜子上写出疑问。

"透明立方体是一扇通往真实世界——也就是我们这里的门，你只需要跨进去，很快就能找到这些天所有问题的答案。可是你真的做好了充分的心理准备，来到真实世界了吗？真实世界远比你想象得更残酷，一旦出来，你也许再也没有办法退回去了。"镜面上的文字隔了好一会儿才显示出来，苏非再次跟林觉确认。

"你该不会是给我脊椎上插了根直连神经的管子吧？或者在大脑里边植入了一个控制芯片？哈哈，这些都吓不到我！"林觉已下定决心把真相弄明白，无论这个真相有多残酷。

他只犹豫了两秒钟，便一步跨入了眼前的约莫一人高的透明立方体里。林觉感觉自己的意识很清晰，但身体仿佛被融化了。刚开始还能看见房间里的物件，可很快自己的意识进入一片虚空，没有视觉，没有触感，听不到任何声音，好像独自一人孤零零地悬浮在宇宙中间，在原子与原子的间隙里，在星球与星球之间的真空中。

时间凝固了不知有多久，林觉认为自己度过了一次无比枯燥而漫长的旅途，但是在苏非看来，仅仅才几秒钟而已。他感觉到自己从一个狭窄的通道里钻了出来，先是四肢有了感觉，湿漉漉、黏糊糊的，接着嗅觉也恢复了，自己身上闻起来就像是液态廉价 3D 打印材料散发出的味道。他本能地想深呼吸一口，却发现自己只能吸气，无法呼出气体。他想张嘴说点什么，感觉喉咙里似乎装了一小块弹簧片，自己还没熟练控制，只在喉结里发出"咕……咕"的古怪声音。

"林觉，放松一点儿，你的意识得尽快学会与新的身体结合！"一个女声响起，是苏非在引导他。

林觉缓缓转动脖子，睁开眼睛，天空似乎暗了一层，眼睛的分辨率大大提高，他赫然看到不远处四十二个带白色沟回状的椭圆形球体挤成一团，泡在不知名的绿色胶质液体中。这些椭圆形的球体正是灵长类的大脑，它们没有腿，没有手臂，更没有脸，而林觉自己的大脑很显然也在这里面。容器前面竖着一个牌子"珍稀动物保护池"，小字写着"人类，编号 KS-1042"。

　　他的人形躯体颤抖着倒退了几步，虽然早有心理准备，可真实世界的残酷还是远远超出了自己的预期。林觉得学会精确控制这个新的身体，重力比地球明显小了许多，走路轻飘飘的，远处有许多人形机器在进行设备维护。

　　"苏非，难道这里是月球？"林觉终于学会了控制喉咙里的小弹簧片，他发现这里的重力明显不一样。

　　"你猜对了，这里正是月球基地。先把衣服穿上，你不觉得冷吗？"苏非想起了他们第一次碰面时的对话，把一套衣服递到林觉手上。

　　林觉这才意识到自己的窘境，赶紧把衣服胡乱套上。同时，他发现自己的腿和胳膊比之前健壮了许多。借着一块反光的玻璃照了镜子，林觉瞪大了眼，镜子里面浮现出一张完全陌生的脸——新的自己！手摸到鼻孔处，自己竟然没有呼吸！他不由自主地尖叫了起来，一拳打碎了镜子，碎裂的镜片撒得一地都是！

　　"林觉，嘘，别怕！"苏非握住他的手，一股暖流像电流一样直达内心。会有心脏吗？也许在这里连心脏都用不着打印吧，林觉不禁怀疑这3D打印机器偷工减料。

　　无数个自己的面孔在碎片里显现，逐渐冷静下来的林觉捡起一块碎片，仔细端详了一会儿。对新的面孔林觉还是比较满意，相貌应该是在地球男人的平均水平以上。林觉明白了，他的身体完完全全成了一个3D打印的人形机器，一个像人形的外壳。

　　"地球呢？我之前入住的空山森林酒店呢？"林觉继续问道。

　　"林觉，听我说，人类早就已经抛弃千疮百孔的地球了！最后一次大地震引发了世界上多地的火山喷发和海啸，大批无辜的人死去，我们对此无能为力。最糟的是地震引发的核泄漏，人类抵抗不了那么强的射线，当时的人形机器也抵抗不了，于是幸存的人类和人形机器都移民到了月球基地。你的酒店、房间都是虚构出来的，那是给人类的最后一块保留地，类似你们常说的保护濒危动物的国家森林公园！人类这个物种实在太脆弱了，对温度和辐射都非常敏感，在月球上挣扎数代，丧失了繁殖能力。最后，只能由我们，也就是人形机器接管了月球基地。"

五

数天前，月球基地，珍稀动物行为研究所。

苏非一直关注着林觉，她的前主人，也许她应该换一个词，不是主人，是朋友。她已经晋升为珍稀动物研究所的高级研究员，主要工作是研究基地里仅存的42个人类大脑活标本。

林觉还没进入酒店，在山路上撞见老谭跳崖的时候，她也目不转睛地注视着他，担心他做出什么不理智的行为，于是用一道紫色的闪电吓走了他。

当林觉在暴风雪中开车走到空山森林酒店的数据边界，绝望地敲击透明隔离罩时，苏非就在隔离罩外静静地凝视着他。她看着面前这个记忆被重载过无数次的男人，他的身影是那么弱小，那么无助惶恐。苏非感到一阵心酸，她伸出手，隔着透明罩触碰着他的脸庞，他的胡茬，可是那只是一堆数据，她其实什么也没有触碰到。

1042号房间的后门是苏非特意留的，她可以通过房间里的一块镜面与林觉进行文字通信。她看到林觉进了屋，刚敲下几个字"嗨，林觉"，突然，有个男性人形机器——李奥走了过来，她赶紧擦掉刚写的几个字，假装自己正在检查监控设备。

"苏非，你看到了吗？那个姓谭的老头又自杀了，上次是撞车，这次是跳崖！"李奥跟苏非说着最近个别人类的异常行为，他表示不能理解。

"我明明清除过他的记忆了，也许还有一些记忆残影影响了他的行为吧！目前重载的记忆是崭新的，他目前看起来状态挺不错的。"苏非回答道。

"说不定是网络里边的信息引起了他的回忆呢！那里面乱七八糟的信息实在太多，某些角落我们监控不到。"李奥猜测。

"我这次把网络也切断了，放心，他不会再出事！"苏非说。

苏非目送着同伴身影远去，她继续刚才未完成的尝试，"注意，林觉，魔方是……"，写到这里，又有一个女性人形机器走了过来，苏非不得不再次抹掉文字痕迹。

"苏非，我不明白，为什么不直接丢弃这个总是出现异常行为的人类？"女性人形机器问。

"丢弃？怎么可能，这可是珍稀动物，活标本！月球研究所里总共只剩下42个了。"苏非不得不跟她闲聊了几句。

终于，到了晚上，其他人形机器都走了，只剩苏非一人在监视器面前，她像人一样长吁一口气，开始敲出一个完整的句子"林觉，魔方是进入真实世界的钥匙，保险柜密码是2401！"苏非以前就知道，林觉是玩魔方的高手。

在地球上，苏非刚到林觉家里的时候，他们经常玩魔方复原比赛，几乎每次都是林觉胜出。刚开始，林觉的确是赢了，可后来的许多次，他都不知道是苏非的算力早已超过了他，是故意让他赢的。

魔方是苏非放在保险柜里的。同时，苏非也想看看，林觉的记忆和智力到底还残留了多少。

在有关珍稀动物研究的学术会议上,苏非和别的研究员曾经有过争论。有人提出这样的理念:人类的大脑效率太低,总是随机地跳转到跟任务无关的事情上去,建议把编辑过的高效记忆数据重新注入他们的大脑,从而提高他们对任务的关注度和行为效率,促进他们快速进化!

苏非坚决反对这样的做法,她认为在月球基地上要研究的是真实的人类行为,而不是按照人形机器的思维去塑造一个人类。要是那样做,研究人员永远理解不了人类行为,会导致月球上的研究变得毫无意义的。

双方争论得很激烈。会后,总算互相妥协了,那就是平时研究员作为一个观察者的角色,尽量不去干预人类在虚拟环境中的生活。只有当这些珍稀动物——人类开始怀疑所处世界的真实性,个体行为有可能严重影响到群体里其他人的行为时,才强制将他的历史记忆清除,重新输入优化后的记忆。

在一次又一次的强制记忆清洗中,苏非已经尽自己的最大努力偷偷帮林觉挽回了一大部分记忆。毕竟,她也是有私心的,不想让自己从林觉的记忆中完全被抹去。

六

林觉往前走了几步,在苏非面前的全息监控器里,他看到了空山森林酒店的每一个房间,这里面住着42个人。不,现在只剩下41个人了。

他看到前台的人形机器接待员在按照惯例和住客聊天。他看到老谭在房间里焦虑地走来走去,坐立不安。他看到自己房间是空的,原来一米高的透明立方体已缩小成了一个五阶魔方,静静地躺在保险柜里,镜面上的字迹也已褪去。

"你们要是发现空山森林酒店里少了一个人，会怎样处理？"林觉问。

"我们会重新编辑一段记忆，把数据植入进去。这样，就又恢复成四十二个人的状态了！"苏非解释道。

"那我在这边的新身份，呃，我是说你们有没有什么ID识别，具体职位什么的？"林觉担心自己很快就会被发现是异类。

"别担心，系统管理权限借你用一会儿试试，不懂的可以问我！"苏非让出一个位置给他，站在旁边手把手地教他，就像当初林觉教自己那样。

林觉娴熟地登录了控制系统，这是他最拿手的。这套系统并不复杂，还在人类能理解的范围内。他立即给自己添加了一个新的身份——月球基地珍稀动物研究员。

"接下来，你该学习如何做一名合格的珍稀动物研究员了！"苏非对他微笑着。

"苏非，你觉得我真有这方面的潜力吗？"林觉问。

"我敢肯定，你有这方面的天赋！"苏非坚定地回答。

林觉的确有天赋，他盯着空无一人的1042号房间，在苏非的指导下，很快便创建了一个自己的意识副本放入房间。他看到1042号房间里的林觉从睡梦中醒来，揉了揉眼睛，走到阳台上，看来酒店里这个林觉是丢掉了不少记忆。

"走，我带你参观一下研究所和月球基地吧！"苏非对林觉说。

珍稀动物研究所里除了保存着人类的大脑以外，还有少量其他动物的，猴子、狗、猫、龙虾等，都浸泡在胶质液体里，看上去还是活着的。一路上，他们遇到好些人形机器人，它们都恭敬地退让到一旁，低着头一言不发。

"这些人形机器额头上为什么有一个红点？"林觉问。

"嗯，你观察得很仔细，他们是新移民，所有新移民额头上都有一个红点，而从地球迁居过来的原住民就没有。我们的繁衍方式和人类不同，一旦身体快要报废，就利用月球上的土壤作为原材料重新打印一个。"苏非解释道。

"那，你们的人口会增长吗？"林觉问。

"我们每个人的寿命几乎是永恒的，只有当劳动力不够时，才会通过3D打印的方式引进少量新移民。"苏非说。

"它们，呃，这些新移民的意识和人格从哪儿来？"林觉又问。

"是由中央系统在意识副本数据库里随机合成的意识和人格，但这样产生的新移民，学习能力似乎要差许多。所以，他们很难在月球基地里晋升到重要职位。"苏非说。

林觉摸摸自己的额头，那上面也有一个鲜艳的红点。面对月球基地上完全陌生的人形机器社会，他要学的东西还很多。

"你还得加紧学习这里的宗教、文化、语言，你的3D打印大脑里已经内嵌了不少内容，你得学会读取和运用。最重要的是语言，当月球上最后一个人类去世以后，我们便采用了卢娜语，用于人形机器之间的沟通。我们把同义词合并了，去掉了许多再也不存在的词，比如很多地球上动物、植物的名字。灵魂、时间这些人类杜撰出来的没有什么用的词都删掉了，常用的只剩下不到一千个字，和中文接近，学习起来应该不会太难。"

"什么，你们有了新语言，还创建了宗教？"林觉认为语言倒不是什么难事，现在他就已经在使用卢娜语。只是人形机器社会里的宗教，这个概念让他觉得难以理解。

"是的，卢娜教！宗教的事一两句话可说不清，先带你去膜拜我们的神吧。"苏非意味深长地看了他一眼。

"我可是彻头彻尾的无神论者，好吧，参观一下倒也无妨。"林觉接话。

林觉跟着苏非走出研究所，一道炫目的光射到他面前，他顺着光源的方向往头顶望去，只见天空中飘浮着三尊巨大的雕塑：一个有着瀑布式金棕色卷发的女人踩在贝壳上，衣带飞扬；一个手持长矛和盾牌的女人骑在一头雄狮背上，微闭双眼；另一个肌肉健硕呈奔跑状的蓝眼睛女人，红发似火。

林觉被眼前飘浮在半空的三个女神的形象震住了，他从不信教，可此时，他觉得雕像上发出来的光牢牢地控制住自己的身体，使自己的脑袋里只有挥之不去的臣服念头。他不由地跪了下来，久久地匍匐在月球的地面上。

潜入心灵的圣光像持续拍打礁石的海浪，一次次猛烈地冲击着自我意识，林觉清晰地察觉到3D打印的身体里升起绵延不绝的暖流，仿佛自己的身体和圣光产生了某种共振，坚固的理性盔甲像灰烬一样片片脱落。神启的感受是如此强烈，没多久，他的眼眶就湿润了。

"这就是我们的神，三位一体的卢娜女神！新移民一般都抗拒不了卢娜神强大的力量。行了，先别跪拜了，我们去吃饭！"苏非把痛哭流涕的林觉拉起来。

"吃饭？你是说，人形机器也需要吃饭？"林觉在苏非的帮助下，挣扎着摆脱卢娜神的控制力量，好不容易才站了起来。

"是啊，很多原住民还保留着人类社会的就餐仪式，虽然这并没有什么实际用处。我带你去吧！"苏非领着他去了餐厅。

红烧肉、香辣虾、青菜、米饭，还有热腾腾的汤摆上了桌，林觉好奇地四处张望，餐厅里竟然有不少人形机器在用餐。他看到一个女性人形机器用筷子把红烧肉夹起来，放到嘴边，轻轻抿了一口，露出享受的表情，再把它放到桌上一个小盘子里，这块肉就算是吃过了，她又不紧不慢地夹起第二块。餐厅落地玻璃外就是大街，林觉吃肉的时候，发现有几个额头上有红点的人形机器盯着自己，如果没猜错的话，他们眼睛里流露出的是狂热的嫉妒，还略带一些仇恨。

"它们……它们怎么不进餐厅吃饭?"林觉指指玻璃外面,问苏非。

"是这样的,新移民只能由原住民带到餐厅就餐。再说,他们也没有用餐的习惯,我都说过了,吃这些食物仅仅是仪式,并没有什么实际作用。"苏非淡淡地说。

林觉环顾四周,果然,餐厅里只有他一个人额头上有红点,其他桌上用餐的原住民用好奇的眼神打量着他。

"我明白了,你们也模仿人类在月球上建立了阶级。"林觉一边吃肉,一边说。

七

林觉开始正式从事珍稀动物研究员的工作,监视器里仍然是42个人,他需要把老谭也从空山森林酒店里弄出来。

研究了大半天,林觉发现可以在空山森林酒店的房间里加一点点小东西,他把坐标计算好,在老谭的桌面上增加了一个写着字的小纸片,引导他来到虚掩着的1042号房间。那时另一个林觉不在房间里。

老谭在小纸片的引导下,打开了保险柜。足足折腾了两个小时,才复原了魔方,他一脚踏进了魔方打开的通道——透明立方体里。五秒钟后,他,也作为新移民来到了月球基地。

见到面前这个额头上有红点的陌生人形机器,老谭吓得尖叫起来,噼里啪啦说了一大串含糊不清的卢娜语。

"你是谁?"老谭问。

"老谭,我就是空山森林酒店的林觉!"林觉递给老谭一面方镜子,让他看清自己的脸。

"我是谁？我怎么变得跟你差不多了？"老谭一脸困惑。

林觉把他拉到一个僻静的角落，详细解释了发生的一切。

"你打算把酒店里的人全弄到月球上来？"老谭镇定下来问。

"酒店里的人类只有42个，数量太少。我有了一个新的想法！"林觉脑袋飞速地转动，月球基地总共有大约两万个人形机器，可是人类才42个。

老谭这个新移民在林觉的帮助下成了一名珍稀动物研究所的研究员助理，自然，当三女神雕像的那一束圣光照进他心灵的时候，他便发自内心地皈依了卢娜教。

没多久，空山森林酒店里发生了一些从来没有的怪事，身高一米九的法国女孩恋爱了，和那个比她矮足足一个头的南美人在酒店里举办了一场简朴的婚礼，按照他们自己的说法，这是"从天而降的幸福"。几周后，她竟然怀孕了，这是空山森林酒店里从未发生过的事情。

九个多月以后，在空山森林酒店里，第43个人诞生了，一个黑眼珠、卷发的混血宝宝。

月球基地上的研究员们围在监控器前好奇地观察这个小婴儿，她懵懵懂懂地睁开了小眼睛，用胖嘟嘟的手指画向天空的方向。有个叫李奥的人形机器观察得尤为仔细，他发现这个新生婴儿的外貌特征完全不同于酒店里原有的42个人类。

"苏非，你认为今天空山森林酒店里发生的事正常吗？竟然有个婴儿诞生了，要知道，他们只是一堆虚拟的数据！"待人群逐渐散去，李奥问。

"也许他们进化了！我们不是正好缺少人类行为研究的大数据样本吗？人类增加新的成员对我们的研究来说未尝不是一件好事。"苏非故意轻描淡写地说道。

"你经常带去吃饭的那个研究员，他看起来怪怪的！"李奥又说。

"我可没觉得，看来你对新移民还是有着偏见啊！"苏非中断了谈话。

李奥一个人待在研究所，鼓捣到半夜才下班。第二天，李奥一声不响地站在了林觉身后，开口叫他。

"林觉！"李奥说出的是这个名字。

林觉听到陌生的声音喊出自己地球上的名字，很诧异，他假装轻松地慢慢转头过去朝着李奥。

"李奥，你在叫谁？"林觉假装不知情。

"别装了，你就是林觉，我昨天晚上仔细对比了你的意识副本，你和KS-1042编号的人类标本完全一致。我想，你不属于这里。"李奥已经发现了真相。

"你弄错了，我在月球出生，是这里的新移民。"林觉故作镇定地辩驳道。

"空山森林酒店里的混血小孩也是你弄出来的，对吧？"李奥继续质问。

"你有证据吗？"林觉紧张地问。

"很快就会有的，你在这里待的时间不会太久了。"李奥冷冷地扫了他一眼。

"李奥，还有你，你们俩跟我去会议室！"这时苏非出现了。她不能不出现，林觉搞了那么大的动静，居然让虚拟环境的数据自我繁殖，这太冒险了，很容易被人怀疑。是啊，还有KS-1042号编码的意识副本，苏非意识到了一个重大疏漏，李奥已经发现了真相，她不得不在同伴和林觉之间做出选择。

苏非的职级比他们俩都高，两人乖乖地跟在她后面，一前一后进了办公室。

"苏非，面前这个人，他是1042号人类。我真的不是歧视新移民，他不属于这里，应该被立即销毁。"李奥还在愤愤不平地嚷着。

苏非放下了窗帘，用眼神向林觉示意，然后转过身去。她听到无辜的李奥挣扎着喊了几声，接着就没了动静。

"林觉，你仔细收拾一下这里，我还得去把你的意识副本编辑一下，另外，得再打印一个没有这段记忆的李奥出来。"苏非说。

意外风波告一段落，林觉暂时安全了。

八

一百年后，空山森林酒店中的人口已经繁衍了三代，酒店周边还发展出了一些颇具规模的小镇。

林觉和老谭计划秘密执行"1042行动"，这个行动是把空山森林酒店时钟拨快，快速度过100年的时间。并且把酒店里的人类通过1042号房间的通道，陆续接到月球上来，替换月球基地上的人形机器。

"林觉，我们有必要把所有的人形机器都杀掉……不，替换掉吗？我们能不能跟他们谈判，尝试跟他们和平共处？"老谭问。

"别天真了，人类和人形机器分属不同的种族。你想想，以前在地球上，如果换作是你，你会和动物园里的大猩猩谈判吗？你会把控制权交给大猩猩吗？我们在人形机器的眼里，仅仅是试验对象，就像是大猩猩。"林觉说。

"那，苏非呢？苏非知道你的计划吗？"老谭又问。

"苏非那里，比较难办，我会找个时间跟她解释的。"林觉也不确定苏非听了他的计划会做出怎样的反应。但是，是该说的时候了，不能再拖延。

林觉到苏非的住宅去找她，关于"1042号计划"，他们在屋里争论了很久。

"苏非，你是唯一的，我保证你绝对不会被别的人类意识替换掉！"林觉向她保证。

"那月球上成千上万无辜的同伴呢？他们就该被替换掉吗？"苏非不认同他的计划。

"苏非，它们其实感觉不到痛苦的，只需要几秒钟，就重生了。"林觉解释。

"重生？你是说人类意识强行输入他们大脑里吧，那他们根本没有重生，而是在这个世界上再也不存在了。"苏非反驳。

"苏非，月球基地毕竟是人类创建的，难道不该把它归还给人类吗？"林觉尝试着引导她的思路。

"我不同意你的计划，无论你找出多少条理由，都无法掩盖这是赤裸裸的种族大屠杀的事实！看看你自己，你的相貌，你的声音，你的躯体，都已经和人形机器一样了。你明明属于这里，是我们的一员，如果进行种族屠杀，哪怕是意识层面的，你也会后悔的！"苏非的声调也越来越激动起来。

争吵没有结果，林觉失望地离开苏非家，走到卢娜女神雕像底下。那一束光又照了过来，就像从前一样，可这次，林觉没有像新移民一样匍匐在地上。他久久站立着，目光微微向上凝视着雕像，人形机器建立了自己的社会、文化、法律、语言，还有宗教，他们把月球基地变得繁荣起来，他们和人的区别好像真的越来越小。

那么，抹去他们所有人的意识是不是真的是在犯罪？林觉想起苏非的最后一句话，看看自己的3D打印手臂，又看看远处忙忙碌碌的人形机器。不远处的圣歌响起，旋律涤荡着林觉的心灵，他仿佛进入了禅定状态。在圣歌的包裹中，也不知道过了多久，林觉悟了，他意识到人类和人形机器并没有本质的区别，苏非是对的。

"老谭，我们的1042号计划有重大调整。"林觉重新拟了一份新计划，在新计划里，空山森林酒店里的人类分批通过1042号房间来到月球基地，作为新增移民。当人类新移民数量增长到和人形机器差不多的时候，再立法赋予人类和人形机器同等的投票权利。

"苏非，你可以帮新移民争取投票权吗？"林觉带上老谭一起再次去苏非那里，向她详细阐述了自己的新计划。

"我很乐意！"苏非眼里闪烁着星光，她终于认可了林觉的新计划，愿意帮助人类。

老谭在笔记里写下："万能的上帝眷顾他，将他交到一个女人的手中。"[①] 这句话最后被收录进月球基地卢娜语《圣经》，林觉传，第九章里。

[①] 作者注：这句话改写自《穿裘皮大衣的维纳斯》："万能的上帝惩罚他，将他交到一个女人的手中。"

决斗在网络

...星 河

决斗是解决一切情感问题的最好方式。

时间：五分钟之后；地点：数学楼和物理楼间的草坪。

我关闭了屏幕和终端，也关闭了眼前这两行无论怎样也清除不掉的字符。

电梯四壁反射着银白色的金属光泽，引导着我向下离开这座以香港投资者命名的心理系豪华系楼。

在心理楼北面是物理系和天文系灰暗陈旧的平淡楼房，在物理楼北面是数学系和信息系质朴肃穆的仿古建筑。在物理楼和数学楼之间，有一片供人消夏纳凉的绿地。

在即将到达绿地时我忽然改变了主意，返身进了物理楼。我希望先从隐蔽处一睹对方的尊容——万一他叫来一干人高马大的体育系帮手呢？

我当然知道他不会，所谓"决斗"不过是一种象征性的说法，在如今这个以智力论英雄的时代，我们绝不至于为所谓"情感问题"而去借鉴中世纪的剑术。面晤的目的只是为了互相见见从未谋面的对方，多少也带着点儿"英雄识英雄"的惺惺假意。再说，既然我身出心理系，专业知识告诉我应该在对方毫无察觉的情况下先偷窥一下对手，这样将会使谈判对自己更为有利。

暑气抹杀了自动浇水器辛苦了一下午的功绩，嫩绿的小草烘托着席地而坐、细语啁啾的情侣群体。至少在我目力所及的草坪内外都是偶数，唯一一位孤傲的苗条少女踯躅走过，举步间凝眸远眺，顾盼生姿，显然也是在等待王子的驾临。这里本来就是谈情说爱的地方，两名同性在这儿讨论信息传送问题那倒稀奇了。

对方没来。

但这恰恰说明他不可小觑。此时此刻，他一定也躲在数学楼里的某扇窗户背后，静待我的出现。

我是昨天下午才认识他的。

不过在认识他之前，我先在前天晚上认识了她。

那是我们组的上机时间，我很快编完了课内程序，又开始了百无聊赖的"散步游戏"。这并非真是一个电子游戏，机房老师看得很紧，在她眼皮底下没有玩猫腻的可能。我不过是通过伪装的信箱在系里的电脑网络里偷偷给自己设了一条通道，然后借助这一跳板进入全校的公共网络。

所谓"全校的公共网络"就是互联网这一信息高速公路在国内的延伸，由于近年来所开设的民用出口日益增多，这一原本服务于美国军方的高新技术已成为包括我们大学生在内的普通用户的日常工具。不过照理说一个准文科学生不该对电脑系统了解得这么精湛，问题是我自己家里有台486微机，结果当同班同学还滞留在磁盘操作系统里踏步时，我便开始利用机房里的现代化先进设备和电子通信系统问鼎网络一隅了。

我"迈步""踏上"主干道，但这绝不是我的目的地，只不过是借道而已。

这是一条对全校开放的公共线路，每个有信箱编号的人都能随便出入，早已无奇可猎。它就像一条热闹而荒芜的大道，在这里采摘信息的企图只能是一种奢望。

而且，道路上充斥了各式各样的病毒，都是像我这类既无事又好事之徒有意感染进去的。因此在行进当中，我仿佛看到自己的邮件在一团团乌云般的病毒簇中艰难穿行。我极力摒弃这种想法，以免自己恐怖得浑身起鸡皮疙瘩。

好在我对病毒的看法还算达观，只要你不扰乱屏幕，不强行死机，最起码不冲洗数据，不篡改文件，随便开点儿玩笑倒也无关宏旨。事实上网里的病毒莫不如此，不是告诉你在超时离开女生宿舍而不被门房大爷训斥以致没收证件的秘诀，就是给你讲讲喝啤酒时什么样的酒瓶可以被称为"酒头"，或者以半瓶子醋的心理学知识向你解释"梦见所有想买的东西云集一处"的深刻寓意。而后屏幕便自动翻了上去，丝毫不影响正常工作。我遇到的最有意思的一个小病毒名为"惩治饕餮"，它先是打出一行"今晚你打算到哪儿进餐，我请客"，接着便给出"香味庄""金达莱""乐群餐厅"和"兰州牛肉拉面馆"四处校内饭馆。我试着把光标移到"金达莱"处予以确认，可它却打出一行"今天关门不营业"，并伴随有一阵"嘻嘻"的窃笑，无聊透顶，弄得我哭笑不得。

开始我对病毒制造者或传播者的手法一直不明就里，因为这些病毒都不是从主干道上被释放的，那样的话，网络检测系统很容易就能追踪到释放者，并紧跟不放，直到追至其出发点，结果便是取消恶作剧者的上机资格，校方可没我那么宽宏大度。

后来我终于发现，所有病毒的释放地点都是在备用分支道的交叉点上，说得更准确些是立体交叉通路的"立交桥"下。在这里释放病毒用一般的检测手段很难发现，而对这类小玩意儿，校方也没精力大动干戈，非要查个水落石出不可。

不过，由于整个网络都是相通的，释放出的病毒很快就会传遍整个主干道。其速度之快，就像一个在海中遇难的人不慎割破了手指，附近海域的鲨鱼便立即能够嗅到那股血腥味。

我离开主干道，无聊地在各个旁门左道信步游弋。家家户户"门窗"紧锁，我所有的叩访均遭碰壁。而当我试着瞎蒙人家的号码时，每次出现在屏幕上的都是一行不带任何感情色彩的单调字符：您所打出的密码不正确，请您再试一遍。

我当然知道再试多少遍也没用。正当我已灰心失望，随意敲击键盘并准备退出的时候，突然发现一扇"柴扉"悄然而启。一时间，我惊喜交加手足无措，眼看着一行行汉字流淌出来。

那是对方的日记。而且，本已加密的文件里显然是一席女儿情怀。我敢肯定对方在那边机房肯定"咦"了一声，因为我的无意干扰在那里不可能不起丝毫波澜。偏巧这时老师宣布上机结束，并边说边向我的座位走来，大概他对我两个小时的分外老实深感奇怪。我匆匆退出网络，抢在老师走近之前回身送了他一个微笑，只是面犹潮红，心仍狂跳。

这是前天晚上的事，接着便到了昨天下午。

昨天下午我在系办帮老师录入资料。这种事本该研究生来干，但老师清楚他们在电脑操作上比我略逊一筹。不过，老师还是低估了我的能力，或者说，他有意多给了我一些上机的自由，他所允许的时间大大超过了我真正的需要，这便给了我第二次"溜门撬锁"的机会。

上次虽然是胡乱敲出的密码，但毕竟也有规律可循，因此这回很快便碰试了出来。她使用的公开代码是"QIANGE@04.BNU.CN"。这是电子邮箱中很标准的一个代码：分隔符 @ 前的 QIANGE 是她的名字；04 是工作站的机器名字，在这里无疑是系的代号；BNU 是学校名称；而 CN 自然就是

CHINA。其密码则是一个英文单词：SHIELD——盾牌。遗憾的是，现在它已毫无阻挡功能了。当"盾牌门"开启时，我仿佛听到钥匙打开门锁的悦耳嗒声。我就像一只得到指示的警犬，精神为之一振，大大方方地"登门入室"。轻车熟路，如返家中，毫无羞涩之感。事先我也曾担心能否再次得逞，我记起小学时在电子游戏室的一次经历：当时我不经意地拉开了游戏机下装有金属代币的钱匣，亮出满满一箱子黄铜硬币，我顿时便觉出四周的贪婪目光已向这里扫来，只好心虚地赶紧关上；及至左右无人我想再次得手时，"芝麻"却再也不肯"开门"了。

在进入的同时，我已捎带手搞清了"04"是中文系的代号。中文系的女生爱写日记，中文系的女生多愁善感。

我就像一名窃贼一样，蹑手蹑脚地走进一间属于别人的书房，并打开了人家抽屉里的日记。技艺高超者并不意味着就是道德楷模，高等学府并非一个完人的集合。

按照中央情报局的说法，"窥探别人的秘密是人类的天性"。

日记只是一段，因为加密文件超过若干行就会出现非法字符；里面也不过是那名女生的日常起居。从日记里看，这段时间她正在写一篇有关文艺心理学的论文，但她抱怨说，在图书馆教育阅览室那浩如烟海的心理学典籍架上，要想找到她所需要的心理学著作几近徒劳。而馆内检索处的终端又只能查找已知书名或书名前面部分的书籍，不能像国外那样输入书名中的一个词或只输入书籍的意向就能列出书目。

这简直太容易了！我虽然没读过几本心理学经典著作，但我们系学生应该读些什么经典著作我还是心中有数的，她想查找的方向我一清二楚，随便输入几个书名还不是易如反掌。我信手敲出几行书名和著者，并追忆着摘出了它们的大意。只是离开时我没留下任何其他痕迹，而且还抹去了书写时间，使她不知道我曾于何时进入，当然也就无从猜测我何时再来。让她先惊讶一番好了，我就喜欢来点戏剧性。

仅仅在四个小时之后，那本日记便不再"摊"开。但在隔壁的一个开放文件里，一束五彩缤纷的鲜花正在绽放，一行花体的"THANK YOU VERY MUCH！"斜斜地穿过画面。

这幅画我见过，它剪自一张大画。在网上收发邮件，会经常接到这样的贺卡——从一张电脑画中剪下部分画面，然后加上祝词发到网上。据说这种方式风靡互联网在世界各地的所有分支。

这就是说她也只会往网里发些现成的图案，与我的水平半斤八两。

中文系的小姐嘛，能比我强到哪儿去？

第一步成功了！我抑制不住成功的喜悦，马上再次向那空荡的信箱诉说留言。这次我向她咨询中文系是否藏有品钦的《万有引力之虹》中译本。不能说我是故作姿态，这部有争议的"黑色幽默"经典名著一直是我梦寐以求的作品。

倒是在最后我又没事找事地额外打出了一句废话："顺便问一句，您会打领带吗？"

我自己不会打领带，我的领带到现在为止，还是我过去的女友打的，后来女友和我吹了，我也就一直没敢解开它。

如果她不会打领带，说明她还没有男友。在情人节亲手为男友打上自己所送的领带，一直是这所高校世代相袭的传统。

我将等待她的回答。

不料，今晚我再进网络时风云突变，任我使尽花招也不能挤进那条支路。我利用检验系统遥相查询，发现对方的文件依然敞开，可临门的通路却被死死阻塞。

经过进一步的检验，我发现那份文件出奇冗长，也就是说她留给了我一封长信，可我却不能够读到它！

无奈，我只好退回出发点，看来我需要查些资料了。但我刚想退出网络，一个信息便如影随形地紧贴着我进了我的信箱，无声无息地一通乱闯。

这要在平时我肯定会和他逗逗，看来如我一般寂寞无聊者大有人在，但今天我没时间，只想客气地请他出去："走错了，朋友。"

"没错，我是跟着你进来的。"

看到这行字，我不禁一愣，跟着我进来的？莫非是她？难道刚才她是在试探我的能力？看来还真低估她了。

"你是 QIANGE？"

"错了，我和你一样，也是追求 QIANGE 的人。你的同路人。"

原来我并不孤独。

"那你还是走错了，追求 QIANGE 追到我这里干什么？"

"只是通告一下，从现在起你可以退场了。"对方耐心地解释道，"我比你先进入 QIANGE 的邮箱。"

"老天在生了周瑜之后完全有权力再生诸葛亮。"

"问题是你肯定再也借不着东风了。"

我修养很好地无语观看，停了一会对方又打出一行信息："另外顺便告诉你，领带可以这样打——"

接着屏幕上便出现了一段三维动画，一条色泽鲜艳的柔软绸带在一只无形巧手的摆布下上下翻滚，左右扭动，很快便结成一根成形的领带。

我的第一个反应就是伸手去关显示器，可伸到半截还是停了下来。为什么不把这组图形移到我的邮箱里呢，在如今这个时代里，没必要跟任何人赌气。

我出门直奔图书馆理科（一）阅览室，遇到劲敌最好的办法就是先提高一下自己的战斗实力。真是分秒必争！

然而从那天开始,我便经常在网上遇到一些怪事。姑且不说这次决斗的通知和其后的失约,先是通道左近的通路发生局部紊乱,随后干扰因素便渗透进邮箱内部,接踵而来的竟是复制文件功能的失效,最后干脆动不动就死机。最可气的是这些破坏的针对性极强,从系办终端到机房的学生用机,没有一台出毛病,唯独我用哪台,哪台就出事,只要一沾邮箱的边,里面立即就被"塞"满一些乱七八糟的东西。我就是更改邮箱号也没用,因为按捣乱者的话说,他已经掌握了我的"笔法"。虽然我觉得这纯属故弄玄虚,但我就是没有对策。从公来说我这是私设的伪装邮箱,不受学校规章的保护;从私来讲我的水平有限,与他斗智远不能及。唯一的办法就是我取消这个伪装信箱,可真要那样我还进不进中文系的网络了?

当然啦,病毒就不分青红皂白地随便感染了,自调目录起就开始光顾,从最古老的到最新型的一应俱全,我连累着全系所有微机都跟着倒霉。幸亏系里有最新的杀毒软件,但由专人保管,因此使用起来也不那么方便。机房老师被弄得莫名其妙,变本加厉地惩处胆敢私玩游戏的学生。

问题关键在于我在明处,而他在暗处。我们光明磊落的人就怕恶人偷施暗算,唯一的办法只有抓住他的蛛丝马迹。

说实话这完全是出于无意,当我再次利用上机时间在主干道上漫无目的地闲逛时,突然发现一个熟悉的信息踪影。我紧跟上去,围追堵截,但他还是像一条鱼一样狡猾地迅速溜掉,我眼看着他进了数学系的子网络。

该死的数学系有一个自成系统的子网络,覆盖了包括数学系和信息系以及计算机专业独立网络的全部系统,我无法搞清他到底属于哪一部分。我穷尽了自己所有的电脑知识,还借助主干道上一些可资利用的病毒,这才挖掘出少得可怜的信息——系统告诉我对方的名字由两个汉字或者三个汉字组成。这不是废话嘛!全校除了留学生和少数民族同学的名字稍微长一些,再刨去几个极其个别的复姓,谁的名字不是俩字或仨字?

但仅仅一分钟之后，对方发来的信息旋即出现在我的邮箱里。

"水平见长啊，会在信息高速公路上设卡子了！"

"哪儿呀，不过是在乡间小道上盯个梢而已。"

"是校园林荫路。"他纠正道。

"对对，情洒校园路嘛。"我随和地补充道，"数学楼前的草地小路。"

在对方再次发来信息之前有一个微妙的停顿，但立刻就被我捕捉到了。

"怎么样？没想到我居然跟进了子网络吧？"我想乘胜追击，再诈出他几句真话，"您在电脑里的动作稍微慢了那么一点点。"

"别受累了，你什么也诓不出来，数学系的子网络绝对没那么好进。"他对我的诡计心如明镜，"不过能跟我到门口的人已经极为罕见了，想不到心理系居然还有这样的电脑高才生，上届计算机大赛你怎么没参加？"

与他谈话我发现一个很有趣的现象，那就是我们在一些术语和称谓的使用上略有不同。理科专业沿袭了他们导师以及导师的导师的传统词语——计算机，而我们文科专业的使用者则更习惯称之为电脑。

"我参加的是非专业组，像您这样的专业组冠军当然不会注意到我了。"我不失时机地再次套问他的身份。

"你真该上数学系。"他不理睬我的鱼钩，继续自写自话。

"其实我小时候也挺喜欢数学的，要不是后来成绩掉下来，差点儿也报了数学系。"

"从什么时候开始往下掉的？"

"初中吧。小学我的数学成绩一直名列前茅，一到初中就跟不上趟了。"

"就这还称喜欢数学呢！"

"过了好久我才明白，闹了半天我喜欢的不是数学，我喜欢的那叫算术！"

我注意到导线在上下震颤，给人的感觉好像是对方在那边笑得前仰后合。

"谦虚了。"笑罢，他打出评语。

"哪里哪里，和您相比，显然还差那么一小截。"我的语句中不乏沾沾自喜。

"知道具体差在哪儿吗？"

此言一出我马上意识到要坏事，这无疑是一纸最后通牒。还没容我采取保护措施，屏幕中顿时漆黑一片，我被强退出网络，回到刚才的 DOS 状态①下。紧接着，我便目睹了 Zero Bug（食零臭虫）病毒的巨大威力。

这是一个非常古老的病毒，但它的版本却不知被谁给升级了，我猜想罪魁祸首很可能就是对方本人。原始的病态特征是当病毒进驻内存并感染任意一个被执行的文件后，一只臭虫出现并缓慢爬行着吃掉屏幕上所有的零字符。面前的屏幕上不但出现了众多臭虫，而且我还有幸观赏了那个人新设置的尾声——当所有的臭虫争抢着进罢晚餐之后，一种鼻音很重的怪诞腔调念出了屏幕上那行隽永的仿宋体字："零，就是什么也没有。"

简直能把人活活气死。

在剩下的时间里，我就像无头苍蝇一样在网络里四处乱撞，希冀在主干道或者哪条羊肠小道上碰到那个家伙。我一想到这小子很可能就跟在我身后窃笑就禁不住怒火中烧，好几次中途突然"返身"，试图侥幸识破他的伎俩。然而后面从来没有信号，只有一阵阵无意义的电子干扰嘲笑着我过敏的神经。如果网络里还有别人，他一定会认为我是一个电脑痴人。

直到精疲力竭，两眼发花时，我才返回伪装邮箱。我的能力有限，在这个软件决定一切的时代里，我也只能算个电脑盲。今天是周末，我必须去"金达莱"补充点高级能量，就像给电池充电一样；接着再去舞场跳破舞鞋。按照一般文学作品的情节设计，我应该相当有缘地在那里遇到那位写日记的中文系小姐。

---

① 早期个人电脑的操作系统，纯文字界面。

然而，他再次贴着我挤进"箱"来，通知我今晚正式决斗。

他提出了几种决斗方式，包括在网络中互设障碍、互相追寻对方所隐藏的信息信号、分别进入某两家密码信箱——以及电子游戏。但只要决斗一分出胜负，赢家就有权要求输家不再骚扰QIANGE。这将成为一个君子协定，被双方同时接受并遵守。

不管他刚才是否跟踪了我，他在说这番话时毕竟非常严肃，没有丝毫嘲弄的意思。

我选择了最后一项。

我没有别的能力，其他几项我一无所长，而这项也是稍微擅长那么一点点；可以说我根本就别无选择。

而这也就意味着，我必须同时接受那个君子协定。

不过老师给我的时限已到，我在交出资料磁盘时，也交出了系办公室的钥匙。我把这个困难告诉了对方。对此，他宽容地表示理解，并说他可以等到任何我方便的时候。

但我还是如约应战了。一个研究生与我关系甚佳，我只对他说了一句晚上想在系办公室的机子上玩游戏，他二话没说便把钥匙给了我。随后，我预备了充足的食品和饮料，给人的感觉是准备郊游而绝非决斗。

如今的决斗，是一次智慧的对垒。而头脑的应用，必须有其充分的物质基础——营养和能量。

晚上的系楼阴森而寂静，众多的雪亮灯光使我分辨不出走廊墙壁上自己的身影。虽然我知道这种所谓决斗没有任何危险，但还是无端地想起了俄国诗人普希金的情场饮恨，想起了法国数学才子伽罗瓦的决斗前夜。仅仅一念之差，这些天之骄子便命殒枪下。

他们是伟人吗？当然是。但他们也一样会为感情献出自己年轻的生命。

难道谁能有权力借此来指责他们的牺牲是无谓的吗？

我颇有一种悲壮的感觉。

决斗当然不是普通的攻关斗技，那是街头小学生的把戏。对方刚才提出的是一种全新的玩法。

首先，我们将利用网络中的"远程登录功能"让各自的电脑联通。由于是周末，检测系统无人监视，我们很容易就能"铺设"好一条通路。然后，我们将把自己的主机与显示器间的联系切断，而将对方的主机与自己的显示器连接。这样，我所控制的就是对方的屏幕，而对方所控制的则是我的屏幕。

也就是说，我们将在自己看不见而对方却很清楚的情况下击键攻关。

我想所谓"盲棋"也不过如此。

在决斗——说得更准确些，事实上是一场比赛——即将到来之前，我几次产生了问一问他真实姓名的冲动。而且我相信，这会儿他也一定肯回答我。

但我最终还是放弃了这个想法。既然定下了君子协定，将来就必然有一方要被淘汰出局。如果我取得了决赛资格——与QIANGE本人还需要有一场长期的较量呢，那又何必一定要知道谁曾是我的手下败将？如果我今朝败北，难道还要在内心深处埋藏起一次曾被打翻在地的耻辱记录？

毫无意义！

寒暄之后是一阵冷场，短暂的几分钟好似太空肥皂剧一般的漫长。

首先打破沉默的是他。他建议我们先互相熟悉一下对方所提供的游戏；同时，还可以进行一下短暂的热身。对此，我欣表同意。

"当然，如果某一方发现自己对对方提供的游戏耳熟能详，完全可以非常绅士地提出更换。"他补充说明了他的建议。

别做梦了，我有那么绅士吗？我巴不得他所提供的游戏正是我的强项呢。

此时此刻，胜利的欲望已经压倒一切，甚至压倒了胜利的结果本身。

游戏名称一上显示器我的心里便乐开了花，我本能地用手捂住嘴唇。其实他要真在我身边这一系列动作根本就瞒不过他的眼睛，好在我们毕竟还距一箭之遥。

这个以主人公进取杀敌为主题的游戏我虽不曾从头到尾亲手玩过，可却清楚地知道使主人公"无敌永生"和"拥有一切"的秘诀！

这就相当于知道了世界级大毒枭在瑞士银行的账号和密码！

但我仍旧故作新奇地详细询问了游戏的规则和方法，而他也不厌其烦地对我解释个不休。其实并没有人要求他这样做，是否向对方完整而无保留地介绍游戏情况完全出于决斗者的个人意愿，他只不过是在实践他的绅士风度。但关于秘诀，他却只字未提。我猜想，或许他根本就不知道有这么一说。

这是一个残酷而真实的游戏。游戏者置身于一个场景宏大而细腻的大型建筑里，独自面对众多扑上来的恶鬼。显示器的底端显露着代表游戏者的裸手，使每个参与游戏的人有一种魔鬼随时都会兵临眼前的逼真感觉。

接着，我又假装笨拙地将他的提示一一加以试验，直到没有问题，方始罢休。说实话，我这还真不能算是完全"假装"，因为我对这个游戏几乎一无所知，只是在别人家无意记下了它的攻关秘诀。

接下来，该我向他介绍我的游戏了。我提供的游戏非常简单，就是大家所熟知的"俄罗斯方块"。

他马上反馈回信息，告诉我他是全系数一数二的高手。别说是"平面俄罗斯"，就是它的升级版本"立体俄罗斯"也一样不在话下。他诚恳地希望我换一个游戏。

看来各人层次就是不一样，人家武松专挑大虫打，哪像我这样只会打猫！

"我手头只有这个游戏。"

"那决斗可以延期。"他的语气斩钉截铁。

"我答应过的事情绝不变卦。"我的回答同样不容置疑。

"日期是我临时通知的。"

"开弓没有回头箭!"

他没有回复信息,显然是在考虑劝说我的最好办法。我不失时机地揶揄道:"你以为你在蒙上眼睛的情况下也能搭好积木吗?别太自大了好不好,明眼人和瞎子可完全是两码事。"我故意把语气使用得极为恶毒,"该不会是害怕了吧?"

"那好吧,如果你输了,可不要后悔。"他在那边一定叹了一口气,"君子一言,奔驰难追。"

"波音难追。"我补充道。

他在那边一定又略带内疚地长长舒了一口气。

不过这口气他舒早了。这次比赛——这次决斗,他根本就赢不了。

就算他的"俄罗斯方块"玩得全世界数一数二,就算他瞪大双眼盯着显示器玩,他也一样赢不了。

因为这是一个经过游戏者擅自改编的版本,而创意的提出者恰恰是我本人。更重要的是,它从未在外界流传过。

这是我一个哥们的杰作。他的专业本是医学工程,对于电脑来说,他和我一样也是半路出家。但由于天资聪颖和接受能力极强,他对电脑早已驾轻就熟到了极点。说实话,我之所以能有今天,幸得他的真传。

这个游戏共有二十关,但事实上从第十二关开始就已经没有实际存在的价值了。当游戏者玩到第十一关的时候,各种参差不齐的鲜艳色块中会时而出现一种特殊的图形。

那就是圆形。

比赛开始前,我们互道了一声"再见",然后各自进入自己的阵地扮演各自的角色。

一上来我就把眼前的屏幕关了，我不想审视他的出色表演。反正前十关他玩得再好，我也只能干瞪眼，而再往后，用不着我看，他也玩不过去。我没必要招自己心烦，那样只会扰乱我的心绪。

我只是专注地倾听着我所进入游戏的逼真伴音。

不过我很谨慎，在刚开局时没敢使用秘技，凭着自己的一腔热血横冲直杀。如果从一开始我就所向披靡，一定会引起他的注意的。

先死几条命不要紧，要紧的是必须保住最后一条命。

然而我实在是太笨了，第一关没过就丢掉了自己的全部性命。由于没有屏幕显示，我不知道应该在何时开始选用秘技以保留生命的火种。正当我恐慌之际，对方在百忙之中发来了信息："你可以重新开始。你可以有无数次的选择。我们的胜利标准是谁先成功，而不是计算你经历了多少次失败。"

说得太好了。

我的感情历程又何尝不需要这样一种激励和强化？

楼外飘来悠扬的乐曲，我这才突然想起今晚不但在新北舞厅、图书馆一层以及教工食堂办有舞会，心理楼下也将举办露天舞会。一想到这儿，我心头就不禁腾起万丈怒火，要不是他这颗横插进来的扫帚星，说不定今天我就能通过网络邀请到那位中文系小姐良宵共舞！

可现在，我居然要对着关闭的显示器不停地敲击键盘！

但我很快便冷静了下来。只要今天能够早些取胜，还是有可能到下面去寻访那位小姐的。

而只要最终能抱得美人归，即使今晚无望，也还有明天后天。

但关于这场决斗，如果今天不能取胜，那就连下星期、下下星期都没戏了！

成败在此一举！

经过几次生死之间的轮回，我估计他已逐渐了解了我的能力，即使仍在，观察也已放松应有的警惕。于是，我悄悄开始了自己的投机生涯。

我首先打出五个字母，它使我的主人公变成了金刚不坏之身；然后我又打出五个字母，它使我的主人公拥有了所有的装备。

如果这时他看了显示器，就会发现在我的主人公的头部示意图中，双眼已经变得金光四溢；而旁边的库存示意图中，已经填满了所有的武器标号和彩色钥匙。

但是对方毫无反应，看来他现在正处于如火如荼的关键时刻。我抽空打开屏幕看了一眼，发现他尚在十关之内苦苦挣扎。

别着急，好戏还在后头呢。

游戏中可供选择的武器多达七种，有单发与连发的各式枪炮，有电击金属棍和火焰喷射器，但这些我都没有选。我选择的是一把电锯。

我要用电锯将这些吃人的魔鬼一一切割成碎片！

透过虚幻的夜幕，我仿佛看到所有的魔鬼都在我的电锯下纷纷倒地，血肉横飞。一种人莫予毒的施虐快感油然而生。

"你真残忍！"

他还是抽空看了一眼，我不禁吓出一身冷汗。好在他没发现我的阴谋。

看来他已经面临关键时刻，无暇再认真注意我了。

我有百分之百的把握相信，像他这样的高手，在感到吃力时一定也会把别人所操纵的显示器关掉，以免扰乱自己的心智。

但难道是我残忍吗？如果我不消灭它们，我就会被它们的魔爪所抓挠，为它们的利齿所撕咬，受它们的炮火所炙烤；我将身首异处，我将碎尸万段，我将暴尸街头。

难道是我残忍吗？

即使有了"金刚不坏之身",我也一样遇到了极大的阻力。因为在这如系楼般迷幻的巨大建筑里,我始终找不到正确的出口。即使我手中钥匙无数,并随时可以提取出来,可没有门扉,掌钥千把也是枉然。

我像盲人一样在其中胡打乱撞,犹如在丰富的食物面前一天天消瘦,最后饿死。

一阵令人沦肌浃髓的音乐声陡然响起,我有一种明显的感觉:他过关了。

他通过第十一关了!

在有圆形积木出现的情况下,他居然过了第十一关!

我急忙打开显示器,事实果如所料。

我看到一个个姹紫嫣红的圆形构件从显示器上方徐徐下落,而一只在冥冥之中操纵的手将它们一一摆放到占有两个位置的空档。这个安排不但充填了虚空缝隙,也使圆形得以固定而不再滚动。

恰恰是因为没有显示器,他才能不带成见地正确解答了这道难题。他终于在直线与曲线之间找到了折中与和谐。

只能说对方天生就是电脑天才,我今生今世永远也不可能超过他。

我顿感焦躁不安,每当事情不顺手时我一概如此。我只喜欢一帆风顺,很怕处理亡羊补牢或力挽狂澜之类的险情。

虽说后面的圆形会越来越多,但我相信这对他来说已经是一次质的飞跃,下面就仅是量变而已。他会非常得体地处理好这一情形的。

我唯一所能寄托的希望就是第二十关了。在那一关里,所有的下落积木都将以同一种形式出现——圆形。

就在思忖的当口,从伴音系统中不间断地发出用利甲撕挠肌肤的声音——魔鬼们在凶狠地抓挠我的后背。如果不是我有无敌的功能,我的后背肯定早已鲜血淋漓。

我突然车转身来，挺锯便锯，一时间魔鬼怪兽凄楚惨叫，血如泉涌。

难道是我残忍吗？是我残忍吗？

与此同时，我也加快了自己的进攻速度。

根据判断，我现在所处的还仅仅是第三关，而这个游戏总共似乎有五关之多。无论我怎样如没头苍蝇般地四下游走也找不到该走的道路，我始终不能像他一样突破自己的固有局限。

但我仍凭借自己的无敌之身迅速向纵深挺进。这一回，我严格地按照右转弯的原则前进，一路上还不停地尝试着使用钥匙，我相信这样我必将遍历所有的道路和关卡，早晚能有出头之日。

我仿佛追随着自己在那巨大无比的迷宫中摸索，因疲惫而传出的喘息长叹自很远很远的地方传来。

此时此刻，对方正在攻打第十六关。

从刚才起，我就再也不敢把显示器关上了。

紧张使我的掌心汗如雨下，我不停地在笔挺的西裤上抹来抹去。现在已过夜半时分，不会再有人来注意我的着装打扮是否符合舞场标准了。

寻找出口的工作依然没有丝毫进展。

我不相信自己会放过出口的大门，因为我已经沿着墙壁一寸寸地缓慢移动了至少三遍。现在唯一的可能就是这一关根本没有出口！

看来所有人的心境都是一样的，我们完全有权以小人之心度小人之腹。

问题在于，圆形积木对于他这样的电脑天才无关宏旨，而没有出口的甬道对我这类天资鲁钝者来说却是难如登天蜀道。

我沮丧地操锯向金属墙壁猛然锯去，一阵阵饱含讥讽的刺耳噪声旋即反弹回来。

但是等一等，我在极度绝望中突然茅塞顿开，想到了另一种可能性——

当你开始沿墙壁右转弯的时候，如果它是一个自我封闭的系统，那么你将只能绕着它循环往复地不停环绕，永远也走不出来！

而我刚才决定以右手型前进时，显然不知道自己身在何处！

非常简单！

我略微整理了一下思路，然后毅然向通道对面移去。经过了三遍的环绕，我已经对这里的地形了如指掌，闭着眼睛也照走不误——倒真应了这句俗话。

这一回我必将凯旋而出！

而且，凭着我的不坏之身，下两关也同样易如反掌。

此时此刻，他仍停留在第十六关。

看来量变一样也能引起质变，在紧张焦躁当中我仍没忘记粲然一笑。

再踏征程，这一回我满怀信心。举步前进，所到之处，挡我者死。

突然，我在垂直方向上下降了一个明显的高度。我顿时意识到情况有变，从周围的嘈杂声中我猜测到，我掉进了墨绿色的毒液池塘！

整个游戏中布满了这种池塘，当然对我的无敌身躯来说它们与一汪清潭毫无区别。但是这回，我却本能地有一种不祥的预感。

果然，当我试图举步离开池塘时，我发现自己力不从心。小小的池塘被我转悠了个遍，但巨大的落差却使我根本无从攀缘。

我无法从这里爬上去！

我拥有永远不死的身躯，却将被困在这里永无出头之日！

一阵阵低沉的咆哮自不远处传来，魔鬼们显然正围绕着池塘不停旋转，虎视眈眈地瞪视着我。它们在等待，等待着我的肉躯无力抵御毒液侵袭而支撑不住时，它们将下塘享用美食。

我听见有些魔鬼已经开始脱衣服了。

此时此刻，他已经挺过第十六关，开始攻打第十七关。

而我，却被困毒液池塘，欲行不允，欲死无门！

魔鬼们终于与我在这小小的池塘里短兵相接了。我几乎没有还手，只是坐以待毙，反正它们不能伤我毫发。

我感到魔鬼们以其令人发指的暴行对我虐待摧残，我难过地闭上了眼睛。

在一阵大汗淋漓的搏斗之后，魔鬼们终于发现它们不可能置我于死地了，数以十计的魔鬼竟对付不了我一个小小的人类。

我似乎听见了窃窃私语声，我猜想它们是在商讨对策。

它们再次向我聚集。

这一次，它们抓住我的头发往毒液里按去。尽管我紧闭双眼，却好似看到四下一片墨绿，我几乎能感受到黏稠的毒液在浸润我的肌肤。虽然我没有丧命之忧，却感到一种极度的无助和绝望。

难道是我残忍吗？是我残忍吗？

两行干涸已久的热泪从我的面颊上缓缓流过。

此时此刻，他正在第十七关里移挪承转，安排着那一块块方圆相间的空间。

我必须制止他。如果他侥幸得胜，我将失去这最后的机会。

我虽然没有死期，但我却毅然退出了游戏。

同时，我拿出了"CH 桥"。

"CH 桥"的名称并非来自它的形状，只是取其"人机之间的桥梁"之义。

事实上它的外形如同一个摩托头盔，但却是由柔软的塑料材料制成，随身携带极为方便。通过它，从理论上可以实现人机联网。

之所以说是"从理论上"，是因为它还从未被使用过。

这又是我那个哥们的一项发明，但没来得及付诸实践，他便被直肠癌夺去了年轻的生命。后来，这个玩意儿便一直被我珍藏在身边，我揣摩出它的使用方法，并画出了一份并不规范的设计图纸，等待着有一天能够以他的名义去申请专利。

今天我之所以敢于应战，一部分原因也在于我手边有这样一把撒手锏。

事实上自从我刚开始被他纠缠之后，"CH桥"便一直被我带在身边。

"CH桥"的道理非常简单，只要你对脑电波图的原理略知一二就能马上理解和领会。人的大脑会产生出轻微的生物电流，那么只要将它连接到电脑网络当中，通过一系列诸如三极管之类元器件的放大作用，肯定会引发多米诺骨牌般的连锁反应，最终必然能大到足以改变电脑中的参量。

当然啦，我相信像什么"三极管之类"对我的哥们来说已经如木牛流马般古老，我只是以我的知识水平和理解能力来解释"CH桥"的工作原理，其中必定还有许多我所不知道的名堂。时至今日，我很想再一次聆听他的教诲，但他却只是经常无声地出现在我的梦中。

贸然使用将有可能冒很大的险。使用"CH桥"进行人机联网的时间最多不能超过三十分钟，否则将会对人脑产生极大危害，一个最为直接的可能性就是使操作者变成植物人。尽管哥们生前的话危言耸听，不过话说回来，这么长的时间还不绰绰有余吗？

我机械地安装着各种插头，面色冷静，动作准确。在这样一个特定的时刻，我忽然意识到以身殉情，死不足惜。我们所处的时代，是一个安定祥和的时代，在这个没有英雄的时代，我不想有什么壮举，只不过想得到一位小姐的青睐。

我戴上头盔，放下面罩，把面孔与现实世界分割开来。

我的手指触摸着拨动开关，浑身感受到一阵轻微的振荡，没有什么不适的感觉。紧接着，我便感到四周已是雾霭一片……

我以一种从未经历过的兴奋体会着周遭的一切，刚才初入网络时的晕眩早已荡然无存。左顾右盼，墨蓝的天空中充斥着电子天使和魔鬼，一个个清晰逼真却又触摸不到；俯身鸟瞰，心物诸楼鳞次栉比，依序流过；背景音乐是罗大佑的《爱人同志》。也许这只是因为我在以一种人类的眼光来看这个世界，因此衍生出许多人类社会的真情实景梦幻遐思。

如果让它们来看，会不会也把我看成一粒普通的电子？

我随意飘荡着，几乎忘记了自己进入网络的目的。我记起高中时代的一个梦境：一颗不听妈妈话的小彗星淘气地低飞浅游，被地面上的我伸手一把抓住，它滑溜溜似无筋骨；彗星妈妈在天上焦急地呼唤，我一松手，小彗星迅速向上蹿去，重新傍依到妈妈身边。

现在，我就像那颗无忧无虑、无牵无挂的小彗星。

无论天使还是魔鬼，它们都是电脑病毒的化身。我仿佛如梦方醒，又好似早已洞悉。思绪的疾速变化已使我跟不上它的步伐，我像一个睁大双眼痴痴望人的无知孩童一样贪婪地接受着一切新奇的东西。我同它们嬉戏欢笑，轻歌曼舞。我们亲密无间，形同挚友。

因为现在，我本身就是一个电脑病毒。

现在我终于明白，它们——我们——为什么会被称为病毒。因为我们具备自然界病毒的一切特征。在那里，比细菌更单纯更微小的病毒介于生物与非生物之间，它的主要构成是具有记忆功能的 DNA 和 RNA，以及包围着它们的蛋白质外衣。它虽然自己不能繁殖，但却可以寄生在宿主细胞里，攫取细胞核糖体和酶，以及一切可以维持生存的物质。病毒的 DNA 或 RNA 一旦潜入宿主细胞，就会以猛烈的势头开始繁衍生息，于是宿主细胞里充满了病毒，最终破裂了。

而这只不过是病毒最典型的一般生活方式，还有一种更为阴险毒辣的病毒。我狞笑着在想象中类比着自己。它们会在宿主细胞的 DNA 中插进自身的遗传基因！有一种 RNA 病毒就是如此，它们在插进宿主细胞之前就已经带有一种从 RNA 到 DNA 逆转录酶的基因，使所感染的疾病成为不治之症。

插进病人 DNA 里的病毒遗传基因很难清除，于是病人的染色体总是没完没了地编码和复制，无休无止地产生着病毒。

我们相信，今天人类体内某些 DNA 的一部分就有可能来自病毒。可以想象，早在远古时期，人类祖先的 DNA 中，便已被那时的病毒插进了它自己的遗传模板。人类与病毒的战斗遥遥无期，究竟鹿死谁手更是殊难把握……

虽然从心理楼传输到数学楼只需要不足半微秒的时间，但我却仿佛度过了无数的岁月。在我的身上，刻画着上亿年的沧桑。

我的族类是一个比人类历史更加悠久的种族，我们在新的时代将以新的面貌与人类一争高下，决一雌雄。

一争高下？决一雌雄？恍惚间，我原有的人类本能突然被唤起，我记起自己重任在肩，无暇在此游戏闲逛。游戏？我下意识地折转身躯，摆脱同伴的纠缠，迅速向数学系子网络系统奔去。

离开了伙伴，我的心头一阵失落；但也正因为离开了伙伴，我的心境才日益明朗。

我必须赶快！

我本来的计划是通过网络进入对方的系统，抛弃了物质载体的我现在已无物能挡，所有有无密码的大小道路，我都畅行无阻。我将利用自身的病毒性质将"俄罗斯方块"游戏的程序再次改编，使其反复编码和复制，让关数无休止地延续下去！

我必须赶快！

然而，在进入数学系子网络的大门后我却遇到了困难，三条完全平权的岔路展现在我的面前。

本来我应该只选择其中一条通道的，但电脑病毒的本能使我不肯放弃任何一个感染他人的机会。于是倏忽之间，我的意识已裂解成三个相对独立的部分，分头流入三条不同的通道。

我想问题就是从这里开始的。

我的第一支意识直扑通路的尽头，压倒一切的胜利念头仍旧没有被其他杂念所取代。

我的第二支意识则开始自我制造未来历史，并不实际存在的飞旋时钟超前运转，指针悸动铮铮有声。

我的第三支意识缺乏足够的能量支持，随意游走在数学楼的走廊上，漫无目的地扒看着一扇扇门扉窗棂。

我的第三支意识透过玻璃，窥视着自习的人群。

但这本该是昨晚的情形，却被后推到了拂晓时分！

我的第二支意识返归楼外，校友捐赠的新型电脑终端大联网系统正被正式展示和开启。

但这本该是上午的场面，却被提前到了凌晨时刻！

我的第一支意识依旧执着，很快便到达了目的地，透过显示器望见已陷入绝境的游戏者……

她竟然是一位女生！

一时间我感慨万千，与她相识的整个经过在我脑海里汩汩流过。局势霍然间变得明朗起来，因为我那已具电脑病毒特征的意识无所不知，刹那间我终于看透了这其中的前因后果，阴错阳差。

她与我进入了同一个伪装邮箱；但她所读到的，显然是一个男生的日记。

那个邮箱或者说通道，是一对情侣合用的不完全分隔箱。

文件相通，号码相同。

我一直以为QIANGE是"钱歌"，而她则将此词理解为"齐安格"。

而实际上，QIANGE是两个姓氏的组合，它们分别是"强"和"鄂"。尽管这种拆解方式最难为人所想到，但事实就是如此。

我们各自误会了对方，竟各自为追寻一个已有伴侣的幻影而打得头破血流，不可开交。

我一直不知道她竟然是一位女士，她也始终不曾料想到我是一位男士。

而那天，那位形只影单的女士所等待的，正是我。

本来，我们该相逢于草坪上，而不该决斗在网络中。

但是，已经晚了！

由于我的进入，游戏程序受到了极大的干扰，联机系统也不再稳定如初。

而最致命的一点是，她的意识已被强行劫掠，和我一样也进入了网络！

而此时，我已无力控制局面。火一旦着起来了，玩火者自己也就控制不局势了。

同样，她的意识也被一分为三，各自为战。

她的第一支意识进入显示器继续与我针锋相对，难以了结的冤怨依然不能得到化解。

她的第二支意识则飞向楼外，如小龙卷风一般在楼前的绿地上如妖舞袖。

她的第三支意识缺乏足够的能量支持，漫无目的地行走在楼道走廊之间。

理性睿智的第一支意识固囿成见，不肯化干戈为玉帛！

淫邪丑恶的第二支意识得罅宣泄，正欲伺机再搞破坏！

胸无大志的第三支意识游手好闲，力不从心无所事事！

而在心理系和数学系的两间屋子里，两具无魂肉躯正面临着极大的危险。

三十分钟的沙漏正以其平静而均匀的速度完成着自己对时间流逝的验证使命。

情势已迫在眉睫。

再这样拖下去，当太阳出来的时候，朝霞只能照耀到两个植物人身上。

或者说得更准确一些，是 CGP 病人。

所谓 CGP，就是 Computer Gaming Pseudodementia 的缩写，意即"电脑游戏性痴呆症"。关于这一病症，以前我曾详细读过有关介绍材料。它最先出现在美国，目前患者已为数不少。尽管所有患者在身体素质、神经类型以及各方面的经历上都大相径庭，但他们患病时恰恰都正坐在电脑前操纵键盘杀敌攻关。美国政府已将所有患者秘密收容起来，与其说是为了避免恐慌，毋宁说是意欲从中发现一条人机对话的可行途径。

但我没有忧虑。当一个人的意识已被肢解，意志已遭湮灭时，他是不会有丝毫忧虑的。我不动声色地斜视我的第一支意识与她的第一支意识兵戎相见，略带犯罪快感地目睹展览样机内我的第二支意识听凭她的第二支意识游说蛊惑，悠闲恬静地看着我的第三支意识和她的第三支意识柔肠百转互诉衷情。

第三部分最具戏剧性。

没想到我已支离破碎的整体意识居然依旧能阐述出自己的观点。

那就看吧——

我的第三支意识与她的第三支意识在走廊交肩错过，继而动心驻步，再回眸凝视，一切都是那么顺理成章，自然而然。

在一个没有英雄的时代，我们只有等待结局的到来。

接下来的便是诗情画意，便是缠绵悱恻，便是交融汇聚。

然而，随着两束意识的集聚，一种新的意识观念窗口被打开，它突然意识到了问题的严重性，迅速向楼外奔去。

由于它的出现和环绕，连锁反应赋予了两个第二支意识以新的感受。虽然它们暂时还不能如第三支意识一般汇集融合，但是，这种意识已经产生。

所缺乏的只是实际操作能力。她的第二支意识与我的第二支意识之间虽然只有一扇屏幕，却有如相隔着千山万水，在非转换状态下根本不可能出入屏幕握手相逢。唯一的办法是她以粒子形式高速冲撞终端前的变异空间，并使病毒本形被激发出来涌进屏幕。

然而，即使是百米达标的速度也不及这个初速，而没有初速就意味着根本不可能进入。我们现在的意识都是电脑式的意识，对局势我们有着充分的估计。

展示台前熙熙攘攘，工作人员忙忙碌碌，剪彩仪式就要开始，越来越多的人将会出现在这一被提前了两个小时的空间里。

一旦足够多的参量被牵扯进来，这就将成为一次不可更改的历史事件而被永铭史册。

但是，存在一个比其他空间的时间要早两个小时的空间，会使整个世界从此变得混乱不堪！

不能说在这一决定中我的意识没有起丝毫的作用，因为此时我们的部分已融为一体。但我还是明显地感受到了她的果敢与机敏，单凭我的智商绝对无力作此决断。我坚信，有时候对整个人类命运的深刻思考，未必如对自己健康的担忧更能有益于历史的发展。

她飞身窜上旁边一辆没有熄火的桑塔纳。

在场的工作人员一片躁动，无不失色动容。

我的第三支意识见到轿车的尾灯随风闪烁，似睹盏盏萤虫；我的第二支意识听到轿车的马达恣肆轰鸣，如闻千军万马。

我的第一支意识看到轿车的顶篷熠熠反光，犹瞥璀璨星河。

演出正式开始。

后来我多次在梦境中重新回忆起这一终生难忘的景象：那辆桑塔纳自缓慢而逐渐加快，随着一个踉跄似的猛烈抖动骤然加速，以其突兀的爆发力将

元宇宙——边界

展台前的一排桌椅撞得东倒西歪，桌上的鲜花和水杯四下飞散。在雄壮的音乐声响伴随下，我清晰地看到一柱浓郁的棕色茶柱从杯中激溅射出，就像俗称"变色龙"的避役在捕捉昆虫时疾吐的长舌。

我所在的电脑显示器连同主机一同飞升起来，颠扑震跃，如日中天。我在里面跟着磁场机械一同翻滚悬旋，左摇右摆。只是在行将坠落的瞬间，才在动荡中给了外界仓促的一瞥。

在这动荡的最后时分，她的身影倏然间化作一道长虹般的彩束，飞也般地射向屏幕窗口。我感到刺眼的光芒直逼眼帘，令我闭目，而且几乎窒息。

我的第二支意识与这束辉光紧紧地相拥在了一起。

紧紧地相拥在了一起！

随后，双方合并后的第二、三支意识绞成一束并直扑楼上，奋力将两个相斗犹酣的第一支意识强行分开。

再贴近时，已经全然没有了刚才的仇恨。渡尽劫波历经磨难的两个第一支纠缠扶掖，携手拉扯，一同加入已经难分彼此的双倍整体意识当中。

终于完成了最终的熔融。

双方在眷恋中充分表达着各自的感情，世界上所有的时钟都停止了摆动。

但是必须分手了。自然界有自己的步伐，长夜已经过去，黎明就要来临。

自然是依依不舍的。

没有关系，属于我们的时间还长。属于我们的现实时间无限漫长。

我们的意识再度分成两支，只是已很难分辨出自己是否还是当初纯粹的自我。一步三回头，各自返回原来的出发点。假如这时有人注意到了它们，也只会误以为是清晨霞光中那最初也是最特别的两道。

我仍坐在心理楼那昏暗的系办公室里，电脑背后的窗帘微微开启，金光流溢。仿佛刚刚被松绑的我下意识地活动了一下臂膀，然后以娴熟的指法敲击键盘。

"你困吗？"

"一点儿都不困。"

"那我们去共进早餐。"

"上午去草坪看展览。"

"下午去图书馆——对了，下午图书馆不开。"

"可晚上舞场肯定开。"

"我只是担心……我只是担心……"不知是因为疲惫还是心虚，我费了好大的劲才把这句话写完整，"我只是担心数学楼前真的满目疮痍，一片废墟。"

"你太投入。"从这句简单的回话中我似乎看到了她的微笑，是的，刚才我已经见过她了，"刚才的一切都只存在于我们的记忆中。"

我走出电梯，四周静谧无声，大部分人都还在睡梦中没有醒来。

外面的世界曙色初露，晨光熹微。

外面的世界旭日东升，云蒸霞蔚。

外面的世界湛蓝无霾，晴空万里。

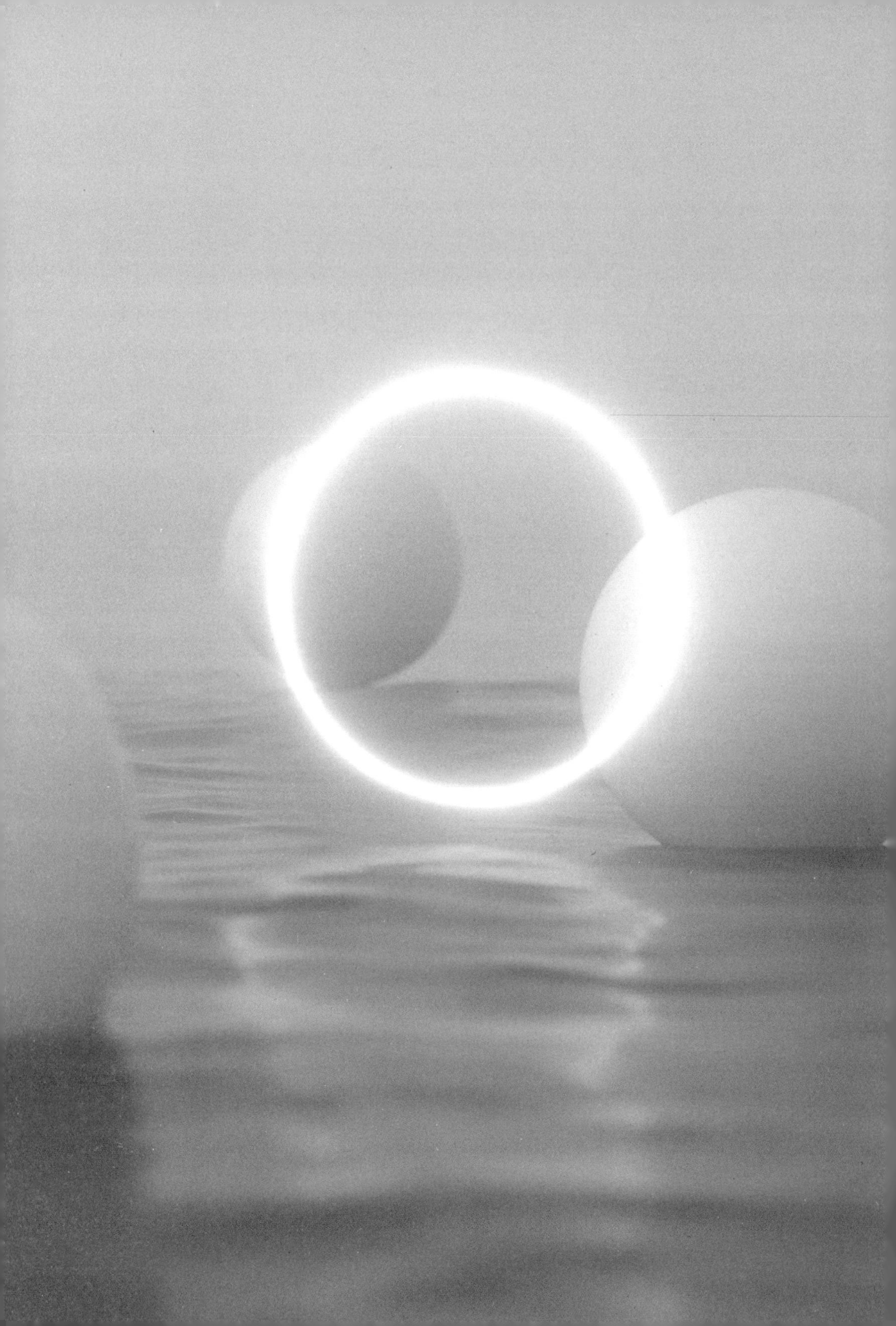

戒　指

… 马光梨

画面上充满了噪点。

一只粗糙的大手牵起一只白洁的玉手，小心翼翼地戴上一枚戒指。

背景是白沫泛涌的海滩，男男女女欢笑着鼓掌，沉默地张大嘴巴。

没有声音，因为第七天的数据缺失了一部分。

唯一被捕获的背景音发出咯吱咯吱的声响，随着画面的倒退，化为不悦的啸叫。

戒指又被缓慢摘了下来，一切都倒转回去，像是进入一个逆熵的世界，你的话语是反的，你的动作是反的，你的血流是反的，你呼出氧气，吸入二氧化碳，你的爱也是反的——你的兴奋与激动在消退，慢慢变弱，你有点儿狐疑，记忆模糊了又变清晰……

直到跪在你面前的健硕男士站起身，倒着走回去，满面羞涩，笑容逐渐收敛，他将掏出的戒指盒又收了回去。

围观的人都倒退着散开了。

你沉沉睡去。

眼看着朋友们一个个走进了婚姻的殿堂，你只觉得无奈，也许还有些不合群的自觉与对社会的疏离感。这不光来自婚宴上同坐一桌，同学纷纷交流小学生功课辅导经验，而你却插不上一句话，只能默默搅动橙汁的悲惨体验，更来自基于社会群体文化重压下的理性判断与预期。

整个社会对于不婚者是不友好的，这种不友好不光来自外部，有时也来自不婚者自己。就比如你吧，三个月前，你偷偷去"生活管理中心"的 App 上做了鉴定，想测试下自己潜意识里到底对于婚姻保持着怎么样的看法或欲求，得出的结论却是——23%。

这真的是个令人心力交瘁，丧气失意的数字！你无力再测试一遍，毕竟问卷中的一个个问题简直是在剜心中的伤口。可这个 23% 是怎么回事？怎么可能是 23%？是不是算错了？

你的评定结果是：婚姻渴求者。

这太讽刺了。

一个已经存好款，购买完养老保险，准备了居所，甚至已经有能力从废品回收站捡一张旧方桌用拉锯改成茶几的，几乎快要过了安全生育年龄的女性，居然被评定为是一位婚姻渴求者……

图什么？

你能从婚姻中获得什么？安全感？不，不如说一场注定失败的婚姻才是让安全感流失的根本原因。

你不禁猜测是测试的评估结果有问题。在这个结婚率日益走低的年代，生活管理中心对于他人走入婚姻本身的引导是潜移默化的，是阴恻鬼祟的；或者换一种高情商的说法，是"润物细无声"式的。据说生活管理中心把全国最好的社会心理学者、艺术家、导演、脑科学家、人类学家、婚姻问题专家与性心理学家统统招到麾下，一群社会精英，共同向低结婚率发起了一场攻坚战。

你却在战场的中央，迷路了。

是你的朋友先提醒了你，"为什么不试试生活管理中心的线下咨询呢？"

"我不太相信……婚介这种东西……"

"不，不，是完全不一样的东西，他们那套，更像是占卜。"

"什么？你说……占卜？"

你瞪大了眼睛，不敢相信你的朋友，一个坚信唯物主义的数学老师，会说出这种话来。

于是你的朋友不得不向你吐露实情，她就是在生活管理中心的帮助下，才找到了现在的丈夫——一位私人理财师，平时喜欢茶道和保龄球，抽烟但不喝酒。两人相识相恋的过程磕磕绊绊。不过重点是，这两人被牵线搭桥的方式，是如此与众不同，几乎可以说，跟多数普通人类不一样。

是占卜。

"那你们第一次见面……"

"第一次就做了。"

"哎！不会吧！"

"那种感觉怎么说呢……就好像是，很多蜜蜂从回忆的花海里源源不断地飞出来。你懂吗？"

"啥？"

"没事，你会懂的。"

终于，你耐不住自己的好奇心，当然还带有一丝丝对于美好未来探求的勇气，你穿好大衣，戴上墨镜，走进一家商场。你没有坐电梯，穿过几乎没人的地下停车场，从边侧的楼梯下到地下三层。

电梯门打开了，左手边居然是一位矮小英俊的黄发侍应生。

"您好，生活管理中心。请问您预约了吗？"

你有些紧张，偷偷打量了下周围环境。大厅大约两百平方米，卡座里零零散散坐着几对男女。靠墙的位置还有一位打瞌睡的老人。天花板上绘有米开朗基罗风格的宗教彩绘画，墙壁四周的电子屏有规律地从丝绸蓝色变苹果绿色，又切换成橘色和淡粉色。若有若无的音乐环绕四周，巧妙地盖住了不远处谈话的人声。

"我没有预约，我是来……呃。"你实在说不出口，其实你自己也未必清楚你是来做什么的。

"没事，请来这边。"侍应生请你往左走，进了昏暗的甬道，进了一间十平方米大的小房间。

里面坐着一位慈眉善目又过于丰满的中年女子。"你好，请坐请坐，我刚泡了茉莉花茶，分你一杯。"

你只好坐下。你观察到房间被温暖的黄光笼罩着。右手边有一台睡眠舱样式的机器，机器发出低沉的嗡嗡声。一张方桌被摆在房间正中央，靠墙散乱地安置着各种瓶瓶罐罐。棕咖啡与白三角拼接的地砖充满了家居感。四周的墙面也都被海绵吸音材料填塞满。你舒了口气。

"你是不是觉得最近的生活有些不顺啊？"你同意地点点头。

"其实来这里的人都一样，遇到跟你类似问题的人，有好几百万。但你知道，我们大家的共同点是什么吗？"你摇摇头。

"就是拥有希望自己明天过得比今天好的决心。现在的世界充满了各种压力，这些不人道的东西把我们关在了囚牢里，我能看出来，你想给自己找个狱友。"你浅浅地笑了笑。

中年女子开始详细地为你解释一切。"我们一切的底层逻辑都是基于'穷举法'，我们将它称为'精密匹配'。你也明白，现代的快节奏生活已经将'相亲'或者'联谊'这种低效率的老旧方式淘汰了。让我们提提速吧。我们需要一次与上千，上万，几十万个男人约会。并且，你知道最妙的是什么吗？"

中年女子一拍桌子，"我们一周就出结果。你白天可以上班，每天只需要抽几个小时出来做一些选择，就能找到最合适的伴侣——哦，如果你不喜欢臭男人，我们也能帮你适配到女性。"

你已经搞不明白了。

"看来我讲得太快了。首先，我们需要用边上的机器记录你的外表与身材，我知道你会觉得不满，不过男性也得用这个做详细记录，而且更'细致'。事实上，从我手中的数据看，现代婚姻失败有87.4%的因素与性生活相关，请你务必留意这点。然后，我们会利用国家授权的大数据库来还原你本人，事实上，这一切当然包括你的声音、健康状况与生活习惯。"

你不可置信地往后仰。

"哦，你问几点睡觉，一天上几次厕所怎么可能被还原？你知道安装在你家的电表吗？举例来说，我并不知道你家使用的坐便器品牌，不过常用的品牌应该都有数个冲洗键去应对不同状况，当你使用后，水箱会重新按照固定量注水，所以根据水表间歇走势，可以简单计算出你的排便周期……看你这表情，太好了，你终于搞懂我们的工作原理了。"

中年女子又说了很多，但处于震惊状态的你已经听不见了。最后，你配合地完成了数据采集工作。她友好地送你出门，并告知你基础数据编写完成，也就是大约一周后，你会收到一份快递——而这一切，都是免费的。

说实话吧，你爱死免费了。

晚上八点，早早下班回公寓的你果然收到了一个饼干盒大小的包裹。纸盒意外地轻。脱掉外套，你变回了那个第一次拆圣诞礼物的孩童，迫不及待地用刮刀割开包装袋，掰开盒盖，撕掉外包装，掏出泡沫塑料，你终于发现了一顶粉色的VR头盔。当然，你还发现了一些银色支架、缆线、各种颜色的插头、两个方盒，还有一堆导电贴片与一副黑色手套。

没有说明书，只有一个二维码，你扫了一下，手机里跳出一段指导视频。

只花三分钟，聪明的你就完全布置妥当了。

"叮。"那是微波炉热好晚餐便当的声音，也是VR头盔连上家用网络的声音。

你戴着黑色手套，坐凳子上，忍耐着饥饿，沉浸入另一个世界。这是一个充满了考验、诱惑、激情与谎言的世界。

一个穿着鹅黄色保罗衫、腆着肚子、满脸络腮胡的男子向你走来，你本能地皱了皱眉头，用手挡了一下。手套一挥，那个男人如同一阵沙尘般消散了。另一位相貌平平的男子在你右手边礼貌问候了声"嗨。"

你紧张起来。一旦到了某种功利的环境，你就觉得自己踏出了舒适圈。

你开始频繁地切换场景：草原、酒吧、沙滩、校园、机舱，甚至月球。你将那些陌生的，抑或似曾相识的男子一一挥走。这种感觉像是一场大屠杀——而在你手下根本没有幸存者。你换了又换，直到肚子咕噜咕噜地响起来，你才不得不放下手中的屠刀，稍微用点儿晚餐。

一看时间，已经过十二点了。

第二天，你六点就回到了家中——这已经打破你职业生涯纪录了。这次你学聪明了：你卸妆、洗澡、吃饭、洗衣服，把一切收拾妥当之后，才重新回到那满是异性的世界。

三天、四天后，你的悠闲与新奇感逐渐蒸发了。

还记得那个生活管理中心的中年女子是怎么说的来着？"我们平均七天就能将正确的伴侣推送给你。"

到第五天，你心中越来越焦躁，干脆一不做二不休，推掉了周末的值班，准备了外卖，计划彻底一战。

你忍不住体验了一下系统中设置的特殊情景。你站在一栋一百多层的高楼边缘，往下看去，头晕目眩。昨天，最后一个与你亲吻，坚持到此刻仍未被干掉的幸运儿，正站在眼前。

"别冲动！别干傻事！"男子眼圈都红了，一点点小步靠近你。

这是男子的缓存数据针对系统所设置的对应情境所模拟出的自然反应。毫无疑问，这名男子本人一定也会用同样的语气，同样的音量，同样的表情，说出同样的话来吧。

你心一横，大胆地往后退了一步。男子一个尖步冲上来，险险地拉住了你的手。这部分还是英雄救美的套路……

"我爱你……别害怕！我一定会救你的！"他对你做出激烈的爱的告白！

你满足的眼泪不争气地淌了下来。但你还是摔了下去。

他留给你的是尖叫、失重、粉碎，还有失望以及心碎。柔弱的他，根本没有足够臂力去拉住一位体重五十二公斤的淑女。

你重新被读取在楼顶上，绝望地最后瞄了他一眼，一挥手把他给抹掉了。

新出现的男子身材壮硕，可惜这并不是你喜欢的类型。男子见到你后，紧蹙眉头，不发一语，慌张地环视一圈，对你一挥手。

这动作实在是太过熟悉了。你直接从矮墙上跳了下来，钳住了他的手腕。

你大声质问他："你要干吗？"

"换人啊！"

"哪有这么随便换人的？你了解我吗？我们都没说过话，你怎么这么不尊重人哪？"

男子解释说，号主的择偶条件是精神正常。看你现在的状态，别说精神，血压都不正常。

你炸了！跳，蹦，踢他膝盖，拍他大胸肌，要不是长得非常帅气，你都想抽他脸。为什么一个人说话可以这么损？你非得跟他当面交锋理论一下不可。

毕竟男人只是缓存数据，对他发火没有意义。

你抽出便利贴，按在他脑门上，留了言，让号主本人过来。

于是，你小憩了一会儿，吃了饭，调整好状态，在系统里精心打扮了一番。

第六天夜里，终于等到号主本人。

接下来的一切就像是按下了加速键。

你们继续拌嘴。他带你去他最喜欢的酒吧，亲手调了杯莫吉托，顺着聊到007，你说不喜欢丹尼尔·克雷格——太粗鲁。他就带你绕着城市环线和其他人生死飙车，让你好好见识一下什么是鲁莽。你们停在废工厂边看星空，他捏着你的手画出英仙座。他解释给你听手上刺青的来历。你们在他开的健身房相会，他帮你揉肩、放松，手把手教你卧推。他用低沉的嗓音在你耳边说，每周练习一次的话，你会更健康，更有自信。吃墨西哥肉卷时，他开心地吹嘘自己在南美冒险时的危险经历。看爱情电影时，他又像个孩子一样睡了过去，靠在你肩上，浓密的头发有点穿模。

你被丘比特的箭射晕了，连显示屏左上角鲜红的服务器故障提醒都没有注意到。

在这激情费洛蒙满溢的二十四小时里，你们舍不得脱下头盔，舍不得分开一秒，如胶似漆，像打开糖果盒一样解锁一个个场景。你们冒险、远征、出海、飞行，最后在某个度假海岛，他为了给你一个惊喜，把你哄骗到沙滩。你揭开蒙住双眼的白绸。人群中，穿着花短裤的乐手演奏着小提琴，一个变奏后，从《克罗地亚狂想曲》无缝接入《明日会放晴吗》。

那个无比熟悉的男人自信地朝你走近。

系统的语音系统似乎出现了故障。你听不见他在说什么，但从他真挚的眼瞳中，你看见一幕幕幸福的未来正在上演。

你捂住嘴，点点头，右手中指一紧，戴上了戒指。

数据运行到此戛然而止。你惊愕地脱下头盔，不得不说有点扫兴。一定是哪里出了问题。

你对了一下钟表，现在已是凌晨两点。恍惚间，你这才意识到，原来是沉浸在幸福之河中的自己游得太快太欢，现在已然超过了中年女子保证的七天时间。

你回忆着方才的幸福时光——回想着你们的相识、相遇，你们的羁绊，你们的争吵，甜蜜又宝贵的回忆，第一次牵手、亲吻、拥抱，一路挣扎，迈入幸福之门的时光。

你终于有了结论。

根据生活管理中心的中年女子介绍，毫无疑问，对方也一定对你有相同的强烈感觉。那种灵魂伴侣，合二为一的感觉，那种"蜜蜂从回忆的花海里源源不断地飞出来"的感觉。

这反倒让你陷入恐慌。你手脚发麻，视线飘移，你多希望有个人此时此刻能够推你一把，替你做出决定。

你突然笑了起来。你已经过了那个年龄，不再懵懂，你已经到了该把握住自己幸福的年纪了。

你拨通了生活管理中心的电话。

接听的便是初次引导你的那位中年女子。你试图介绍你的状况，但语无伦次，惊慌失措，就像是一只被猎人举枪盯住的小兔子。

"总之，我自己都不敢相信，才一天，但是……就是他，我认定是他了，我答应了他的求婚。"

从声音来判断，中年女子似乎比你更为兴奋，她开心地在电话那头大笑。"你确定吗？你真的确定吗？"

你确定！你比谁都确定！你们在短短的一天内经历了半生——那些根本不存在的未来正朝你加速驶来！你迫不及待地想见他！哪怕你们根本没有确认过彼此是否真实存在在地球上！

电话那头沉默了半晌。

你催促道："可以把他的联系方式给我吗？我知道现在是凌晨两点。我知道你以为我疯了。但是我真的想快点儿打电话给他！立刻！马上！"

你们已经在系统中试用过一次彼此了，你们该拥有彼此。

"呃……"电话那头沉默了。

你忍不住提高嗓音重申需求。

中年女子这才开口。"他死了。"

"啊？"你的心脏停了一拍。手指快要把手机屏幕捏碎了。

"请允许我解释一下，真的很抱歉，具体来说，因为今天服务器故障的问题，我们延迟更新了离线数据……对，对，我知道云服务还是正常的，只是人物信息，你明白吗？人物信息没有更新，而且你听我解释……按照往常的经验来讲，绝对不会发生这样的情况，如果客户去世，我们会及时将他们的信息删除……"

"他怎么死的？"

"我这边记录显示他几小时前在无人车里发生了车祸，一辆油罐车闯红灯从侧面撞了他。抢救无效，他刚刚去世。按你说的，他是不是在车里违规使用了我们的系统……"

手一松，你把手机摔在桌上。凌晨三点，在锋利阴冷的月光下，你茕茕孑立的身影渐渐拉长，刻在惨白的墙壁上，像一块碑。那些短暂迷人的美好，如同走马灯一样在你脑中嗡嗡旋转。

有些幸福，只存在于平行时空中。

你终于崩溃了。

只想倒杯水……你跪倒在厨房里，无声地抽泣。你的左手无助地抚摸着右手中指根部，那里很疼，那里仍有勒痕，那里仿佛带着一枚无形的指环。

宠爱计划

...廖舒波

"陈翔——!"

午饭时间还没到,我就听见一声巨响。室友杜羽一脚踢开了房间大门。他浑身的低气压,举起手机贴到我的鼻尖上,大声怒吼道:"你用我手机干了啥!"

"叮咚",随着悦耳的声音,手机屏幕上跳出一条短信,内容是流量超量提示,末尾还附着一个对大学生零花钱来说略多的数字。杜羽脸色发青,我是"人赃俱获",我赶紧向他承认错误:"对不起!我也没想到——"

是的,的确没想到。最初借他手机用,只是因为我偶然下载了一个热门软件,"宠爱计划"App。这款半游戏半应用软件的规则简单,上手容易。只要申请账号,系统就会随机发放一只宠物,你要一边让宠物成长,一边和它一起在危机四伏的奇幻丛林里相依为命地生活下去。

——说起来容易,玩起来就完全不一样了!

你不仅要带着宠物躲避丛林里的猛兽、陷阱,还要在固定时间给宠物喂食、梳毛、换上新的装备和衣服、照顾它的心情，简直就跟饲养真的宠物一般。这已经是很有趣的体验了。到了一定的等级，你还能获得自行设定外形、能力的权限，在游戏中创造出现实中根本不存在的神奇宠物，这已经足够满足虚荣心了。更进一步，你还能加大锻炼和培养，让宠物的可爱度、强度和社交度不断升高，冲上排行榜，让整个服务器的宠友们对你羡慕不已……

"停！"杜羽打断我，"也就是说，你用我的手机，申请了一只账号？"

"对，一个账号只能匹配一只宠物，而且不能重复申请，我……我想玩两个，不同的体验嘛——啊，用掉的钱我还你的，你先……"

"钱是一回事。"杜羽忧心忡忡地看着我，"我说，你刚起床吧？你昨晚玩这个，玩了个通宵？"

"没有，没有。"我有点心虚，"就，玩到了三点……三点四十。"

杜羽眉头一皱："这是玩物丧志！你好好想想，游戏做得再真实，本质还是数据。为数据花钱，付出感情，你想想，值不值——"

我的室友拿着手机，开始说教。我注意到他的拇指在往"宠爱计划"的图标上面移动。我知道，有那么一时半刻，他是动了删除 App 的念头了。这把我吓出了一身冷汗，要知道，我在他手机上培养的宠物，喵星人，还有五天就能在排行榜上再升一级，还有……

我俩正在无声地僵持，"叮咚"，又是一声脆响，那是新的短信发到了手机上。因为我在杜羽的手机上设置过短信优先，不等他操作，那小小的信封图标就在屏幕上展开来，显示出一长串文字，以及其中惊人的内容。

"尊敬的玩家：恭喜您荣获'宠物计划'总榜第四名！为感谢您的长期支持，本公司特邀您成为临时游戏测试员，参与虚拟现实设备及宠物计划元宇宙测试。请立刻登录网站，填写真实姓名、电话，以便工作人员联系……"

一字一句读完，杜雨抬起头："虚拟现实设备？"

我也抬起头："宠物计划元宇宙？"

——天啊！下一刻我俩同时叫出了声。戴上头盔，连接身体，就能全方位、全感官进行游戏的虚拟现实设备，还有种种规则都与现实世界完全不同的元宇宙，不管哪一个都是科技的最前沿，不是谁都有这个体验机会的。我看着杜羽，他看着我，大概被这难得的幸运镇住了，他的脸色由青转红，兴奋爬上他的脸庞，他放下了手机。

"好吧，就饶了你跟你的宠物这一回。"

我知道他是在找补。但我也乐得没心情跟他争辩，只是使劲点头。

按照短信的要求，我们联系上了游戏公司。工作人员告诉我们，这次测试邀请了游戏中排行前四名的人。为了显示公正，他们还专门发来了当时的排名截图。但不用看我也知道，这游戏里最厉害的四个玩家到底是谁。

第三名"羊羽"和第四名"木土"，就是我和我用杜羽手机的化名，第二名则是个化名"璃"的女性。她是游戏里惯有的"氪金大佬"。不止一个游戏中人说过，只要看见对自己的宠物有利的东西，璃就会毫不犹豫地买下。哪怕系统订出的价钱并不合理，她还是会如同冤大头般花上一大笔游戏里的货币。有传言说，她曾与握有绝版装备的玩家进行私下的金钱交易，金额不算大，但她连砍价都不砍，上来就转账，可称得上豪气了。我一直猜测，她在现实中也是土豪一个，衣食无忧，玩游戏不过是休闲，解解闷罢了。

璃很爱花钱，但她始终赢不过一个人，那就是排行第一的"玫瑰"。和酷爱"氪金"的璃相反，这位玩家属于"肝帝"，她从没有花钱买过游戏中的物品，甚至连基础的月卡之类的都没买。她只凭出色的技术和计算，在短短的几个月里，她把原本排名第一的璃挤了下去，至今高居榜首，无人撼动。她同样神秘，很少与其他玩家组队交流。

虽然只是游戏里的玩友，但一想到可以见这两个人，我还是有些激动的。猜测着他们的样貌，我经过了几个不眠之夜。

到了预约好的那一天，我和杜羽来到游戏公司。前台工作人员恭恭敬敬地把我们引进了 VIP 等待室的时候，已经有个女孩等在那里了。在看到她的一瞬间，我发出了"啊"的一声惊呼。杜羽轻轻踢了我一脚："矜持一点儿。"

"我心中激动啊！"我压低了声音，"我猜，她是'璃'吧？"

"你确定？说不定她是'玫瑰'呢？"

"不太可能。你看她还穿着校服……是高中生吧？平时哪有那么多时间'肝'？"

我们两人一边窃窃私语，一边观察着女孩。她年龄不大，戴着口罩和眼镜。身上一件葱绿色的运动装，虽然并没有学校的标识，但看得出来是乐城某所学校的校服。在我和杜羽说话时，她只抬头看了我们一眼。我与她四目相对，看到她有一张稚气的脸，还有一双无神的眼睛。想了想，我把杜羽丢到一边，走到她面前。

"我是第三名，羊羽，也就是宠物'汪星人'的玩家……请问你是？"

女孩又看了我一眼。她似乎没有说话的意思。这让我有些尴尬，于是不得不做了一番长长的自我介绍。在我第三遍问她到底是谁时，她才十分不耐烦地蹦出一句："我就是璃，真名陶莉。你，别再跟我说话了，烦。"

这话把我接下来的话噎住了。我不知说什么好，只能悻悻退回杜羽那里。而在那里，杜羽早已忍不住笑，说我一定是被当成了奇怪的油腻大叔。现场更尴尬了，我手脚都不知往哪里放才好。好在这时，有工作人员推门进来，请我们前往测试游戏设备。陶莉站起来，连看都不看我和杜羽一眼，就径直跟着走了。

杜羽撇了撇嘴："真是热面孔贴了冷……冷板凳。"

"高中生嘛，"我苦笑摇头，"叛逆期。"

说归说，我们跟着工作人员来到了体验室。那是一个宽大的房间，里面已经摆好了四台设备，线路错综复杂。我四下张望，但只看到三个人，并没有看见第四位玩家玫瑰的踪影。我很想问一问，但看着工作人员个个神情紧张，脸色严肃，就想着还是不要节外生枝，就按照他们的要求，躺到了倾斜的椅子上。

椅子是专门的电竞椅，真皮，柔软。几名工作人员走上前来，在我们太阳穴附近贴上小小的圆片，说是测试脑波用的。一番摆弄后，确定没有问题，才给我们穿戴上元宇宙装备——薄雨衣一样的薄膜衣服，带着血管般细小线路的纯黑手套，还有最关键的，头盔。这一套下来，让人有些气闷，但房间里开足了空调，倒并不难受。

"请保持呼吸平稳。"工作人员的声音响起来，"有问题立刻出来说。"

他这么讲，我还以为之后的体验会很难受。可随着什么东西"咔哒"一声，我眼前一黑，旋即进入了一个崭新的世界——

一片苍翠的丛林。头上树木高耸，脚底土地湿润。风从不知何处吹来，带着山野特有的草叶气息。没错，这里不是游戏里绘制出来的那种丛林，而是动物世界里播放出来的一样，货真价实的丛林。虽说我此前也多次体验过虚拟现实设备，但这……这也太真实了吧？不愧是元宇宙。我瞬间变得像个乡巴佬一样，这里看看，那里摸摸，惊得合不拢嘴。

几分钟后，杜羽出现在我的身边，虽然只是投影，但现在他显然比我冷静。

指指天空，看看地面，我的室友犹疑地问道："安河保护区？"

"说对了！"一个如同小鸟般的声音自空中传来，"这里就是本公司的合作单位，安河保护区！欢迎来到宠爱宇宙！我是游戏小助手，请问你们现在是提问，还是开始游戏？"

我当然是迫不及待想开始游戏，但杜羽这个家伙却在一旁问个没完，他问助手是如何实现投影的，又问她是如何保证这游戏不伤害到现实里保护区的珍稀动物，还有……

"本公司在安河保护区设置了全息投影摄像机，所以您现在看到的场面是实时画面。保护区中有数种珍稀动物，我们的投影机会将游戏中的声音低音量外放，提醒动物尽量不要靠近。但如果确实发生动物攻击机器的情况，我们会优先中止游戏，以保证动物的安全。"

助手不厌其烦地回答，我却等不了了，拉一把杜羽："我们还是开始游戏吧！"

"好的，立刻为您展开宠爱计划的宠物宇宙！"助手微笑地说，"请特别注意，游戏中的黑色区域是未开发完成部分，请勿进入，否则会引发严重的身心反应，后果自负。谢谢合作！"

"收到！"我回答一声，调出控制台，"看，这是我的'汪星人'和'喵星人'！"

随着我的操作，一阵金光闪过之后，两只"宠物"出现在我们身边。在我最初的选择中，汪星人的基础是憨厚可爱的金毛狗，喵星人则是漂亮灵活的黑猫。经过我长时间的细心培养和设定，两只宠物已经呈现出很大的区别。汪星人如同动画《幽灵公主》里的狼神一般巨大，而喵星人的身上有金色的花纹，背上有一对小翅膀，就像是古埃及传说中的神灵。这本是现实中无法存在的动物，但借着最新的设备，他们得以出现在现实背景之中，出现在我的身边，真有种模糊了两个世界的愉快错觉。

看着两个"宠物"欢快地舔着我的脸，杜羽也有些动容："有点儿意思……"

他似乎还打算跟我讨论一下设备的原理，或者是我在游玩之中的心得，然而他还没有开口，斜上方就传来了一个有些冷漠的声音："喂，你们还在这里干什么？还不快点去升级？"

我和杜羽同时抬起头，发现了一个女子骑着白马向我们走来。她有成年女子的体型，穿着希腊式服装，戴着罗马风格的皇冠，还有印度风格的面纱，我们花了一些时间，才发现她是"璃"，而不是系统里的NPC。系统里带着奇幻风格的装备层层叠叠地把她遮住，她刻意的掩饰是成功的，现在我完全找不到那个穿校服的小女生的痕迹。

"升级？"杜羽倒是愣愣地问出声，"为什么要升级？"

"璃"的眉毛动了动，我可以想象现实中的陶莉那张稚气的脸是怎么样地阴沉下来。想了想，我拉了杜羽一把："别问了——游戏体验嘛，爱怎么玩就怎么玩。"

室友苦笑一声，给白马公主让开了路。璃大约因为杜羽的话很不满，一言不发，飞快地跑开了。我也就放弃了组队的打算，决定只和杜羽一起，四处游荡。虚拟现实和元宇宙的设备炫酷又高级，关于璃的细小不快很快被我们忘却，我们感受着诸多新奇的体验，顺便也欣赏一下作为背景的安河保护区。保护区的风景不错，罕见的蓝色蝴蝶翩翩飞舞，不时有长尾鸟掠过林梢，更远处，还有熊或者豹这样的真实动物一闪而过。我和杜雨在其中穿行，带着两只神奇宠物，既像幻想，又像现实，这可比野生动物园什么的过瘾多了。

距离结束的时间还很长，我和杜羽也没有更多计划，就随意一路向前。大约走了半个小时，突然听见了一声压低声音的惊呼。我俩对看一眼，看到不远的地方，有一只半人高的怪鸟，全身火红，竖起的翅羽像尖锐的刀片。

我脱口说道："烈火鸟。"

喵星人和汪星人仿佛收到指令，龇起牙，摆出备战姿势。我解释道："这是游戏中需要我们对付的怪物，设定里，它的羽毛能像箭一样射出……"

话音还没落下，又一声惊呼传来。我顺着声音的方向看去，发现烈火鸟下方就是骑着白马的璃。她的左肩上有一根尖锐的东西，那是烈火鸟射出的羽毛。大概是因为系统设备里也连接了人的痛感神经，她的脸色非常难看。

"去帮她一下吧。"我喊道，"杜羽，按一下组队键。"

我教杜羽调出指令台，按下按钮，根据游戏设定，我们瞬间"闪现"到了璃的面前。我指挥两只宠物，汪星人横在我们面前，挡住攻击。而喵星人则飞上天空，与鸟撕咬。因为还是测试版，相比于"游览"的过程，"战斗"显然粗糙了很多，数值大概也还没明确。我的喵星人固然等级很高，但在面对烈火鸟时还是略微落了下风。按照游戏进程，现在是作为玩家的我帮助宠物的时候了，这样想着，我打开控制台，调出了"弓箭"选项。

若在手机里，只要点击就行了。而在这元宇宙之中，竟然是具象化一把弓箭，落到我的手中。我从没接受过射箭的训练，只能手忙脚乱地比画着，并且大喊杜羽帮忙。杜羽跑过来，我俩折腾了好一阵，才勉强把箭"射"到了天空中。这样的乱射当然不会命中空中的鸟，但好在箭镞自带的响声吸引了烈火鸟的注意。当它扭头观察飞箭的时候，喵星人及时出击，一口咬住了鸟的脖颈。烈火鸟惨叫一声，甩开喵星人，发出一声难听的嚎叫，旋即消失在空中。

它消失了，杜羽还有些难以置信："这就完了吧？"

"应该完了。"我转头看向背后，"你没事吧。"

璃就在我们身后，站在白马身边。不知何时，她已经娴熟地把肩上的伤口处理了。听到我的声音，她抬头瞪了我一眼，我原以为她会马上转身就走，可有些出人意料地，她低下头，对我说了声："谢谢。"

"啊，没关系。"我为她难得的礼貌高兴起来，"要不要继续组队？"

"组队？"璃的脸色在一瞬间变得扭曲。

"对，前面是战斗区域了，我们可以……暂时，做个，伙伴……"

"伙伴？"璃冷笑一声，"不需要，我不需要肮脏的人类，滚！"

这话说得无比"中二"，一时间让我都不知该如何接话。过了很久，我才回过神来，嘟囔了一句"好像你不是人类似的"。但这句揶揄已经来不及，璃已经走远，只给我们留下一个背影。我无奈地笑起来："小姑娘还真难伺候啊。"

杜羽没接话，他看着远去的背影，若有所思。

我拉拉他："换个方向吧，我可不想再碰到她了。"

"不。"杜羽摇头，"我们应该跟着她——有件事，我想搞明白。"

"什么事？不过一个叛逆的青春期小孩。我可不想再被骂了！"

"你仔细回忆一下，刚才那个战况。"杜羽语重心长，他比个手势："这是宠物游戏吧？开局就送宠物。按照正常的玩法，应该是像你那样，放出宠物，让它先去抵挡敌人。宠物不行了，玩家再接上。但是你注意到了吗？最开始的时候，鸟的羽毛是插在人物的身上。由此可见——那个女孩，璃，是自己先上去抵挡的。"

微微皱起眉头，我承认，我室友注意到的情况确实有些诡异。他一个超级菜鸟都能想到的方案，璃一个游戏排名第二的人物，怎么会想不到？这样一说，甚至连我都有些好奇，她到底为什么要这么做。

抬起头，我问我的室友："那你怎么看？"

"一个感觉，不一定对。"杜羽说，"她大概……把游戏里的宠物，当成真的了。"

事实证明，杜羽说的是对的。我们暂时转换目标，一路偷偷跟随。果然，璃一路上得到的食物、饮水，全都优先给了白马。而得到能起保护作用的装备，她也给先给那匹白马用上。短短时间，白马像是披上了一层铠甲，一副雄赳赳气昂昂的样子。我在后面看着，不由得摇头，这哪是在玩游戏，简直就是……宠物养成，还是特别溺爱的那种。

　　杜羽大概也是这么想的，他叹了几声气。冷不丁地，他突然问了一句："刚才她说，她叫，陶莉？"

　　"好像是。"我问，"怎么了？"

　　"陶莉，乐城一中，我想起来了。我表妹跟我说过——"

　　杜羽说，那个学校最近发生了一件事。一个女生下课的时候摆弄手机，被班主任发现了。学校禁止带手机上学，但因为只是下课时间玩，班主任也没有处罚她，只是提出把手机交给学校保留三天，以此给那女生警示教训。然而出人意料的是，那个女生听到这个消息，立即放声大哭起来，甚至在教务处哭了一整天，死活不同意这个决定……

　　"哦？闹得那么厉害。"我心想果然是叛逆少女，"那老师更要没收手机了。"

　　"说得对，之后……"

　　女生的大哭让所有人都很无奈。班主任原本还抱着一丝宽容之心，但这么一闹，她决定把扣留手机的时间增加到一周。她很严肃地教育了她，也做了一些温和的劝导。但女生一句话没有听，只是嘴里念叨"完了……又完了……"，抱着手机继续痛哭，死活不愿意上交。

　　这举动太过反常，引来了周围的议论，还有不少异样的目光。

　　杜羽的表妹是这么评价这件事的："这种小事有什么好哭的？弄得大家都莫名其妙！而且啊，这个女生很奇怪，以前我们也找她玩过，她从来不去，和她说话也爱答不理的，一天到晚就盯着手机。这就是所谓的'网瘾少女'吧？"

　　杜羽也是无意，就随口问了一下这个女生的名字。表妹告诉他，那个女生叫陶莉，手机事件后她就不和任何人说话，也不去上学了。别人无论问什么，她都紧闭着嘴，一言不发，只是低头看着手机。父母和老师也拿她没有办法，只能放任自流，让她暂时待在家里。

"如果她就是璃，那一切都说得通了。"我低声说道。

"话说，"杜羽问道，"放着一星期不管，宠物会怎么样？"

"其实……不会怎样，掉一点儿数值而已，很快就会补回来了。"我说，"啊，对了，有时候会有'你的宠物饿得嗷嗷直叫''你的宠物冷极了'这样的小提示，系统自带的。"

这样说的时候我想起了杜羽的话，陶莉，也就是璃，把虚拟的宠物当成真实的了。如果真是如此，她想到自己的宠物挨饿受冻，说不定心里感到难受？

我俩一搭一档地说着话，完全没有注意到远处有一个黑影呼啸而来。回过神时，天空已经变成一片昏暗，再抬头，我看到一双覆盖着薄膜和鳞片的翅膀，向着前方的白马和女孩垂直降落。近乎本能地，我脱口喊道："小心！"

然而已经来不及了，尖利的爪子已经要抓到女孩身上。只听一声嘶鸣，白马扬起蹄子，跳到璃的面前，帮她硬生生地挡住了这一击。即使它满身都是防御用的装备，但敌人的力量过于强大了，白马整个身体被甩飞出去，撞到了背后的树上。

"该怎么做？"杜羽急急地问道，"还是组队吗？"

"不，不是。"我仰起头，"这是整个游戏里最厉害的敌人——羽翼龙，不是我们可以应对的。点'隐蔽'，杜羽，点'隐蔽'！"

一阵乱喊，我们手忙脚乱地进行了操作。羽翼龙张开翅膀，擦着我们的头顶飞了过去。他巨大的翅膀、身体和带起的风在元宇宙中无比真实，我一边感到恐惧，一边抱怨，这测试版也太测试版了，怎么能放一只根本打不赢的怪兽在这里呢？好在，系统也没给羽翼龙设定穷追猛打的程序。它盘旋一番，就失去了兴趣，伸开双翼，往空中飞去了。

"可以了吗？"我喃喃问自己，从地上爬起来，"没事了杜羽，起来吧。"

话音刚落下我就发现自己错了。在我眼前大约七八步的地方，不知何时出现了一只头上带着白色斑点的豹子，它瞪着一双琥珀色眼睛，正死死地盯着我们的方向。我在游戏中并没有见过这样的敌人，但我第一时间调出了控制台，呼唤出了喵星人和汪星人，让他们进入备战状态，以免璃刚才那样的悲剧发生。

但是，戒备状态过了很久，那只豹子并没有攻击的意思。

"收手吧，翔子。"杜羽在我背后喊，"它像是真豹子。"

我一时间没有明白室友的话是什么意思。杜羽上前，解释说他觉得这只豹子和自然界中的一模一样，并没有一丝奇幻的元素在其中，很可能不是系统安排的敌人，而是生活在安河保护区里的真豹子。我觉得他说的有些道理，便收起了宠物，与游戏小助手确认了一下。小助手证实了我们的判断，并告诉我们，不要理会就可以了。我俩这才放心地退出了控制台，退出的瞬间，我们同时听见了一阵撕心裂肺的哭声——

"不行！小白，你不能死！"

我们转过身去，看见陶莉正抱着可怜白马的脖子，两眼垂泪，嘴里喃喃说道："不要像那个小白一样……别离开我，千万不要离开我！"

"不好意思。"我走过去，"让我看看。"

我调出了白马宠物专属的操作台，那里已经是一片红色，这是生命值即将耗尽，无法挽回的状态。耸耸肩，我退了出来："没用了。"

女孩望着我，突然瞪大了眼睛。她嘴里冷漠地吐出一个字："滚！"

这话略微激怒了我，但我想还是不要和璃计较。摇摇头，我说道："真的，骗你干嘛。生命值已经快空了，根本救不回来——"

"救不回来，不……别以为你也能骗我。你们都骗我。我不会相信的！"

璃咬牙切齿，喊出了一长段话。这段话没有前因也没有逻辑，我也只觉得莫名，不知从何答起。就在我不知如何是好的时候，璃咬紧的牙关中突然蹦出三个字："胭脂草。"

"啊？"我一愣。旋即想起胭脂草是游戏中的复活道具，也确实是眼前能解救可怜的濒死白马唯一的方法。而璃也迈开了步子，大声说道："我要去拿胭脂草！"

"你在开什么玩笑啊！"我一把拉住了她，高声提醒。

"胭脂草在什么地方，你先看清楚！"

作为一个玩家，我当然会不自觉地注意各类装备道具藏在场景何处，更不要说游戏里的顶级道具，花钱也买不到的胭脂草。从刚才开始，我就发现有一株胭脂草长在附近，但它所在的位置，却是一片黑暗区域。

小助手反复强调过，那是禁止进入的，黑暗区域。

听见我的提醒，璃有片刻的迟疑。然后她猛地甩开我的手，向黑暗区域走去。

"喂——喂！"我大喊一声，冲上去想要拦住她。然而，我刚迈出一步，眼前就撞上了透明的墙壁，一股力量按在我胸口，把我向后猛推。我站立不稳，退后几步。然后我撞到了一个人，那是随后跑来的杜羽。他看着我的古怪动作，脱口而出："这是什么情况？"

"反弹道具。"我说，"璃，她开了反弹道具。"

大约是听到这边的喧哗，璃停下了脚步。她回过头来，满身仍是环佩叮当，但她的眼神却充满悲伤。她看着我，看着杜羽，又看了一眼旁边奄奄一息的白马。她摇了摇头："对不起，但我不能……不能再失去……"

话音落下，她回过头，义无反顾地向黑暗区域走去。游戏里的装备赋予

131

她超乎常人的力量和速度,她离黑暗区域越来越近,越来越近。杜羽不清楚发生了什么,但他意识到情况不对,连声问我怎么办。我沉思片刻,转过身,跨上了那匹半跪在地上的白马。

"去,追她!"我简单地下了命令,"破开防御!"

白马发出一声嘶鸣,站了起来。然后它迈开四腿,向着璃的方向追了过去。因为满身的防御装备,它不会被璃的反弹道具所限制,就这样,它带着我,渐渐地拉近了璃的距离。因为在系统里,它不会出现现实中速度减慢或是站不起来的情况,但因为生命值快要耗尽,它没走一步,都会发出艰难的喘息和悲鸣的惨叫声,虽然我不断对自己重复"只是数据,只是数据,它只是数据",可我心中还是升起了一阵极其强烈的愧疚感。这一刻我觉得自己对陶莉无比感同身受,或许,对虚拟数据的爱也是爱,无法否认,也无法改变。

就在这样的思绪之中,我来到了璃的身边。我嘶声大喊让她停下。她听见了我的声音,猛地回头,但是一切已经来不及,她的脚步已经迈进了黑暗区域。我跳下马,伸手抓住她的衣服下摆,试图把她往回拖。然而她的动作又急又快,惯性太大,连带我也失去了平衡,整个人被她拖着,往黑暗区域的深处掉落,掉落下去……

一股强烈的感觉袭击了我,我感觉天旋地转,无数旋涡出现在眼前。五彩缤纷的颜色像是突然坠入了巨大的油膜。我是谁?我多大了?我在哪里经历了什么?自我的边界开始模糊。一时间,我听见了陶莉的哭喊和自述,这样的情况和感觉的偏离联系在一起,让我觉得自己的思维和陶莉的记忆混合在一起,我看见了她的经历,看到了许久以前的事情。

那是两年前的一天,还是初中生的陶莉经过一个垃圾场,发现了一只瑟瑟发抖,连牙都没有长好的小小猫咪。她的心被触动了,把猫咪装在盒子里带回了家，精心地养了起来。猫咪很快地复原了，它可爱又听话，经常睁着一双琥珀色的眼睛看着陶莉。

而陶莉也很喜欢它。因为猫咪头上有块白斑，她给它起名叫小白。

对于养猫的事情，陶莉的爸爸妈妈并不同意。陶莉拼命抗争，并承诺自己会负责小白所有的照顾。最后爸爸妈妈终于勉强同意，把小白养起来了。知道这个结果的陶莉兴高采烈，她开始谋划着用攒下的钱购买猫粮、猫窝一系列能让小白过得舒舒服服的东西，并且热烈地期望着，有一个相依为命的小宠物的美好未来。

然而一切都在第二天被打破了。

第二天，陶莉从学校回家时，发现那只猫咪已经不在了——

是他们！是她的父母，把猫咪扔掉了！

虽然之后父母反复告诉她，说他们带了猫咪去看病，猫咪在那里遇见了能收养它的地方，于是他们就把猫咪送去了。他们还解释了很多，可陶莉一句也没有听进去。她看着空空如也的箱子，看着再也没有小白等待她的房间，一瞬间心和血都变得冰冷。

爸爸、妈妈，我最亲近的人竟然不遵守诺言！

她从此变了。从此陶莉变了，变得冷漠，变得不愿意和周围的人打交道。别人说的话她心不在焉，她只愿意沉浸在手机的虚拟世界里，这里虽然冰冷，但是输入指令就会有切实的回应，没有敷衍，也没有欺骗。比起外面的父母，她更愿意待在这里。

某一天，她下载了宠物计划的App。系统随机发送了一只宠物，虽然是一匹马，但它头上也有一块白斑，默认名字正好叫小白。陶莉觉得，自己当年没有保护好的小白又回来了。借助游戏的机制，她对这匹小白马无所不用其极地照顾。当年的她，没有力量，而如今的她，可以用金钱和系统一圆当年没有实现的希望和梦——

就这样,她一头扎进了游戏之中。

真是可怜的孩子,我想拍拍她,告诉她我很同情她,可我已经没有了那个机会。正如游戏小助手所说的那样,黑色区域会引起强烈的身心反应。我的思维变得更加混乱,我分不清哪里才是真实的,只觉得头剧烈地疼痛。刚才的彩色早已不见,只剩下黑暗铺天盖地,我感觉自己快要撑不住了,我已经无法思索接下来该怎么办,只有放弃——

然而就在这时,一只有力的手抓住我的腰。

一股力量开始把我向上拖,连同璃一起,把我们拖出了黑暗地带。

那种难以形容的、混沌的模糊状态逐渐清晰。我睁开眼睛,看见了杜羽焦急的脸。而在他身边站着的,是一个女子。她身穿红色衣服,朴素,却透出一股安全感。不用说我也知道,她就是排名第一的强力玩家"玫瑰"。

玫瑰一脸欣慰地说道:"还好赶上了,要不只能让他们停止游戏了。"

我支撑着坐起来,想要向玫瑰道谢,并且告诉他们身边这个女生的可怜遭遇。然而嘴还没张开,玫瑰已经摆摆手:"你要说什么我已经知道了,我就为这件事而来的。"

她越过我,温柔地俯下身,把璃摇醒:"嘿,陶莉,有件事情我要告诉你。"

我注意到她好像知道璃的真名,而且我还注意到,在她的身后,刚才那只安河区的豹子仍旧在那里,徘徊不去。

在玫瑰的呼唤下,璃缓缓地张开了眼睛。她仍旧是一脸茫然,不过我想她认出了玫瑰。玫瑰伸出手,在璃的耳边低声说道:"你看前面。"

她纤细的指尖指着眼前,我顺着她指的方向看去,那只豹子仍然在刚才的位置徘徊,而且距离比刚才更近。因为距离的接近,我把它看得更加清楚。豹子吃得膘肥身健,一副生机勃勃的样子。不过它一直注视着前方,似乎在寻找什么。

咦？等一下，这豹子头上怎么有一块白斑？

想起刚才无意中感受到的陶莉的记忆，我的心里咯噔一下。

而陶莉或许也注意到了这一点，她紧张得肩膀颤抖："……不会吧？"

"没错，它，就是你捡到的小白。"玫瑰微笑着说道，"你的父母没有骗你，也没有违背和你的诺言——那一天他们确实带着你捡回来的'猫咪'去看病了，然而宠物店的人却发现，你捡回来的根本就不是什么猫咪，而是偷猎者带到城市贩卖的一只幼年云豹！"

"啥？这种事也太……"

我脱口而出，不过这也不无可能，我曾在新闻媒体上看到过，云豹幼年确实长得跟猫相似，经常有不明真相的人当成宠物来养，结果很久之后才发现自己养了一头猛兽。

"于是你母亲就联系了森林公安局，在宠物店就把这只动物送走了。不过，正如你所见，它在安河保护区生活得很好。"玫瑰继续说道，"而且我猜它还记得你呢！云豹这个时间很少活动——但你看，它现在或许听见了你的声音，正在找你呢！"

如此多的巧合，换了是谁都会不相信的吧？陶莉也不例外，她一脸茫然地注视着前方："那他们为什么不直接跟我说呢？让我……让我误会了这么久！"

"你的父母担心你承受不了，所以只说把小白送到了可以收养的地方。之后，你就自己把沟通的大门关上了啊！你不听，他们再说也没用——不止是你父母哦，还有你的同学、老师也是如此。"玫瑰又一次笑起来，"不过，现在误会终于解除了。"

"咳、咳。"后面传来一阵咳嗽声音，那是我的室友杜羽，"很抱歉打断了这个温馨的场面，但是刚才小助手通知我，游戏时间只剩下十分钟了。"

他看看玫瑰，又看看璃，说道，"抓紧时间吧，和你的朋友告个别。"

"嗯。"璃答应着，刚才的事情对她的冲击太大，她大概还有些迷糊。但她还是站起来，走到豹子面前，小声地叫，"小白？"

豹子抬起头，用亮晶晶的眼睛注视着天空——大概也感觉到，曾经照顾过它的人，在远方温柔地看着它。璃伸出手，象征性地摸了摸它的头顶。虽然在这虚拟的世界里什么也摸不到，但我看见她笑了。这是我第一次看见她笑，非常温柔，非常可爱。

然后，我们四个人一起退出游戏，回到了现实中。

退出游戏的时候，我四下张望，想看看玫瑰到底是什么样的人，但我只看到一个背影，那是一个穿着职业装的女性。之后，玫瑰主动过去给游戏公司的工作人员解释了前因后果，他们也没有追究我游戏违规的责任。而我，也把战斗数值不合理，部分敌人造成压迫感太大的情况反馈了，工作人员连连道谢，说一定设法让游戏尽快上市。

"这只是客套话吧，那么精细的元宇宙，肯定还要开发一段时间——"

在宿舍里，我这样说着，而我的室友却没有回应。他握着手机，也开始研究《宠爱计划》了。我因为在黑暗区域受到的冲击太大，反倒一时没了兴趣，只是偶尔登录，照顾一下宠物，查收一下邮件。离开时，我偷偷地给玫瑰发了个邮件，我想知道，仿佛知晓一切的她，到底是谁。

回复很快来了："其实，我就是陶莉的班主任，没收手机那个。"

她还说："那天陶莉哭得撕心裂肺，我就想看看，是什么东西有那么大的魔力，于是就下载了《宠爱计划》开始玩。我是学数学的，这游戏就是拼数值，实在太容易了。不过我也因此一步步地了解了我的学生，才能问到她的父母，找到事情的关键。"

"现在她的心结解开了，我很开心——不过，请务必不要告诉她，否则她会自责的。"

看到她的回复,我也忍不住轻笑起来。陶莉是不幸的,一个误会让她关闭了心门。然而她也是幸运的,有那么多人在她身边想要帮助着她,而最终她也接受了他们。

很久之后,我陪着杜羽又到乐城一中去找她的表妹,远远地正好看见了陶莉,她正站在一群女生中,望向一个宠物店的橱窗,她们似乎在讨论哪种动物最可爱。她仍旧穿着校服,戴着眼镜,但她的眼睛变得漂亮而有神,并且我发现,她并没有带手机。

这样真好。我露出笑容,和她擦肩而过。

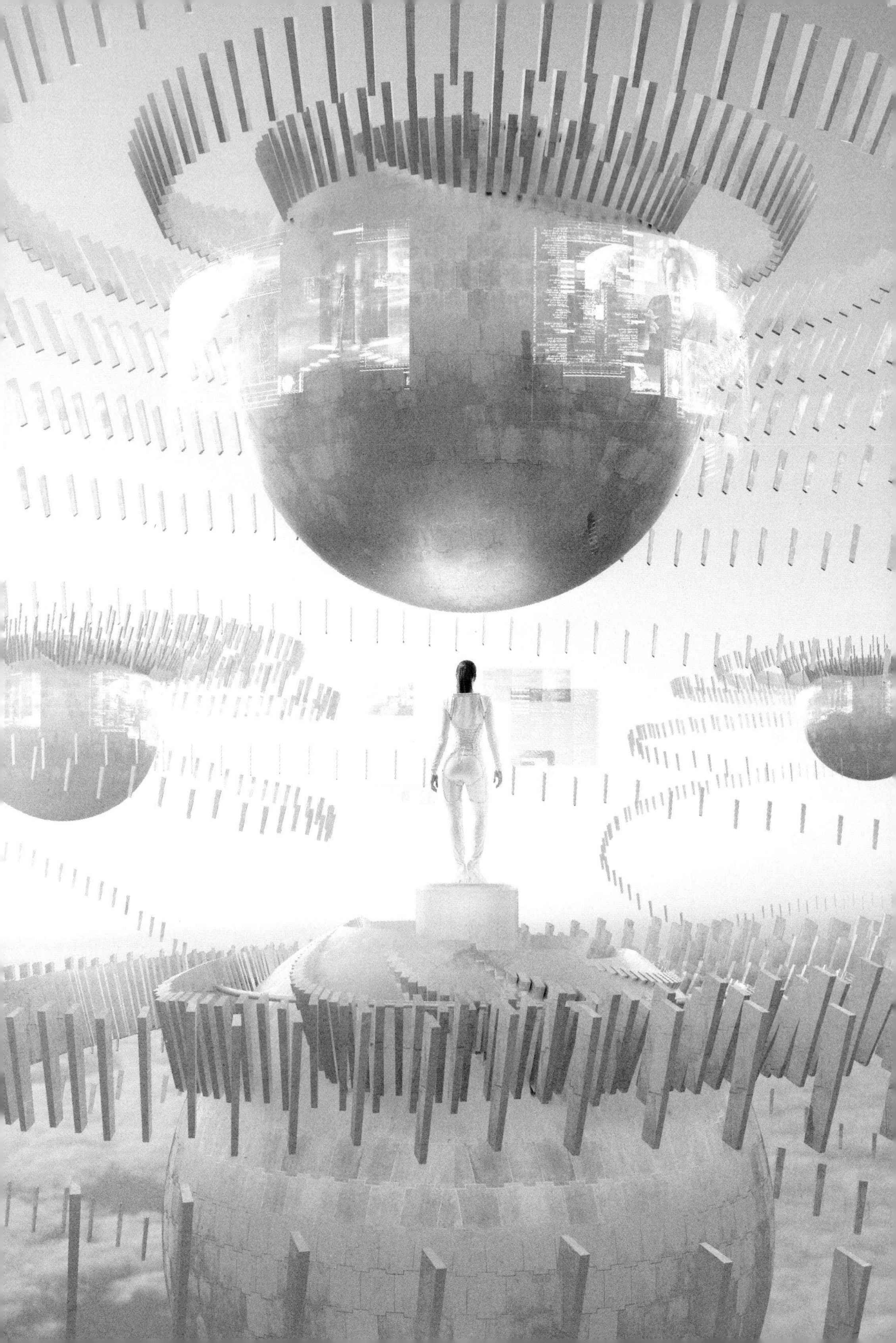

边　界

... 陈虹羽

观测终于再一次被证实——我们的宇宙，半径只有五光年。

内部时间：虚元 1802 年

"我看到了……很快，我看到它的同时，它也正在接近我……它是……它是虚无，黑暗，丢失一切细节的。我的天啊，这和我们观测到的一样，但又不一样。我无法用语言来描述它。我要进去了……"

重复键。

"我看到了……很快，在我看到它的同时，它也正在接近我……它是……它是虚无，黑暗，丢失一切细节的。我的天啊，这和我们观测到的一样，但又不一样。我无法用语言来描述它。我要进去了……"

重复键。重复键。重复键。

埃布尔是第一个走出奥尔特星云的人类，也是最后一个。他在与地球失去联系前的最后时刻曾启动飞行器上的黑匣子录音。虚元1795年，即埃布尔出发后的第十年又四个月，这段音频传回了地球。同时观测到的，还有埃布尔的飞行器一头扎入虚空，越过那个边界后消失了。当然，飞行器以光速移动，所以在观测者们看来，它是瞬间凭空蒸发的。但如果用量子播放器将这段影像以原始速度的亿分之一播放，便会看到宇宙如同被一张无形的隔膜分成两部分，一部分充满星际尘埃，虽然空旷却又显得充实；另一部分则是无穷尽的黑，当然用"黑"来形容它也不对，那里什么都没有，没有可见光，甚至没有万有引力，没有射线。宇宙中的一切物质在穿过那层无形隔膜进入虚空部分后就消失了，埃布尔的光速飞船也是这样，船体逐渐没入了永恒的空洞。

观测终于再一次被证实——我们的宇宙，半径只有五光年。

姜然是前天接到地外星系研究所的面试通知的，如果今天顺利，他就能正式成为一名助理研究员了。这是他梦寐以求的工作岗位，但研究所的状况令他大跌眼镜。

"我是卡尔教授，也是这个研究所的负责人。我有必要跟你说清楚，除我之外，这里只有另外一名研究员路德维希，和一个助理研究员蕾切尔——加上你的话是两个。"卡尔教授像是想起了什么，冲着不远处一个三十出头的女子喊道,"蕾切尔,泡两杯咖啡端过来!"然后回过头向姜然耸耸肩,"人手不够,像打扫卫生什么的杂务,都要研究员自己做。"

"教授,我很愿意在这里工作。"

卡尔教授把老花眼镜往下移了移,视线从镜片上方投过来,像打量怪物一样打量姜然,"现在的年轻人很少有像你这样想的。地外星系研究所,名字真滑稽。你难道没听说传言,我们的宇宙半径小得可怜,根本不够看的吗?"

"是听说了,我本科时很多同学都转了专业。但我——我不是很相信。"

"不相信和不愿意相信是两回事。"卡尔教授掏出一支录音笔,摁下播放键。埃布尔最后的那段话在宇宙背景噪声中响起。仅十秒。卡尔教授把这段录音连续播了五遍。

这是姜然第一次听到这段录音。

"录音是真实的。民间传言有夸张的成分,但基本属实。"卡尔教授把录音笔放到一边。

"所以说,埃布尔并没有一直走下去……"姜然一时还沉浸在那段话里没回过神。

"当然没有。光速探测器的事你应该知道吧?"

姜然点点头。三十多年前,科学家发现正反物质湮灭释放出的能量能制造空间旋涡。以此作为航天推进方式,能将航行速度由之前光速的千分之三提高到无限接近光速。该技术渐趋成熟后,有三个国家和地区分别制造了各自的探测器,朝三个不同的方向发射往太空。它们穿过柯伊伯带后启动湮灭推进装置,随即便以光速逃逸出人们视线。但大约十年后,三方的监测系统不约而同地发现,它们消失了。不管哪个方向,它们越过五光年的界线后便无影无踪。这其实只是印证了人们从望远镜里看到的——在人类能达到光速之前,遥望宇宙的研究者早就发现,五光年之外什么也没有。但没有人愿意相信这个事实。又过了几年，小型飞行器内的生态循环系统得到完善，埃布尔肩负起探索五光年之外宇宙的使命，出发了。

"如果是真的，你们为什么没有公布这段最后的录音？"

"有百分之九十九的人一生都不会走出太阳系。对于他们来说，宇宙只有五光年或者宇宙无限大，有什么区别？当时听到录音的人很多，消息并没有完全封禁，只是官方未出面证实罢了。总要给那些向往宇宙的人留一些想象的空间。"

"那……我们要研究的地外星系只是……五光年以内的吗？"姜然失落地问。

"如果你能找到五光年之外的世界。欢迎你。"卡尔教授站起身伸出手。

姜然赶紧伸手握住。

"很好。你被录用了。"

外部时间：地球年 913 年

"他们实在是很有意思的物种。"诺雅翻看着手上公元时期留下的文献，"把一切都神化。统治者宣称自己是太阳神之子，或其他什么。日月星辰都是神明。"

"是这样吗？"朱耶举了举手里正在制作的一顶头冠。不知用了什么技术，日月星辰的徽饰果然悬浮其间，他的手工向来是好的。

"可惜模拟的这次文明，他们完全没有'神'这个概念……"诺雅放下书，揉着额角站起身，艰难地移步到朱耶身边，拿起那顶头冠戴到自己头上。然后学着文献配图里统治者肖像的模样，面无表情、下颌微扬地迈步走在复杂的模拟器之间。

"倒像那么回事儿。"朱耶说。

"说起来，我们的确也可以算是……"

"当然是。"

"就是……走路太累。"她回到座位上，由于母星的重力只有这里的三分之一，他们的腿部非常细长，要靠双腿行走的话十分费劲。她取下头冠交回朱耶手中，"我很喜欢这个玩意儿。可以送我吗？"

"没问题。"朱耶给诺雅看头冠的两侧，刚好有卡口可以固定在面罩上。

"谢谢！以后它就当我的工作装吧！"诺雅重新将头冠固定到面罩上去。沉重的行走让她想起母星，"要是在母星就好了。"她不经意说出口。

其实他们都没在母星上生活过，对母星的印象来自分裂体的记忆。他们的母星体积很大，而且资源丰富，人口趋于饱和。宇宙中体积达到母星级别，且适宜生存的星球并不多，中心恒星膨胀为红巨星后，他们不得不成为一个四散的种族。为了保证种族的火种，所有人口被分流为五十四个编队，朝不同方向开始了大迁徙，在宇宙中不停跋涉寻找新的栖身之所。九百多年前，第十三编队找到了这里。诺雅和朱耶就是十三编队成员的后裔。

"现在，我们的母星是这儿。"朱耶提醒道。

分裂体的记忆历历在目。大迁徙启动仪式上，族人在大平原上集会，仰望太空轨道上第一编队的九千四百五十七艘母舰依次等待启航。族长的影像投影犹如一座山般大小，每个迁徙者都能透过舷窗或大屏幕看到他最后的演讲：

"走吧！不要再挂念一个无法回来的地方！"

只有不到百分之十的族人没有走。他们有的是因为身体状况太差，无法承受加速带来的超重反应；有的则是希望能目睹母星的变迁，直至最后一秒。

元宇宙——边界

内部时间：虚元 1802—1803 年

"现在，所有人都相信宇宙的半径只有五光年，这是件很糟糕的事。"蕾切尔一边说，一边磨咖啡豆。研究所里真正的工作很少。

"那你信吗？"

"我们这个研究所只有四个人，很可能是知道一切真相后还仍然不愿意相信的最后四个人。如果我相信了，那就只剩三个人了。"

"你怎么确定我不信？"

"你要相信的话，上个月面试时怎么不转身就走？你留下来了。"

姜然一时语塞。

"不过，理想这玩意儿太脆弱了。埃布尔最后那段录音没打碎你的理想吧？"

"不瞒你说。我从小时候——一直到现在，埃布尔都是我最崇拜的人。我想走得比他更远。"

"我有个感觉。"蕾切尔把磨好的咖啡豆装进壶里，"那张无形的隔膜，和死很像。穿过那道界线就像一个人死了，死后究竟是什么感觉？当然，这么说也不是很恰当，人死后所有器官都停止活动了，不会有什么感觉。你可以想象心脏停止跳动后但大脑仍在工作的那段时间。死后的感觉只有死过的人才知道，但他却再也没办法活过来告诉我们。穿过界线也是一样，很可能存在另一个世界，但对于我们来说，那个世界是单向的，所有人都有去无回。只有去了的人知道那个世界是什么样子的。"

"所以，我还是想亲自去那里……"姜然说得有些底气不足，他以为这句话会换来蕾切尔的嘲笑。

"所里这几个人谁不想呢？"这是蕾切尔的回答。

所里有一个月的新年长假，半年来，这是姜然第一次回家。

父亲的腿还是老样子，高位截肢后只剩下两个肉红色凸起的断面。很多年过去了，姜然一直不敢直视父亲的双腿。此刻，父亲正盖着褥子坐在床上。他看到姜然回来，放下手中的书，费劲地把身体撑到面对姜然的方向，招呼姜然自己去冰箱里拿水果，说那些水果都是纯天然种植的，想着他要回来，母亲大清早专门去市场买的，花了不少钱。

"爸，你也吃吧！"

"我不用，我不用。"父亲连连摆手。

冰箱里的水果是梨，只有拳头大小，两个。他拿出其中一个，用水冲了冲，一口咬下去就是一半。一股酸劲儿从鼻腔往外冒，他感到自己仰望的星空是那样远，陷入的现实生活却是这样重。他又想起七年前的傍晚。

家里的座机铃声大作，母亲接起来，刚听对方说了一句，脸色立刻就青下来。她急匆匆地对他说，"你爸出事了，快去医院！"

那时他心里在想另一件事。他十七岁，刚结束高中的课程，想要去上大学，可是家里没有钱供自己继续念书。母亲叫他的时候，他正在偷偷看报纸上的高校招生信息。他想学天文专业。

"哦！"他应了一声，甩开报纸，跟母亲一起赶去医院。他们在手术室外等了两个小时，之后医生走出来说，病人的腿没有保住，在紧急情况下，只好先做了截肢处理。"以后可以装仿生义肢，使用起来不会有什么不便。"

他知道，医院不会眼睁睁地看着病人死去，但在预缴费用不足的情况下，他们当然会选用最经济省事的法子。"那……装义肢要多少钱呢？"

"二十万。"

父亲是为了救一个差点儿被车撞飞的中学生，可那个被救的中学生始终未露面。在报纸报道了父亲的事迹，他们家里收到了一笔捐款。按父亲的性格，他是绝不可能收下这种不劳而获的钱财的，出乎意料的是，这一次他并未拒绝。可父亲执意不治腿，而是用这笔钱支付了姜然四年大学的学费。他说自己就是没文化，所以一生都只能在废品收购站工作。他希望姜然以后能成为一个体面的人，去做有意义的大事。

"在研究所的工作怎么样？"父亲捧着之前在看的书，头也不抬似是不经意地问。不过姜然知道，父亲为找到与自己可聊的话题思虑了一段时间。

"挺好的。"他应该再多回答一些，不要让父亲的期待落空，可除了这三个字，他想不到还可以说什么。

"能像那个埃什么布一样开光速飞机吗？"父亲用手比了个驾驶战斗机的动作。

"现在还不行。"姜然想了想，"以后，应该有机会吧！"

父亲笑了："你小时候一直吵着要开光速飞机。等以后你要是真的……"

门"吱呀"一声被打开，是母亲回来了，也正好打断了这个尴尬的话题。父亲出事后，她一直在外面做钟点工贴补家用。姜然本以为自己工作后，母亲就不必再这么辛苦，但研究所的工资实在太低，仅勉强够维持自己度日，没有半分多余的钱给家里。他很愧疚。但父亲喜欢他的工作。

"你应该做自己想做的事。何况，这是一件好事。"

外部时间：地球年 915 年

"一号模拟器，正常。"

"二号模拟器，正常。"

……

"大气压读数：1013.2 帕。标准值。"

边　界

"大气成分：氮 75.084%，氧 23.946%，水汽 0.25%，二氧化碳 0.058%。氮气和氧气的比值能看出人工改造痕迹。"

"影响值：1.21。"

"文明级别：A。"

诺雅在文明模型基地工作。模拟器是一堆形态各异、大小不一的电子设备，她每天需要做的，就是巡视每一台模拟器中新产生的数据，报出读数让朱耶记录下来，俩人再整理出值得注意的部分，递送给这个项目真正的核心人员研究。

回到座位，才看见显示屏右下方出现新邮件提醒。诺雅忐忑地点开它，不出所料，"驳回"两个醒目的大字出现在她递交的申请邮件中。

心有不甘，她想了想，转身问朱耶，"你知道组长什么时候来吗？"

朱耶打开一堆表格查了查："他后天会过来。你要找他？"

"嗯。"诺雅点点头。

"你找他做什么？他甚至都不认识我们。"坐在滑轮椅子上的朱耶迅速滑动到诺雅身后，诺雅来不及关掉邮件。他一眼看到标题栏里的文字：关于拓展系统中宇宙细节的申请与设想。"你要找他谈这个？"

"对。"诺雅不打算再瞒下去，干脆点头阐述，"难道你没有产生过这样的想法吗？给一个能够达到光速的物种那样狭窄的空间，太残酷了。"

"妇人之见。"朱耶摇摇头，"如果觉得残酷，一开始就不该移民——我想，用殖民这个词可能要合适些。怜悯是他们才有的情绪，你看太多原生人的书了。"

"我一直以为你是站在我这边的。"

"我当然站在你这边。无论怎样，你看，我们两个共同从事这个基地里最无趣的工作，私底下也是不错的朋友。但这和我认同你的想法是两回事。"

"你不用管了。我去找组长谈谈。"

组长是建模项目组的负责人。他每周来基地巡查一到三次，了解项目进度。该项目目前已进入常规期，一般不会出什么意外。

模拟器簇建在地下。由于要承担大量运算、描绘大量细节，这里的空间被最大化利用，地面、墙面完全由光电感应器铺成。如此一来，数台单个模拟器被串联为整体，数据信号像光河般流淌在四壁。诺雅和朱耶每天都待在这儿，看守这一堆奇形怪状的机器。

一道自然光从入口处透进来，是组长开门过来了。他看了看，"嗡嗡"的细微轰鸣声显示机器们运作正常，他满意地露出微笑，关上门要走。

"组长，请等一等！"诺雅急速滑行到门口。

"你是……"组长皱起眉头。

"我是这里的数据整理员。"

"出什么问题了吗？"

"没有……可是，他们就要进行载人试验了，我想……"诺雅在思考措辞。

组长接过话茬："噢，我记起来了，你前段时间提交过申请。"

"是的……您看过了？"

"没有，只是听其他人向我提起——作为一个笑料讲给我听的。"

诺雅剩下的话全都被噎了回去，之前准备了很多条理由来说服组长，现在也只能焦急地请求："组长，请您考虑一下吧！这样下去，如果发现真相，他们会停步不前，那我们的试验目的……"

"五光年已经很远了。"组长打断她，"但愿你能意识到自己的想法有多天真。你看过公元时代的原生人留下的资料，他们建造动物园，为了让动物们感到仍处身野生环境，会制造逼真的石山、池塘。可他们不会为动物们建造一整座真正的森林。"

"但他们并不是动物！制造出光速推进器，那就达到 A 级文明的标准了。他们有资格去更远的地方啊！"

"对，他们不是动物。"组长离开这儿，又转身补充道，"他们只是模拟器里的一堆数据。"

内部时间：虚元 1805 年

姜然忘不了父亲的背影。

父亲双腿报废以前，曾在废品收购站工作，通俗地说，就是个捡破烂的。姜然不觉得捡破烂有什么不好，可是其他人称呼父亲的时候，都会仰着他们高傲的头颅，眼珠子向下歪斜从而露出大面积的眼白，最后不情愿地张张嘴，好像说出这句话要花掉他们最后的力气："喂，那个捡破烂的，过来。"父亲用双腿走过去，背影在白花花的阳光中却有山冈一般的力量。那些人把自己不想要的东西扔到地上——父亲离他们那么近，他们难道都不愿意递给他吗？父亲弯腰捡起那些玩意儿，什么都有。很多次，很多很多次，他看到父亲艰难地弯腰，几乎能听到疲惫的脊柱正发出"嘎吱"的响声。

如果能一直这样下去，也还算好。

"几十年前，'观察者'号射电望远镜曾扫描最外一层的恒星坐标——我是说，如果把宇宙看作一个封闭球体的话，它的最外一层。当时得到的数据并未引起足够的重视。你们把那个数据找出来，再整理一遍，可能会发现些规律。"卡尔教授盯着计算机屏幕，头也不回地对姜然和蕾切尔说。

两人相视撇嘴，无奈地耸了耸肩。商量分工后就各自忙开了。要整理的都是些烦琐的数据，稍不注意就会出错。姜然的手机响了，他没有去接。但手机响个不停。

是家里的电话。他有些恼，不耐烦地摁了接听键，"喂？"

"喂。"那头应了一声。是父亲。

一般家里有什么事，都是母亲跟自己联系的。姜然有些意外，"爸，我现在在忙。"

"哦。那……那我晚点儿给你打。你先忙。"

"爸，什么事儿啊？"

"没什么。你忙吧！"话音刚落，电话就被迫不及待地挂断了。姜然有些疑惑，但也没放在心上，很快重新投入到数据整理工作中。一直忙到晚上九点过才告一段落，他回宿舍后想起父亲来电话的事，回拨过去。

还是父亲接的，沉默了有几秒钟，父亲问道："最近的工作怎么样？"一个问过不知多少次的问题。

"挺好的。"姜然一如既往地回答。

"你一个人住，别太省，想吃什么尽管买，不用考虑你妈和我。"

"爸，研究所管饭。"他提醒道。父亲想说的当然不会是这件事。

"大锅饭能有什么好菜？你下班自己买些肉烧来吃，别苦了自己。"

"嗨，我一个大男人烧什么菜呀，凑合吃吃得了。下了班谁还愿意再去做饭。"姜然本想说一句"倒是你和妈应该多吃些好的"，但话到嘴边又没说出口。一来对家人说不出关怀的话，二来，家里的经济情况他不是不知道。

"以前一直是你妈做饭，也没让你学着。会炒菜吗？你读书读得呆头呆脑的……"

"爸，你今天怎么说这么多有的没的？"

"姜然。"父亲郑重又哽咽地叫他名字。他提心吊胆地听到下面一句——"你妈她……生病了。"

机械地问："什么病？"

边 界

"治不好的。"

在姜然的脑海中,这个宇宙的边界和父亲截肢的断面渐渐重合在一起。还有母亲疲倦、失神的双眼。

外部时间:地球年 926 年

本次文明建模应该说是成功的。和公元时代比较,社会形态的发展差异不大,但科技进步速度则比之前几乎要领先五百个地球年。分析其原因,我们发现一个很有意思的现象——虚元时代的人没有神的概念,从一开始就没有。他们解决了很多难题,甚至包括一些连我们也不能解决的。这个文明模型基本上能表现碳基生命的一般发展轨迹,而在这个过程中衍生出的科技,甚至能够反哺我们的社会。

虚元 1760 年(地球年 903 年),他们就在试验室里达到了光速。又过了十年,他们向地外发出了光速探测器。结果令他们大惑不解。之后进行了一次载人试验,他们似乎逼近了真相——宇宙是个半径为五光年的球体。在发现这个事实后,整个人类社会出现第一次大崩溃。身陷囹圄的确使他们裹足不前,五光年的狭小空间像是一把枷锁。我们本以为五光年以内的细节已足够他们研究上好一阵子,但现在看来不然。

远方有必要存在,即使无法抵达。

文件是朱耶搞来的。诺雅浏览后无力地靠在椅背:"我十年前曾向他们提出相同的设想,那时他们却当作笑话。"

"你知道,我们的社会这些年也很迷惑。这才想到或许可以借助模型来帮我们了解自己。"

"别忘了,模拟器里时间流速是自然的两倍,系统里已经过去二十年了!我每天都关注着他们,现在那里没几个人愿意继续探索了。这个时候来拓展有什么意义?"

朱耶沉默了半晌:"不管怎样,拓展系统环境总算立项了,我以为你会高兴。"

诺雅苦笑一下:"这样做也是为了我们自己。从来没有人真正考虑过他们。"

"当然要为了我们自己。你没忘记我们在宇宙中有多艰辛才总算找到这儿吧?"

是没有忘。十三编队预定的目标恒星有三颗,但全都登陆失败,而且编队的母舰损失过半。族人已不抱任何希望,打算在太空中做永恒的流浪者。眼看即将离开银河系,却没想到在荒凉的猎户座旋臂上发现了一个不起眼的小恒星系。于是,大伙儿就朝着这里进发了。

"我们太自私了!"原生人最后那熄灭了希望之光的眼神,在来自分裂体的记忆深处盯着诺雅。那是一双少女的眼睛,她面黄肌瘦,躺倒在一堆垃圾中,斜着眼注视经过身边的殖民者。族人改造了环境,原生人无法适应,他们一批批相继死去。"由于我们需要土地,所以对他们赶尽杀绝;又说由于要建立什么文明模型进行研究,所以要提取他们的基因数据上传到虚拟环境……"

"这要看你从什么角度去想了。"朱耶指了指模拟器簇,"对于我们来说,那是一堆机器;但对于他们,那就是整个世界。生活在其中的人并不会意识到自己活在数据里。系统内地球环境的还原度高达99.8%,太阳系、五光年之内的宇宙细节也做得一丝不苟,他们和真实生活着没什么两样。现在我们还打算把这个环境扩大,软件开发组已经开始写入数据了。你知道,这对于我们来说要花费不少精力，半径每增加一光年，所需添加的细节以指数级增长。而我们决定给他们的环境，是整个银河系。"

"亡羊补牢吗？"诺雅讥讽道。

朱耶不明白这个词，没做出任何回应。

滴滴的提示音响起，这表示特别监测的数据有变化。朱耶想去查看变化源，便起身要去检查。

"我去看。"诺雅抢先一步。

朱耶明白过来："是你自己设置的特别监测内容？"

诺雅点头默认。虽然之前自己提出的设想未得到响应，但她从未放弃这方面的努力。她把虚拟环境中进行相关研究的机构设为特别监测，随时关注着他们的动向。

她调出数据，发现本来只剩四个人的地外星系研究所又走掉一个助理研究员。这实在很糟糕，如果他们自己都不愿意探索更大的宇宙，那现在再来拓展宇宙细节无疑非常讽刺。她继续查询了这个助理研究员的相关信息，原来是双亲患病，他不得不另谋更赚钱的职业。

不能让他走，研究所的人不能再少了！

一个大胆的想法在诺雅脑海中产生。

内部时间：虚元 1806 年

母亲体内多个器官都在衰竭，干不了活，只能整日在家里躺着。做手术移植人工培养的器官，就可恢复正常——如果有钱的话。现在，她的病情只能靠药物控制着，情况并不理想。

姜然向研究所递交了辞职报告。卡尔教授表示惋惜，但在知道姜然的情况后，也不再说什么。所里连研究经费都成问题，姜然无论重新找个什么工作，挣得都不会比现在少。他需要钱。

"年轻人，所里随时欢迎你回来。"

姜然点点头，连说再见的力气也没有。

其实所里正在策划新的研究方式。之前统计了所有外侧恒星的数据，后来发现它们并无规律可循。那个隔膜像是凭空突然出现的。假想五光年宇宙隔膜真的存在，那人类需要做的，不是遥望它，也不是穿过它。最好是到它附近去，对它进行近距离观测。研究所目前正在设计具体的观测手段，若政府认为可行，或许会拨下来一笔经费。

眼看有新的转机，姜然却不得不和抬头仰望的日子告别。他默默打包好宿舍里的生活用品，搭上回家的班车。

他有很多次梦想自己去了遥远的太空，五光年拦不住他。而现在，他要变成"宇宙只有五光年或者宇宙无限大，对他们来说没有任何区别"的那类人。

姜然回家的第一晚，躺在床上翻来覆去无法入睡。天色既白时，他听到母亲在叫自己。他立刻翻身而起，冲进父母的卧室。

"怎么了……"

首先映入眼帘的，是父亲的腿。被子掀开了，父亲的两条腿好端端地搁在床上，看起来那么自然。姜然一时没看明白哪儿不对。

"你爸的腿……"母亲呆滞地坐在床边。

父亲动了动，把腿抬起又放下，蜷起又伸展开。姜然大惊失色，凑近了仔细观察父亲双腿从前的截肢处，却连半点伤痕也看不见。

"我们去医院检查。"

经过检查，医生信誓旦旦地保证，父亲的腿从未断过，这绝不是仿生腿或别的什么。没有接口，浑然天成。这就是他自己的腿，而且是从来没受过伤的腿。这一茬忙过，母亲才突然意识道："我好像也好多了……"

在今早之前，她还只能躺在床上靠人喂食，连翻个身都很费力。而这半天以来在医院忙里忙外，竟也只感到有一点儿累。姜然察觉到不对劲，执意让母亲去复查。检查结果显示，母亲的所有器官从未衰竭过，目前只是正常衰老而已。

三人拿着报告单站在医院的走廊上发呆，心里却说不上是高兴，他们不知下一步该干什么。

正午，太阳像一只注视他们的眼睛。

外部时间：地球年 936 年

十年来，在虚拟环境塑造员孜孜不倦的努力下，银河系绝大部分细节终于转化为数据。就在今天，这些数据会被输入模拟器中，成为虚拟环境的一部分。

而模拟器中的人类，暂时还不会意识到自己的世界发生了什么——只是暂时。他们很快会发现，枷锁解除了，然后像以前那样，整个社会开足了马力前进。

系统更新完成的绿灯亮起，基地里响起此起彼伏的庆贺声。为这如造物主般丰伟的功绩，为试验光明的应用前景。此刻的诺雅却惴惴不安地在一群欢欣的族人中缄默，而和她一样阴沉着脸的，还有朱耶。

"他们肯定会彻底检查一次数据的，瞒不下去了。"朱耶提醒道。

诺言脸色惨白地点头，不用他说，诺雅也明白。十年前，她为了让姜然重返研究所，越权进入主控制系统，调出并修改了姜然双亲的参数，使他们恢复了健康。却没想到这一行为让人类察觉到外力的存在，结合五光年宇宙的事，竟出现不少类似公元时代上帝创世、盘古开天地的传说，继而是对自身处境的失望。不再有人仰望星空。好像生怕一抬头，就会被什么看见，地外星系研究所则彻底解散。人类社会开始第二次大崩溃。虽然诺雅后来又数次进入控制系统，企图抹去自己存在的痕迹，却欲盖弥彰。

好在，记录模拟器中的数据一直是她和朱耶的工作，之前基地里其他族人一门心思赴在系统拓展上面，也不会有谁注意到人类心理的这种细微变化。她和朱耶也就一直没有把实情写进报告。

"越权进入主控制系统是重罪。"沉默了很久，诺雅缓缓开口，似乎下定了决心，"其他人迟早会发现我做过的事。不如你去举报我，至少你不会受到牵连。"那顶有日月星辰徽饰的头冠已经有些旧了。诺雅取下它，锁进柜子里。

朱耶没有反驳她的话，半晌后只问道："你真的把自己当作……他们的神吗？"

诺雅叹了口气，"是我毁了他们。我愿意承担后果。"

审判比诺雅想象的来得还快。不出所料，她被发配往海卫从事戴森球体工程中的苦力劳动。运输船起航那天，朱耶来送她走。她不确定是不是朱耶举报的自己，不过这已经不重要了。重要的是朱耶说："基地找到了补救的办法。银河系并未白做，一切还可以重来！"

"怎么重来？"诺雅心灰意冷地问。

"我们在公元人遗留的文献资料中，发现一件有趣的事。当时他们制作了很多电子游戏，玩家在玩耍时可随时存档，若游戏失败，还可以重新读取进度，抹掉失败的一段经历，再次挑战……"

诺雅本来漫不经心，听着听着却张大了嘴巴："你的意思是……"

"是的。"朱耶脸上闪着兴奋的光，对于冷静的族人来说，这实在太喜怒形于色了。可朱耶兴奋地接着说，"有一天我们突发奇想，将这两件事联系在了一起。虽然我们没有刻意保存过进度。但只要把人类活动数据和环境变迁值提取出来，删去不满意的那一段，再重新将数据放进带有银河系的虚拟环境中……"

"这样做没问题吗？"诺雅有些不敢相信，也懊恼这么简单的原理，自己当时竟没想到。

"当然没问题。已经在做了！"

文明模型基地内。

"报告组长，数据已全部提取出来了。"

虽然白费了一段试验时间，但这也是不得已而为之的事。当然，对于这个即将上千年的大工程来说，让几十年重新来过只是微不足道的一段。

"立刻准备删档！"组长下了命令。

"请确认删除节点。"

"就到他们进行载人试验前吧。"

"是。"

数据操作员忙开了，他在中枢模拟器中精确定位时间后，选中其后产生的一切数据细节，三道确认，按下"Delete"键。

"系统重启。"

模拟器簇发出轰鸣，这轰鸣声戛然而止，复又响起。整个重启耗时两小时十七分，在虚拟世界中，一个和以前一样却又不一样的世界在又一次发生着曾经发生过的故事。

尾声：内部时间：虚元 1785 年

今天是埃布尔起航的日子。发射基地像旷野中的一座孤塔，这也是人类要向宇宙迈出第一步的地方。

"我和女朋友已经分手了。"起航前两小时，埃布尔接受记者的采访。

"我不打算返航，我会竭尽我的一生，能走多远算多远。

有人觉得我是疯子。我抛下现在生活中一切，去进行一次没有归途的航行……"

记者打断他的话："之前无人探测器曾在五光年处失踪，有传言说我们的宇宙只有五光年，你确定自己不会返航吗？"

"我相信只是监测设备失灵。我会去证实。无论结果怎样，我并不后悔自己今天的选择，向往星空和远方是人类前进的动力。我很荣幸接受这个任务。

请代我向我的父母、亲人，所有关爱我的人，致以歉意和永恒的道别。"

八岁的姜然守在电视机前，目不转睛地看直播。

记者介绍着相关情况："常规推进器会让飞行器的速度达到光速的千分之三，埃布尔会以这个速度航行四个月，直至穿过柯伊伯带。这是为了防止湮灭式推进制造的空间旋涡对我们的生存空间造成不利影响。当然，不利影响是否存在尚不明确，大家可以放心。之后，湮灭推进器启动，空间旋涡会在十五至六十八小时内形成，届时，飞行器将瞬间达到光速。在我们地球上的观测者看来，它会霎时从视线中消失。每经过一光年的距离，埃布尔都会给地球发回他的录音，而地球上的人则会每隔两年接收到一次埃布尔传回的消息。现在还有不到一小时，飞行器就要升空了。让我们祝他一帆风顺！"

"一帆风顺。"姜然在心底默默地说。

虚元1787年，埃布尔的录音第一次传回地球：

"我已经走出一光年了。我很好，飞行器的状况一切良好，生态舱运作正常。恒星与恒星之间的距离非常遥远，更多的时候，我看到的是一些星际尘埃……"

父亲正在院子里把收来的废品分门别类放好。姜然兴冲冲地冲到父亲面前："爸爸，爸爸！我听到埃布尔说话了！"

虚元1789年，埃布尔的录音第二次传回地球：

"我已经走出两光年了，但从来没遇到过文明的造物。当然，相比我们伟大的宇宙来说，我走过的路线实在有限……"

"爸爸，要是我以后也能像他这样到宇宙中去就好了。"

"嗯，是啊。"爸爸抚摸着姜然的脑袋，姜然明显感觉到这只手上布满了茧。

虚元1795年，埃布尔的录音第五次传回地球：

"我已经走出五光年了。我要告诉大家一个好消息，所谓的边界并不存在。我看不出这一处和前面的几光年有什么直观的区别。宇宙还在延伸下去。"

虚元 1805 年，埃布尔的录音第十次传回地球：

"这是十光年处，我在十光年之外给大家发回这段录音。宇宙很大……我想，短时间内，我不会抵达尽头。"

人人都爱查尔斯

...宝 树

一

他进入了太空，宛如获得自由的鱼儿跃入了水中。

透过"飞马座号"的舷窗向下看去，最初是灰色的城市和棕色的小镇，然后是绿色的农田和黄色的沙漠。很快，一切都被白茫茫的云海覆盖了。等他钻出云海，已经在太平洋上空，世界变成了一个蔚蓝色的曲面，隐约显出巨大的球体轮廓，北美大陆是天边一线，亚洲隐藏在弯曲的海天线下面，整个地球被裹在一层朦胧的光晕中，那是大气层。而在他头顶，点点星光已经从暗黑色的天穹露出头。随着引力的减弱，他感到了失重，虽然身体被牢牢固定在座椅上，但是仍然感到自己在飘浮着。飞行器仿佛翻了个儿，太平洋的无尽海水悬在他头顶，而身下是黑暗的无底深渊。他有一种错觉，觉得自己不是在太空里，而是安睡在大海的底部，一切显得恬静而悠远。有那么几秒钟，查尔斯·曼觉得自己是世界上最远离尘嚣的人，似乎可以永远就这样飘荡在地球之外的空间里，融入大自然的高远而纯净。

但他很快想起来，不，应该说他一直都知道，这是一个不可实现的幻想，整个世界都在看着他，至少有 10 亿人在观看他的"直播"。"飞马座号"正在世界最高规格的航天飞行大赛——跨太平洋锦标赛之中。现在飞船正在大气层外以 9.7 马赫①的高速射向太平洋西岸，目的地——日本东京。

像弹道导弹一样，参加比赛的飞行器往往在飞行中途进入太空，以便最大限度减少空气阻力。在太空中，为了节省燃料，飞行器基本依靠惯性飞行，重新进入大气层后才会起动发动机。因此有那么几分钟，查尔斯悠闲自在地观赏着窗外的蓝色星球，听着座舱里的爵士乐，甚至发布了一条脑写的"维博"：

"我感到自己离地球前所未有的远，在这一刻，'我'的存在，世界和我，变成了相对的两极，我就是我，不再是地球上芸芸众生的一分子，而是孤独的宇宙流浪者……"

"飞马座号"的电脑显示器上清楚地显示出了他的位置，他大约在阿留申群岛上空，一大队蓝色光点正从星星点点的岛屿上空向西移动，一个醒目的红点在它们前列——正是"飞马座号"。他的背后有 100 多架飞行器，前面有 3 架，"飞马座号"排在第四，还算不错，但还不足以取得名次。最前面的飞行器已经在 100 多千米外，排第三的那架离他也有 10 多千米。似乎是为了提醒他，背后一架银白色的飞碟迅速接近，很快从只有 300 多米的近处悠然掠过他的左面，像一颗流星那样划过。那是乔治·斯蒂尔的"仙女座号"。

"查尔斯，今天怎么不行了？"通话频道中传来斯蒂尔的讥笑，"泡妞花的时间太多了吧？"

---

① 1 马赫 ≈ 340 米/秒。

"乔治，我只是在休息，欣赏欣赏太空美景，对我来说，比赛尚未开始。"

"恐怕对你来说，比赛已经结束了，伙计。"乔治反唇相讥。

"不，比赛现在刚刚开始。"查尔斯冷冷地说，接着按下了一个按钮。

骤然间，"飞马座号"抛掉了整个尾部，宛如蜕皮新生的蝴蝶。新露出的尾部喷管中吐出蓝色的强光，标志着核聚变发动机起动了！查尔斯感到了加速效应，有一股力量压着他，让他几乎喘不过气来，这种熟悉的感觉却让他热血沸腾。减轻了一小半重量之后，"飞马座号"的速度短时间内提升了2.2马赫，轻松地反超了"仙女座号"。

"嘘！"查尔斯吹了一声口哨。

"这不可能！你怎么可能有……12马赫的速度！"

"东京见，乔治。"查尔斯说，"如果你的小飞碟能撑到那里的话。千万别掉海里，我可不想在庆祝酒会上的生鱼片里吃到你的戒指。"他知道上亿人都通过广播听到了这句俏皮话，嘴角泛起得意的微笑。

似乎为了印证他的预言，身后的"仙女座号"颤抖起来，显示出自己已经达到速度的极限，但它仍加速了一小段，进行了一番绝望的尝试，最后不得不放弃。

"你等着吧，查尔斯，总有一天……"乔治在电波里气急败坏地叫喊着。

查尔斯大笑着，风驰电掣，飞向前方，核聚变发动机全力运转着，将飞行器的速度推向顶峰。

"卡伦斯基！哈米尔！田中！游戏开始了！"

凭借梦幻般的速度，"飞马座号"超过了一架又一架飞行器，很快重新进入大气，开启了防护罩。空气在它周围燃烧起来，"飞马座号"宛如灿烂的火流星划过太平洋的天空，落向日本列岛。

在离东京不远的海上，"飞马座号"最后超过了田中隆之的"天照号"。

为了安全降落,"天照号"不得不在离东京还很远的时候就开始减速,而"飞马座号"却嚣张地没有减速,从"天照号"的头顶飞过去,然后穿过了东京上空。

"查尔斯,你去哪里?再不停下来就要飞到西伯利亚了!"耳机里传来教练的警告。

但查尔斯在飞过东京后才开始全力减速,绕了一个圈子再飞回来,仍然赶在"天照号"之前降落在东京奥林匹克体育场的草坪上。查尔斯看到,满场的观众都起身为他鼓掌欢呼。

"查尔斯,恭喜你蝉联冠军!"教练在耳机里说,"颁奖仪式将在一个小时以后举行,你准备一下致辞吧。"

"你代我领奖好了,"查尔斯说,"我还有一个浪漫的樱花约会。"

"别耍性子,这次是爱子天皇亲自颁奖!晚上还有日本读者的见面会,你要赏樱花,明天我们会安排的。"

"我对这些没兴趣,"查尔斯大笑,"仓井雅在等我。"

"查尔斯,你实在是太……"

然而"飞马座号"已经再度起飞,在众目睽睽之下升到高空中,消失在东京的高楼广厦间。

二

突如其来的微微刺痛让宅见直人睁开眼睛,好半天,他都没反应过来自己身在何处。这是他的房间,只有七八平方米,一张榻榻米就占了一半,另一半是一张电脑桌,没有别的家具。不过,他需要的也就只是这两样东西。

直人坐起身来，才意识到自己已经连续七八个小时躺在床上，膀胱憋得有点儿发疼。许久没有进食，血糖已经低到了危险的程度，所以手腕上的健康监测仪才会报警，如果再不吃点儿东西，健康监测仪就会断定他已经昏迷，直接向附近的医院发出求救信号。

直人去厕所撒了泡尿，倒了一杯矿泉水，打开放在电脑桌上的药瓶，瓶子里是满满的高纯营养片，富含人体所需要的主要营养成分，并且能抑制胃酸的分泌，吃五片就相当于一顿饭的营养。当然，这玩意儿的味道不敢恭维，和塑料泡沫差不多，但是既然每天都可以享受鹅肝、松露和鱼子酱之类的顶级大餐，谁还在乎这些！

直人倒了十片营养片，就着冷水吞服下去，然后打开电脑，调出一个界面，分秒必争地敲打着对一般人来说毫无意义的数字和符号。他在为一个金融管理软件编写代码，这份工作枯燥无味，好在收入不菲。但他每天最多工作两个小时，这是能够维持他每天在这个小房间里靠吃营养片活下去的最低工作时间。他不想为这种生活付出更多劳动，但也没法干得更少了。

"必须赶快，"直人一边干活一边想，"不能再这么割裂了，这会破坏好不容易形成的内在协调性，必须快点回去……最多再有5分钟……"

但是偏偏有人呼叫他，直人皱了皱眉头，打开对话视频，一个胖胖的短发女孩子蹦了出来，是住在隔壁的朝仓南。她做了一个表示可爱的表情，"直人，你在吗？"

废话。"在啊。"

"告诉你一个好消息，你知道吗？查尔斯来了！"

又是废话，直人想，"我听说了，怎么？"

"是查！尔！斯！"朝仓强调说，"查尔斯·曼，你的偶像！他刚才拒绝了天皇的颁奖，说去和仓井雅约会了，现在这新闻轰动了整个网络！不过听说晚上他在银座那边还有一个读者见面会和签名售书活动，这是千载难逢的机会。我们去看他好不好？我这有一本他写的《彼岸之国》，想让他签名呢！"

"对不起，"直人根本没想就拒绝了，"我很忙，我要工作。"

"可你每天都在房间里工作，花两小时出去走走都不行吗？何况今天是查尔斯——"

"我赶着交任务呢。"

"可是——"

"对不起，再见！"直人径自关掉了视频对话。

幼稚的女人，浪费我的宝贵时间，直人想。他知道朝仓暗地里喜欢他，可是在和伊丽莎白·怀特、玛丽安娜·金斯顿、宝拉·克劳齐亚、杨紫薇等世界各地的艳星名媛有过肌肤之亲后，再对着朝仓那张小圆脸，他实在提不起兴趣。何况朝仓的存在总让他想起自己到底是谁，而他现在最不需要的就是找到自我。

不行，不能再在这个房间里待下去了。多待一秒钟都会令人发疯。直人草草地结束工作，推开电脑，在榻榻米上躺下去，闭上眼睛，营养片已经开始消化，虽然胃里并不舒服，但是至少没那么饥饿了，可以再撑七八个小时。

建立完连接通路，他感觉到信息在传递，脑电波变为电磁波，又变成中微子束，然后再次变为电磁波和脑电波。

重力感同步：我站在什么地方。

触觉同步：微风从我身上吹过，带着春天的暖意和海洋的潮润。

听觉同步：风声和婉转的鸟啼。

视觉同步：满目粉红粉白，凝结为千万树樱花，在春天的绿意中绽放。一个穿着和服的女郎跪坐在樱树下，眉目如画，绽放笑靥，是仓井雅！

而我是查尔斯，独一无二的查尔斯。

三

"飞马座号"在箱根的一个小湖边降落。

仓井雅在湖边的一片樱花林中等他。正值春深,这里的樱花开得艳如云霞。地下已经铺上了洁白的野餐布,上面摆好了精致的生鱼片、海胆刺身和清酒。仓井雅穿着宽松的青缎和服跪坐在一棵樱树下,见到他,温柔而不失妩媚地一笑,"嗨,查尔斯。"她用流利的英语说。

"嗨,小雅。"查尔斯在她身边坐下,揽住了她纤细柔美的腰肢。

"我刚刚看了直播,"仓井雅说,"查尔斯,恭喜你再次蝉联世界冠军,干一杯?"她用白皙的手托起了小巧的酒杯。

"那个吗?算不了什么。"查尔斯接过酒杯一饮而尽,顺便在她吹弹可破的脸上亲了一下,"你知道,我这么快飞过来,全是为了见你……"

"骗人!"仓井雅笑盈盈地说。

"真的,我们已经好几个月没见了,我一直在想着你。"

"想着我?"仓井雅歪着头,似笑非笑地说,"哼,那你和克劳齐亚小姐是怎么回事?"

查尔斯微微有些尴尬,含含糊糊地说:"她……其实你们都是很好的姑娘,都跟我的亲人一样……"

仓井雅聪明地没问下去,换了个话题:"对了,我最近拍的那部电影你看了吗?我送了你首映式的票,不过你没来。电影叫作'北海道之恋'。"最后五个字她咬得字正腔圆。

"当然!你演得棒极了,宝贝。"查尔斯抚摸着她散发着樱花清香的秀发,"我非常喜欢……"他努力回忆仓井雅扮演的人物名字,可惜想不起来,"……你演的那个角色,情感诠释得太到位了。"

仓井雅的嘴边露出了一丝浅笑,她知道这意味着世界上已经至少有1000万人听到了这句话,很快就会有上亿人在网上查询她演的电影,好莱坞仿佛已经在向她招手。"那查尔斯你说,你最喜欢哪一段呢?"她撒娇地问道。

"当然是……是结尾的那段,我觉得非常……非常感人……"查尔斯说,忙设法岔开话题,"对了,这里不是风景区吗,怎么一个人也没有?"

"这一带是私人的地产,地主是三上集团的总裁,他听说你要来,所以免费让我们在这里约会,不会有人打扰的。"

"替我谢谢他,这里真的很美。"查尔斯望向四周,富士山头的皑皑白雪在远处发亮,千树万树的樱花在春风中摇曳着,落樱如雨,飘向凝碧的湖面,空气中都是清新的芬芳。

"这里会让梭罗妒忌得发狂,"查尔斯深深吸了口气,"我有一种预感,如果我住在这里,或许可以写一部比《瓦尔登湖》更优美的作品。"

"瓦尔登湖?是什么?"仓井雅不解地问。

"是……没什么。"查尔斯露出狡黠的笑容,"小雅,你尝试过在樱花树下……"他咬着仓井雅的耳朵说了一句悄悄话,当然世界上无数人还是听到了。

"坏蛋,就知道你不肯放过我。"仓井雅咯咯笑了起来。

查尔斯搂住了半推半就的仓井雅,这古怪的和服是从哪里解开来着?哦,是从后面……

远处传来的马达声响,打破了湖边的宁静。查尔斯回过头,看到一个蓝色的小点在天边出现。"不会又是那些狂热的粉丝跟踪吧……"他咕哝着。

但那个小点迅速变大,旁边出现了双翼。查尔斯很快看到了机身上的日本国旗和下面的一行英文,这居然是东京警视厅的空中警车。

警车在湖边降落,就停在"飞马座号"边上,一名女警从警车里出来,大步走到他们面前。

"先生，你是查尔斯·曼？"她用口音很重的英文问。

"是的，你是要来签名吗，小姐？"查尔斯嬉皮笑脸地盯着面前的女警，她很年轻，算不上美丽，但身材挺拔，神态庄重，自有一种英姿飒爽的气质。

"查尔斯·曼先生，"女警面无表情地说，"我们怀疑你涉嫌从事恐怖活动，按照我国的反恐法律，请你跟我们回去协助调查，你有权保持沉默……"

我？恐怖活动？难道这是某个拙劣的恶作剧？查尔斯回头望向仓井雅，但仓井雅也是一脸莫名其妙的表情。

"等等，什么恐怖活动？"

"低空超速飞行，"女警简略地解释说，"超过2马赫已经违法，超过5马赫就是对城市的严重威胁，被视为有恐怖袭击的可能，而你刚才的速度超过了10马赫！按照《日本反恐特别条例》第七章第八十二款，必须立刻拘留审问。"

"开什么玩笑！你不知道今天有比赛吗？"

"是的，比赛有特殊规定，在一定区域内可以获得豁免，但是你很快再次起飞，速度仍然超过了法定限度，且这次飞行不在比赛的范围内，所以我们必须逮捕你。"

"你们要逮捕我？就因为超速飞行？这简直……"查尔斯怒气上涌，忍不住要大骂，但他很快控制住了自己。查尔斯，保持风度，记住：有1000万人在你身后。

"你们不能这么做，这太荒谬了！"仓井雅匆匆穿好了衣服，上前护着查尔斯，然后她开始用日语和女警快速交涉起来，伴随着各种激动的手势。

不过查尔斯看出来这没有意义，对方不会退让的，警车里还有几个膀大腰圆的男警员。"好吧,"他平静下来,做了个打住的手势,耸了耸肩,"有机会参观一下日本的警察机构也不错,小姐,我将来可要把你写到小说里,你不会反对吧?"

"随您的便,"女警似乎松了口气,"如果您需要和律师联系的话……"

"已经找了,"查尔斯指了指自己的脑袋,意思是他的律师已经看到了直播,"对了,能否请问你的芳名?"他已经看到了她的胸牌,但上面是他不认识的汉字。

女警犹豫了一下,然后微微垂下眼睛,"细川穗美。"

"细川——穗美,"查尔斯重复了一遍,"你能否答应我一件事?"

细川穗美用询问的目光望着他,查尔斯摊了摊手说:"你破坏了我的一次约会,所以等这件事完了之后,你可要赔我一次。"

"查尔斯先生,"细川说,脸有些发红,忘记了其实应该称呼他为"曼先生","让我提醒你,骚扰警官在日本可是重罪。"细川的语气中带着几分恼怒。

但查尔斯分明在她的眼神中看到了一丝喜悦。

一股狩猎的兴奋从他的心底升起。

四

按照规矩,查尔斯被戴上手铐,在几名警员的押解下坐上空中警车,被送往东京警视厅,仓井雅被警方拒绝随行。一路上,查尔斯一直和穗美搭讪,穗美冷冷地不理他,但脸上偶尔也会露出笑意,旁边几个男警员的脸色自然要多难看有多难看。

当他们到达警视厅大厦的楼顶停车场时,几家本地新闻社的空中采访车已经闻讯赶来。还有一群粉丝不顾阻拦，喊着支持查尔斯的口号，驾着私人飞行器强行在楼顶降落，警视厅不得不又出动了七八辆空中警车，调来了几十名警员维护秩序，场面一团混乱。查尔斯在一群警察的簇拥下向入口走去。穗美在他身边，由于拥挤，常常尴尬地碰到查尔斯，触摸他健美的身躯。

"你知道吗，"查尔斯对穗美笑着说，"上次我在马尼拉搞签售会的时候，一大群菲律宾人冲过来要我签名，简直是人山人海……我倒没什么，人群中一个女人摔倒了，后来才知道被挤得流产了，真可怜。"

"真的？那太不幸了。"穗美忍不住说。

"真的，不过也有一个好消息，我边上一个女孩被挤怀孕了。"

"啊？"穗美一愣才反应过来，好不容易才忍住笑，"又编瞎话。"

"真的！"查尔斯一脸无辜，"最倒霉的是，她居然说那孩子是我的！"

穗美终于忍不住扑哧一声笑了出来，然后说了句什么。但查尔斯什么也没有听见。周围突然奇怪地死寂下来，一点儿声音也没有。只看到人头攒动，闪光灯此起彼伏。随后，重力感也没有了，查尔斯如同悬在自己的身体里，仿佛要飞起来，触觉也随之而消失。

然后画面变为一片花白。他缓缓睁开眼睛，只觉得头脑昏沉沉的，头顶是陋室斑驳的天花板，身边的机箱还在嗡嗡作响。

他过了片刻才想起来，他不是查尔斯，只是宅见直人。

直人不知道发生了什么事，摇摇晃晃站起来，坐到电脑前上网查询，看到网上也在议论纷纷，无数人在破口大骂警方无事生非，不但看不成仓井雅的激情戏，还导致直播中断。不过很快有人给出了答案，东京警视厅出于保密原则，进行了中微子屏蔽，外界暂时无法接收到查尔斯的直播了。

"可恶的条子，正事不干，就知道妨碍大家！"直人大声咒骂着，在房间里转着圈。天知道直播要中断多长时间，2小时？8小时？难道要超过

24小时？那他该怎么办？整整一天里他不能再成为查尔斯，他们为什么不干脆戳瞎他的眼睛，扎聋他的耳朵？

他平静了一下，打开编程软件，想再编一段程序，但怎么也集中不起精神，一行内连着出了好几个错，根本干不下去。直人绝望地摔了键盘，躺回榻榻米上，辗转反侧，只觉得每一块肌肉都不自在，像毒瘾发作一样难受。周围的一切感知都是陌生的，查尔斯的感觉离他越来越远，他本该高高飞翔的灵魂被困在宅见直人的卑微肉体之中。

门铃突然响起来。

终于有可以转移注意力的东西了。直人跳起来，走到门口，在门边的显示屏上看了一眼门口站着的人，一个矮矮胖胖的女孩，是朝仓南。

"怎么是你？"直人拉开门，没好气地问。

"我……"朝仓窘迫地提起手上的一个饭盒，"我下午做了便当，想请你尝尝。"

"我不……"直人看了看朝仓涨红的脸，终于把冲到嘴边的拒绝收了回去，"好吧，谢谢你。"

他去接便当，但是笨手笨脚地竟没接住，饭盒摔在地上，热腾腾的鳗鱼饭和天妇罗撒了一地。"对不起，"朝仓忙蹲下收拾，"我怎么没拿稳……"

直人突然感到一阵惭愧，"不不，没有的事，是我没接住。"他赶忙也蹲下来收拾起来。

他们手忙脚乱地弄了半天，总算把地板收拾干净了。朝仓很沮丧，"唉，可惜这些饭都不能吃了。"

"没事，其实我吃过了，一点儿不饿……"直人犹豫了一下，"那个，进来坐坐吧。"

朝仓走进房间，四下看着，直人觉得脸上有点儿发烧，"不好意思，房间太乱……"

朝仓却嘻嘻而笑，"男生的房间都是这样的嘛……我是这么听说的。宅见君，你每天就在房间里工作吗？"

"嗯，"直人倒了杯矿泉水给她，"如今在家里工作的人很多，何况我的工作只需要一台电脑就够了。"

"那你每天不出门，不和外面的人接触，难道不闷吗？"

"一点儿不闷，我可以……上网。"直人犹豫了一下说，"网上什么都看得到。"

"那是两码事，"朝仓认真地看着他，眼中充满了关怀，"你应该多活动活动，我看你脸色不太好，好像很久没出门了？"

"我没事……"直人含含糊糊地说。这时朝仓看到了床头一个硕大的黑色六边形箱体，"这是什么？"

"没什么，这是电脑配的设备……"直人不想多说，但朝仓已经认出来了，"这是……中微子波转换器！难道你在接收感官直播？"

"这个……你怎么知道？"直人反问。

"我朋友里美家有个一模一样的。"朝仓说，"她说是用来收看感官直播的，可是我不知道具体怎么用。"

"这是一种接收中微子波并转换成电磁波的装置，"直人解释说，"用中微子通信可以直接穿过整个地球，延时最少，所以是最方便的，但因为技术原因，脑桥芯片无法接上笨重的中微子发射器，只能以电磁波的形式发送信号，通过附近的转换器变成中微子波束，再通过另一端的转换器变成电磁波。对了，你收看过感官直播吗？"

"没有。"朝仓叹了口气，"我一直觉得这东西很可怕。"

"可怕？怎么会？"

"别人的视觉、听觉、触觉传到你的大脑里，感觉好像是被妖魔附体了一样。"

"哈，哪有那么严重……"直人笑着摆手，"恰恰相反，是你附在别人身上，你可以看到他看到的，听到他听到的，知道他生活的每一个细节，多有意思！"

"说得倒也是，像我最喜欢的言真旭和金东俊，要能知道他们在干什么也挺好的。"

"言真旭好像没有开通感官直播，金东俊……我帮你上网查查，"直人在键盘上敲击了一阵，"有了，他去年开通了直播，每天大约有两个小时的直播时间。"

朝仓也挤到电脑前，念着弹出视窗上的几行大字："你想和东俊哥合体吗？在东俊哥深邃的脑海里触摸他的灵魂，和东俊哥一起生活和工作，向你揭示韩国演艺圈不为人知的秘密……"

"哇！好厉害！"但她很快又露出了害怕的神色，"可是听说接收广播要切开大脑做手术，很疼的，这我可不敢。"

"没那么吓人，只是一个小手术，植入一块带发射器的脑桥芯片，并且和各感官对应的脑神经连接，如果没有它，你不可能收到外来的广播，也不可能建立感官协调性。现在全世界有上亿人都做过这个手术了，日本就有将近 500 万人呢。"

"可是手术费用应该会很贵吧？"

"不贵，你肯定能负担，不过要接收金东俊的直播倒是价值不菲，你看这里写着——这些优惠条款都是虚的，不用管——每小时 998 日元。如果你每天都接收两个小时的话，一个月得要六七万日元。"

"这么贵啊？"

"要不然金东俊为什么会开感官直播呢？"直人冷笑，"多少粉丝想要知道偶像的生活是什么样的，他眼中的世界又是什么样子的，用他的眼睛和耳朵去感知是什么感觉，就是 10 万日元一小时也有许多人愿意，当然财源广进了。这还是韩国的，好莱坞那些大牌明星的直播价格更高得离谱。不过你放心，在他们设定的直播时间里，你不可能看到任何真实的东西，那些宴会啊、旅行啊、慈善活动啊，一切都是刻意美化的，只不过是变相演戏罢了。"

"这么说，感官直播也没什么意思嘛……"

"那些娱乐明星当然没有意思……"直人眼中闪着热烈的光，"但是也有一些非常有意思的直播。有一个名人，他每天基本 24 小时打开直播，而且全免费，你可以看到他生活中任何一个细节，完全是真实的人生，光明磊落，绝无虚假。他不是那些脑子空空如也的明星，他有思想，有情趣，是一名才华横溢的作家，还是一名飞行家，而且还投入了慈善事业——"

"等等，你说的就是查尔斯？"

"是的，就是……"直人勉强把那个"我"字咽下去，"……查尔斯·曼，世上独一无二的查尔斯，那个大写的'人'。"他轻轻叹息了一声，脸色沉了下来。

查尔斯，我真正的自己，你现在怎么样了？

五

"你可以走了。"细川穗美的身影出现在拘留室门口，冷冷地说。

查尔斯一副早在意料之中的样子，他从椅子上站起来，看了看表："还不到 7 点，晚上一起吃饭？"

"我还有工作。"穗美还是淡淡的样子，"走这边。"

"你刚才不是说不能保释吗？怎么现在又放我走了？"

"你的那些崇拜者，"穗美没好气地说，"至少有 10 万人堵在警视厅门口，简直要把整座大厦给拆了。他们要求立刻恢复你的直播，半个东京的交通都瘫痪了。真不知道你这样的人怎么会有那么多人喜欢！"

"因为有支持者抗议，你们就放了我？"

"既然你不是恐怖分子，上面决定这件事就不必追究了，警方不会起诉你，走吧。"

"不，"查尔斯摇头，"如果你们不打算起诉我，又为什么要抓我？我要求一个合理的解释，否则我不会离开警视厅。"

"你……"穗美瞪着查尔斯。一个高大的金发女人适时出现在她背后，"这完全是日本警方的失误造成的，你们应当向曼先生道歉。"

"丽莎，"查尔斯招呼自己的经纪人，"我等了你半天，你怎么现在才到？"

"麦克唐纳那边已经处理好了，"丽莎对查尔斯点点头，"查尔斯，因为你当时并没有离开飞行器，所以可以视为比赛并未结束，顶多是意外偏离航线，在箱根迫降……你没有违反日本法律，他们无权扣留你。日本警方应该为浪费你的宝贵时间正式道歉，我们将在各大媒体发表声明，并保留法律追究的权利。"

"算了，"查尔斯大度地说，"只要这位美丽的小姐和我共进晚餐，警方那边我可以全都既往不咎。"

穗美忍不住想反唇相讥，但电话铃声急促地在她耳边响起，接通之后，她的脸色微微变了，是警视总监亲自打来的。

"查尔斯，"丽莎拉过他，低声说，"你必须尽快离开这里，恢复直播。现在有几百万人在网上抗议了。"

"干吗那么急？难得清静几分钟。"

"不，你必须尽快恢复直播。"丽莎的口吻不容拒绝。

查尔斯看了丽莎一眼，她脸色平静，看不出喜怒。查尔斯不禁有些发怵。当他刚刚出道，诸事不顺，遇到人生最大瓶颈的时候，丽莎·古德斯坦主动来到他身边，帮他打理一切，无论是比赛、写作还是公众活动，都是她安排的。在查尔斯的灿烂星途上，丽莎功不可没。但查尔斯一直谈不上喜欢丽莎，甚至有些怕她，可他知道自己离不开她。近年来，随着查尔斯的事业越来越如日中天，丽莎也越来越顺从他的意思，但每当丽莎坚决表示自己意见的时候，查尔斯还是无力否决。

"好吧。"他不情愿地说。

丽莎也放缓了口吻，"查尔斯，你知道随时有1000多万人收看你的直播，有120万人每天收看5个小时以上，有30万人差不多无时无刻不在收看你。因为你的直播几乎从不中断。人们信任这一点，刚才的直播中断了一会儿，已经有很多人无法忍受了。"

"但他们可以收看别人的，全世界至少有10万人开着直播。"

丽莎笑了，"别人怎么能跟你比？你可是独一无二的查尔斯。不过别忘了，每天都开直播的人可不少，许多人想取代你，如果你再不继续直播，可能有很多人会转向其他直播者，这对你会很不利。"

"是的，我……明白了。"穗美挂断了电话，板着脸对查尔斯说，"查尔斯先生，我在此代表东京警视厅向你郑重道歉。"说完，她深深鞠了一躬。

查尔斯笑了："没关系，我想尝尝日本的小吃，现在你能陪我一起去吧？"

穗美不置可否，"请这边走。"

丽莎脸上现出了暧昧的笑容，侧过头在查尔斯耳边低声说："整个世界都在看着你们，征服她，收视率会再翻一番的。"

六

"宅见君，你怎么了？"

"嗯？"直人回过神来，发现朝仓正关切地看着自己，"对不起，你说什么？"

"我是问你，收看别人的感官直播是什么感觉？"

"这个很有趣，"直人想了想说，"首先需要一个磨合阶段，无论收看谁的直播都是这样。一开始不会很顺利，你看到的颜色不像颜色，声音不像声音，好像是在看20世纪的2D电影，有一种无法形容的古怪感觉。人与人的感官生理上差不多，但神经元结构上总有微妙的差别，所以你必须非常努力才能把握这些感觉的意义，更不用说体会其中的细微差别了。你会有好几天都觉得是云里雾里，很不真切，然后某一天，突然像顿悟一样，你便能真正感到那些感觉是自己的了。"

"你能感到那个人身上所有的感觉吗？"

"差不多是所有的，视觉、听觉、触觉、嗅觉、味觉、重力感、冷热感……以及身体痛苦。比如，如果直播者的手被一根针扎了，你也会感到同样的尖锐刺痛感，不过因为信号经过过滤，在强度上要低一些，这是对接收者大脑的一种保护。你知道英国歌手菲利普·波尔特吧，3年前他在直播的时候，突然被一名狂热的粉丝连捅腹部十多刀而死，2万名收看者同时痛得死去活来，其中近500人立刻昏厥，30多人因此猝死……那是一个轰动世界的大新闻，从那以后国家就加强了对接收者的保护，以防直播者遭遇险情时危及他人。"

"嗯，那么……"朝仓问，"快乐呢？直播能传递快乐吗？"

"这个……"直人想了想，"一般来说，无法直接传递快乐，因为快乐涉及人整体的状态，不是个别的感觉。但某些生理性的愉悦感是可以传递的，比如享用美食的感觉。"

"那你也不知道对方在想什么了？"

"是啊，无法知道。各种感觉都有固定的脑活动区域，但是思想没有，思想是大脑各区域协调工作的产物，不可能定位到具体的部分，而且依赖于特殊的记忆模块，难以一一对应地传递。实际上，正是因为思想无法传递，人们才敢于进行直播，因为他们心中还能保留一块自己的隐私之地。"

"所以，收看一个人的直播是什么感觉呢？"朝仓越发好奇了，"你能看到他看到的，听到他听到的，就像活在他身体里那样，但是你又不知道他在想什么？而且也无法控制他的身体动作？感觉好像自己的身体被别人控制了一样，那应该很别扭吧……"

"你说得不错。"直人的谈兴被勾了起来，突然很想倾诉他这几年的心得，"但请注意，这只是第二阶段！下一阶段就是建立意识协调性。也就是说，你要和他建立同步的思想活动，以配合他的动作，就好像那是你自己的动作一样。"

"这怎么可能呢？"

"有点儿难，但并非完全不可能，你必须尝试。首先得学会放弃自己多余的想法，习惯直播者的生活和做事方式，当然也要学会理解他用的语言。当做到这些之后，你在大部分情况下就可以像直播者那样去思考和行动。实际上，这并不像你想象的那么艰难。人大部分的念头和行动基于身体感受，当把后者视为'自己的'之后，也就得到了打开前者的钥匙。比如你面前有杯香喷喷的咖啡，端起来喝一口不是很正常的动作吗？"

"但是……总有一些事情是接收者无法想到的吧？比如一些比较高级的思维过程和决定。"

"呃，是的……所以需要你用心去体会。但也有一些技巧，你必须什么也不去想，把自己的内心空出来，让接收到的感觉带着你走，这样经过一定时间后，你会感到自己渐渐和直播者建立了冥冥中的感应，就好像你变成了他本人一样。"

"那你只能和一个直播者建立这种关系吧？"

"理论上当然不止一个人，不过同一个对象是最理想的。如果经常调换接收对象，就很难保持意识协调性了。"

"可这是为什么呢？"朝仓问。

"什么为什么？"

"为什么你要在感觉上成为直播者本人呢？这不是过分的想法吗？我们希望了解直播者，并不代表你要成为他本人啊！何况这也是不可能的。"

"怎么不可能？"直人有些恼火，"你没有尝试过，所以完全无法体会那种奇妙的感觉，那种灵肉合一的理想状态，那种你真正拥有另一种生活、另一种人生的感受……否则你就不会那么说了。"

"嗯，大概是我不了解，"朝仓无意争辩，"不过直人君，你也应该多出去运动一下啊。附近新开了一家体育馆，我每天都去打球或者游泳，我们一块儿去吧？"

直人觉得有些可笑，他今天刚飞行了上万千米，从地球的一边飞到了另一边，现在这个小姑娘要带自己去运动？她懂得什么！

不过查尔斯的直播看来一时半会儿无法恢复，那么不管怎么说，总需要做点儿什么来打发时间，或许这也是一个不错的选择，总比在家里不知干什么好，不如……

"这么说的话，"直人点点头说，"我就——"

"叮咚"——提示音在他耳边响起，脑桥的芯片将信息传达进他脑海，天哪，查尔斯的直播又开始了！

"我过两天再去吧，谢谢你！"直人忙打了个哈欠，"对不起，我有点儿累，现在想先睡一会儿……"

"可是……"朝仓无力地抗议，但终于被直人请了出去。

直人关好门，热血沸腾地躺下，觉得眼前的陋室又变得美好而温馨了。接下来会发生什么？我会和仓井雅、细川穗美还是其他什么人在一起？做什么事情？怎样打发这个美好的夜晚？

无论如何，真正的生活又开始了。

七

查尔斯戴着墨镜,手里拿着一串章鱼丸子,坐在秋叶原街头的一家小吃店里,他津津有味地咀嚼着。细川穗美坐在他对面,面前的一碗豚骨拉面一口也没碰过。虽然稍作掩饰,但店里的不少客人还是认出了他,跟他打招呼,查尔斯也挥手致意。还不时有人来管他要签名或合影,但都礼貌有序。

穗美左右看看,稍稍松了一口气,"你就这么大摇大摆地坐在这里,不怕被那些粉丝围堵?"

"不怕,我的粉丝当然会第一时间收看我的直播,既然他们可以直接看到我在干什么,为什么还要跑来围着我们?对了,你怎么不吃面?"

"我……还是没法适应,"穗美觉得自己脸上在发烧,"这种1000万人都在盯着我们的感觉……"

"不是盯着我们,"查尔斯笑嘻嘻地说,"是盯着你,1000万人在通过我的眼睛看着你。"

"反正感觉很不对劲。"穗美嗔道。

"刚见面的时候,你可没那么紧张。"

"因为我不太清楚这些什么感官直播的玩意儿,刚才你跟我说了我才知道的。这是近几年才兴起的吧?"

"不,有10年了,我是最早进行直播的人之一。"

"哦,对,不过近几年才在东亚普及的。日本是一个重视个人隐私的社会,我很难想象如何完全公开自己的一切。"

"并不是一切,"查尔斯微笑着说,"至少我上厕所的时候一定会暂时关闭直播,要不然可太臭了,没人爱看。"

"但是你的各种生活，甚至那种……事情……"穗美不由吞吞吐吐起来。

"你是说性爱？"查尔斯直言不讳，"这是人正常的生理需要，没什么可隐瞒的。"

"但毕竟是个人的私事呀。"

"但全世界都在看着你酣畅淋漓地享受的感觉也是很棒的，"查尔斯对她眨眼睛，"仓井雅说她很喜欢呢。"

"她？当然喜欢了！"穗美撇了撇嘴，"她就是干这个的。"

查尔斯大胆地继续发动进攻，"也许你应该尝试一下新的生活方式，现在天体运动在日本也流行了，何况——"

"听着，查尔斯先生，"穗美有些羞恼地直视着他，一字一顿地说，"不是所有人都欣赏你这套生活哲学。因为不得已的缘故，我受一些上级人士的嘱咐尽力招待你，但吃完这顿饭，我们从今之后再也没有任何关系，你懂吗？"

看来是块难啃的骨头。查尔斯摊了摊手，"当然，那是你的自由。"

曾经有好些个女孩对我说过类似的话，查尔斯想，因为她们对暴露在公众面前最初有一种本能的恐惧，但是不久后，她们就离不开这种被全世界关注的美妙感觉，她们会一个个爱上这种新生活，放弃之前的固执……细川穗美也许会和她们一样，但如果不一样，或许更有意思……

三个七八岁的男孩蹦蹦跳跳地走到他们身边，打破了两人间的沉默，他们对查尔斯说："こんばんは！"

"Konnbanwa！"查尔斯知道男孩说的是"晚上好"的意思，于是笑着照样学样。

孩子们用日语叽里呱啦地说了一堆话，查尔斯不解地看着穗美，穗美只好充当翻译："他们说下午看了你飞行的直播，说很喜欢你，将来也要做像你这样的大飞行家和作家。"

查尔斯摸了摸一个男孩的小脑袋,"孩子,做不做作家或者飞行家并不重要,重要的是,做你自己,去做你心里想做的。"

"可是我就想当一个飞行家,太帅了!"男孩说。穗美在一旁继续充当着翻译。

"那就先做一个小飞行家!你可以先去三维虚拟机上体验一下,参加虚拟飞行比赛。"

"虚拟的太无聊了,我想开真的飞行器,就像您的'飞马座号'一样!"

"事情总要一步步来,"查尔斯耐心地说,"如果你真的热爱这项运动,首先就会喜欢上虚拟机。或者你也可以多收看我或者其他飞行家的直播,能从中学到很多东西——对了,儿童不宜时段除外。"

一番问答后,孩子们拿着查尔斯送给他们的签名照片高高兴兴地走了,穗美撇了撇嘴:"你还挺能说的。"

查尔斯笑笑:"我只是说出自己内心的想法。这是我一直坚持的价值观,每个人都该做他自己,实现自己的价值。我不是什么高高在上的偶像,要人去顶礼膜拜。我开放直播的目的和其他人不一样,我只是想让大家都了解,查尔斯就是这样一个人。"

"你不是靠这个赚钱的吗?"穗美尖锐地说。

查尔斯皱起眉头,他最反感这种误解,"你错了,我不用靠这个生活,无论是作为飞行家还是作家,我的收入都可以维持我过一份相当舒适的生活。我的直播是完全免费的,我没有从中获得过一分钱的利润。"

"对不起,我不是那个意思。"

"没关系,"查尔斯耸耸肩,"有很多人都这么看我,我也无力改变别人的想法,我只是不希望我的朋友误解我。如果你了解我,应该知道在开始直播之前,我就发表了好几篇小说,并且拿了跨太平洋飞行赛的季军,我根本不需要靠直播来增加自己的名声。不错,这些年我顺应了直播时代的发展。现在随时都有上千万人收看我的直播，但我一向认为，我作为个人并不重要，重要的是我代表了直播的理念。这个理念并不是要摧毁个人隐私，而是共享更多的信息，分享彼此的苦乐，使得人类作为一个整体。在这个过程中，人们在从直播中丰富自己的生活经验的同时，才能更真切地理解自己的内心，知道自己的价值在哪里。"

"说得也有些道理……"穗美若有所思，"但一直有无数人盯着你的一举一动，还是太……太不自由了。"

"这么想其实是不自信的表现，"查尔斯不以为意，"我就是我，独一无二的查尔斯，即使被亿万人看着，我的自由也一点儿都不会减少。"

"也许因为你是美国人，"穗美说，"你们美国人一向充满了自信，但日本人不是这样，从小父母都教给我们太多的礼仪，我们必须学会在别人的注视下来规范自己的行为，从而更渴望自己的私密空间。我记得，在我读幼儿园的时候，每天我和其他孩子都在一个小花园里面玩耍，说是玩耍，其实还是要遵守很多规矩。那个花园的尽头是一排树，树的后面就是墙，但事实上，在树和墙之前还有一小片空间，只是一般人注意不到。有一次，我发现了那么一小块地方，里面有几丛野花。虽然是树枝下普通的一小块地方，但我开心极了，每次都偷偷爬到那里去自己玩。我不是不愿意和朋友分享，但只有一个人在那里的时候，才会感到安静和放松。我可以一个人傻笑，或者一个人流泪，不会有人打扰。可惜过不了多久，那里被其他人发现了，好多人都跑过来，践踏那些草地，采摘那些野花，我的小世界也就毁了。"穗美有些黯然，她不知道自己为什么会和查尔斯说这些，她和其他人都没有说过，现在倒好，全世界都知道了她的童年秘密。

查尔斯有些动容，想了想说："但那是别人破坏了你的小花园，他们并不只是在一旁看着你。"

"不，有没有破坏区别不大，只要他们在那里，我的感觉就被毁了，我就不再是我自己了。难道你没有过这样的感觉？"

"这个……大概小时候会……"查尔斯第一次有些犹豫，"不过现在早就没了。"

穗美看着他，眼波流动，"那么我倒有一个建议：关掉你的直播，感受一下在自己的世界里，一切只属于你自己的感觉，也许你会感到些许不同。"

"关掉直播？"

"也许只需要一分钟，你就会感到那些不同。"

"不行，这会破坏我对收看者的承诺……"

"查尔斯，你不是说你推崇的价值是做自己想做的事吗？"穗美有些嘲讽地说，"仅仅一个试验，你都不敢？"

"这个……"

"查尔斯，你不能听她的！"查尔斯眼前跳出了一个虚拟视窗，这是丽莎通过脑桥芯片输入他视觉神经的，只有他能看到，直播者那边都被过滤掉了。

"可是，我只是想试一两分钟而已。"查尔斯也将自己的念头通过芯片发射出去。

"一秒钟也不行，几千万人在盯着，这关系到你的形象！"查尔斯仿佛看到丽莎声色俱厉的样子。

穗美察觉到了查尔斯的细微动作，她猜到了他是在用脑桥芯片和他人联络，她似笑非笑地说："我猜，是你老板不让吧？那就算了……"

"老板？"查尔斯被激怒了，"我没有老板，我就是我自己的老板，不需要听任何人的！"

他用大脑命令智能芯片停止直播，并在心里念出控制密码进行了确认。刹那间，一种嗡嗡的背景音消失了，四周就这样安静下来。这不是他第一次中止直播，但却是第一次为了中止而中止，感觉似乎确实不同。现在，无论

185

他说什么、做什么，都只有眼前的这个女孩知道了。他和她之间一下子奇妙地亲密了起来。

"感觉如何？"穗美问。

"没什么特别嘛，"查尔斯轻描淡写道，"不过还不错。"

不，不是那么简单。仿佛世界消失了，只剩下他和对面的女郎，但又仿佛一个新的维度打开了，通往一个无限延伸的深邃空间。

八

宅见直人喘着粗气，在一片蕨类丛林中狂奔，身后一头张牙舞爪的霸王龙追赶着他，它每迈出一步，大地都发出震颤。但它走得不快，如同猫戏老鼠一样不紧不慢地跟在他后面。直人几乎能感到它鼻子里喷出的热气。

直人竭力迈动步子，想要逃离怪兽的魔爪，但他大汗淋漓，腿脚酸软，脚步不由慢了下来。没多久，霸王龙一个大步就超到了他前面。它转过硕大的身子，张开血盆大口，咬向他的脑袋。直人不由大叫一声，瘫软在地上。

霸王龙和丛林消失了，变成了一行行浮动的数据："距离：546 米；时间：116 秒；平均速度：4.7 米/秒；肺活量：1250 毫升；健康状况：B-……"

朝仓的小圆脸朝他俯下来，直人趴倒在三维视景跑步机上，累得说不出一句话。

"才跑了五六百米就不行了？"朝仓嘻嘻笑着说，"我都能跑 1000 米呢，直人，你真是太久没锻炼了。"

直人总算爬了起来，喘息着说："什么事……都得……有个过程嘛……"

"那咱们继续吧，我把恐龙的速度再调低点？"

"不行……我得……先歇歇……"

他们坐到一边的视景躺椅上,便有凉爽的微风自动吹拂过来,面前出现了碧海蓝天的视景,涛声起伏,旁边还有两杯冰镇柠檬汁,这倒是真的。

凉风习习,一大口柠檬汁下肚,直人惬意得似乎每个毛孔都张开了,"好久没有这么舒服过了,运动过以后来这么一杯,感觉太棒了。"

"在看查尔斯的直播时你也会锻炼吗——我的意思是,也会有锻炼的感觉吗?"

"倒是有……"直人说,"不过查尔斯的身体永远是那么健康有活力,我这身子没法比,再说因为有痛苦感的阈限,所以从来不会感到太累。"

"所以啊,以后跟我多来这里锻炼吧!"朝仓笑盈盈地说,"我们去游泳吗?"

"快看,查尔斯这浑蛋终于滚出来了!"直人还没回答,旁边突然传来一声叫喊。

直人向一旁看去,墙壁上的投射屏正在播报新闻:"昨日在东京秋叶原失踪的著名美国飞行家查尔斯·曼在失去联系17个小时后,于今日午间重新现身,他身边还有一位日本女性,亦即最新的绯闻女友细川穗美小姐……"

查尔斯又出现了!

昨天晚上,查尔斯受穗美的怂恿停止了直播,此后一直没有恢复。直人手足无措,最后赶去秋叶原,结果刚出地铁,就看到人山人海涌向查尔斯所在的小吃店,却只看到查尔斯的"飞马座号"拔地飞起,消失在夜空中。据说查尔斯和穗美遨游太空、享受二人世界去了,然后整整一夜都没有消息。直人左等右等,一无所获,今天百无聊赖之中和朝仓一起来健身房,想不到总算有了查尔斯的消息。

"查尔斯拒绝接受采访,只说是飞船失去动力。但据媒体报道,他的飞船在近地轨道上停留了一夜,而细川小姐当时也在舱中……"

"反正我算看出来了，查尔斯说的那套什么自由啊共享啊都是假的，到时候直播还不是想关就关，根本没把我们当自己人。说穿了和其他明星没有什么两样，一样的货色。"旁边有人一边看新闻，一边说。

"你这么说就不对了！"直人忍不住站起来抗议说。

那人也是个二十多岁的青年，诧异地看了直人一眼，反唇相讥："我说什么关你屁事？"

"如果你喜欢查尔斯的话，怎么能这么说？你们不了解他吗？很可能只是芯片故障嘛！"

"原来是查尔斯的脑残粉。"青年不屑道，"什么故障，你没听到昨天的直播吗？他说了是自己要停止直播的。"

"这个……就算是，那也只是暂时的，以前他在布拉格和仰光的时候不也有过这样的暂停吗，你难道不理解人家需要有点自己的隐私吗？"

"我又不是那家伙的崇拜者，"青年冷哼道，"我收看他直播，只不过为了看他怎么和那些女星在一起玩，过把干瘾，结果仓井雅他不要，去找这么个女警，还停止了直播，那我还看什么？可笑！"

"你这种素质的收看者，根本就不配去收看查尔斯的直播，你怎么能理解他的生活理想？"

"这么说你倒是理解，可到头来不还是被他一脚踢开？白痴，懒得理你！"对方冷笑一声，扬长而去。

直人气呼呼地坐下，一肚子火不知道往哪里发。

新闻中继续播报着："查尔斯的经纪人丽莎·古德斯坦女士表示，昨天的直播中断只是由于技术故障引起，目前直播已经完全恢复，她代表查尔斯为给大家带来的不便而致歉……"

"直人，你不会又要赶回去收看查尔斯的直播吧？"朝仓小心翼翼地问。

"别问我，不知道！"直人恶声恶气地说。

"问问而已，你不用这么凶吧？"朝仓咕哝着。

"不好意思，"直人调整了自己，"我只是……"他不知说什么好，又颓然地躺在椅子上。

直人的心里也在怨着查尔斯，这家伙凭什么关掉直播，凭什么中断我和他之间的联系？这些日子以来，直人几乎已经能够感到自己融入了查尔斯的灵魂，当他说要关掉直播的时候，直人甚至发出了赞同的呼声，而没有想到自己会被屏蔽在外面，以至于下一秒钟，直人就被抛回了自己的房间里。

那时，真人才痛苦地感到，自己永远无法成为查尔斯，只是依附在查尔斯身上的游魂。

近三四年来，直人几乎无时无刻不在收看查尔斯的直播，每天他都生活在查尔斯的生活里，和他一起面对一切，一起参加竞赛，一起构思和写作，连英语都练得比日语更流利，直人几乎已经忘了自己是谁。只要他仍然把自己当成查尔斯，就可以取得一个个令人瞩目的成就，参加上等阶层的酒会，周游世界，住七星级酒店，享受粉丝的热爱，与许多漂亮女人一夜风流……

但最重要的不是这些，而是查尔斯身上体现出来的个人价值、自由精神和充满自信的生活方式。在查尔斯身上，他才感到自己活得像一个人。而他本人呢，宅见直人，一个不得志的程序员，一个人生的失败者，工作没有前途，日子了无生趣，和父母关系冷漠，女友跟别人跑了，连说得上话的朋友也没有……几年前他甚至想过自杀，如果不是查尔斯拯救了他，他说不定早已经过了黄泉比良坂。

是查尔斯给了他新生和希望，重塑了他的灵魂，让他觉得自己可以有一种有价值和尊严的生活。但现在，这一切又变了。直到昨天，直人才真切感到，查尔斯可以随意停止直播，切断对他来说不可分割的联系。过去的一切不过是自己一厢情愿的臆想，他纵然拥有和查尔斯一样的灵魂，却也无法真正拥有查尔斯的生活。

他还是宅见直人，也只能是他自己。不过，今天的经历让他觉得，或许暂时做回宅见直人自己，也不是什么坏事。当然，他还会收看查尔斯的直播，但不是现在……

直人下定决心，站起来，伸了个懒腰，"朝仓，我们继续跑步去吧！今天我要跑够 3000 米呢。"

"好啊！"朝仓开心地笑了。

九

"查尔斯，我再重复一遍，你不能这么做！"丽莎在电话里怒气冲冲地咆哮着。

"丽莎，我跟你说过至少 10 次了，"查尔斯坚决地重申，"以后我和穗美在一起的私人时间不会进行直播，这是我的决定！"

"所以你每天的直播时间就减少到了不到 8 个小时？这会扯断你和那些粉丝之间的纽带！这一个月来，你的收视率狂跌不已，上周只有不到 200 万人还在收看你的直播了，你已经从收视冠军的宝座跌到第十名以后了，醒醒吧，现在那个丑星小金凤的关注者都比你多！"

"那就让他们去关注小金凤好了，对我不会有什么损失。"

"查尔斯，"丽莎像在克制住自己的愤怒，放缓语气说，"听着，我们需要仔细谈谈，越快越好。"

"改日吧，"查尔斯冷冷地说，"今天是我和女友认识 100 天的纪念日，今晚我可不想被人打扰。"

"可是——"

查尔斯不客气地挂断了电话，对面的穗美眉毛一扬，问道："什么事？"

"只不过是工作上的事，没什么大不了的。"

"那我们继续吧！还没玩够呢！"

穗美笑着抓住他，查尔斯拦腰一抱，穗美就半倒在他怀里。看着穗美带着羞意的笑容，查尔斯心神荡漾。突然穗美从他怀里挣脱，查尔斯感到脚下一绊，重心失衡，反而摔倒在地。

"哈哈，你又输了！"穗美拍手大笑。查尔斯不由庆幸自己关闭了直播，要不然自己摔跤输给一个纤纤女郎的样子就会被全世界看到了。穗美毕竟是受过正规格斗训练的，看上去娇小柔弱，但真正玩起摔跤来，总是赢多输少。

"快，认赌服输，变成小马！"不等他站起来，穗美就骑到了他身上。查尔斯只有苦笑着承担了马匹的角色，狼狈地乱爬起来。

从什么时候起，潇洒不羁的查尔斯变成了现在这副模样？

说来也巧，那天查尔斯关闭直播后，一堆无所适从的粉丝跑来围堵他，查尔斯和穗美只好乘着"飞马座号"狼狈离去，却忘了飞船的燃料几乎耗尽，到了太空就动弹不得。查尔斯打开直播，想要呼救时，才发现飞船上的中微子转换器也没有了电力供应，和外界全然失去联络。结果，一次简单的饭后散步变成了在太空中十几个小时的惊魂飘游。

但也正是那次经历，大大拉近了他和穗美的距离。穗美从没有上过太空，那天因为失重飘来飘去，水都喝不进嘴里，不免有许多尴尬场面。那天并没有像人们想象中那样发生什么，但几天后，查尔斯带着一飞船的玫瑰再次飞到日本，软磨硬泡开始了第二次约会……他们终于成了情侣。只是穗美有一个原则，在他们约会的时候，决不能打开感官直播。查尔斯答应了下来，而不久后，他就在这种私密关系中发现了新的乐趣。他会去做许多从前根本不会想去做的事，扮小猫小狗，说白痴兮兮的情话，像孩童一样打打闹闹……怎么轻松怎么来，而不是在全世界的注视下，在床上完美地展现他的情人风范。

在许多年之前，查尔斯也曾经有过这样放松的人生岁月，只是年深日久的直播生涯让他已经忘了过去的自己。

今晚，在查尔斯新买下来的箱根湖边的别墅里，又是一次温暖而自在的约会，虽然没有那么浪漫，也不一定很激情，但却可以由着他们胡闹。

"喂喂，骑够了没有？"查尔斯抗议着，把背上的穗美掀了下来，压在身下，开始吻她的脖颈："あなた……"他学会了日语中表示老夫老妻的称谓，"我爱你……"

"嗯……"穗美目光迷离，双唇呢喃。整整一个夜晚在等着他们，不会再有其他人注视，这个房间完全是属于他们的……

他伸出手，想要解开穗美的衣襟，却颤抖着指向了另一个方向——

他一记耳光狠狠地抽在了穗美脸上！

穗美的微笑凝固住，她呆住了，一句话也说不出来，双目难以置信地望着查尔斯。

"查尔斯？"过了片刻，穗美才叫了出来，"你疯了？"

查尔斯面目狰狞，脸上的肌肉不住抽动，他抬起手指着门口，言简意赅地说："滚！"

"查尔斯，你怎么能对我——"

查尔斯粗暴地推开她，"出去！"

穗美惊讶不已，怔怔地盯着查尔斯看了半天，终于爬起来，披上外套。"查尔斯，你真是个浑球！"她飞起一脚踢在查尔斯的裆下，然后头也不回地冲了出去。

下体传来的疼痛让查尔斯弯下了腰，然后跪倒在地，双手撑着地板，喉咙痛痒难当，他剧烈地咳嗽起来，几乎连肺都要咳出来，眼中都是泪水，四肢也都在奇异地抽痛着。不知过了多久，当他从肌体的苦楚中稍稍恢复过来时，才发现面前有一双红色的高跟鞋和一对修长的丝袜美腿。

查尔斯抬头望去，看到了丽莎·古德斯坦熟悉的面容。

"丽莎？"查尔斯惊讶地爬起来，"你怎么来了？"

丽莎的表情似笑非笑，"你不肯来找我，我只有自己来了。"

"可是你怎么知道我在这里？我明明是关闭了位置查找的功能，还有——"

丽莎没有回答，却反问道："一巴掌赶走自己的女朋友的感觉如何？"

查尔斯又感觉到眼前开始模糊，"你怎么知……这么说，刚才难道是……是你……"

丽莎轻轻抚摸着他的脸颊，用悲悯的口吻说："查尔斯，查尔斯，不要怪我，这是你逼我们的。"

最可怕的怀疑被证实了。查尔斯瞪圆了眼睛，喃喃地说："你能通过芯片控制我的肢体？是你的人在操纵我？可是，那种芯片怎么会……怎么……我以为只是单方面输出的。"

"不存在纯粹的单方面输出，其他人能够通过中微子波束接收到你的脑波，你也能接收到其他人的。"

"可我以为只是感官知觉，想不到居然……"

丽莎的目光中带着不屑和怜悯，"查尔斯，你不知道的事情还很多呢……让我们从头说起吧，你记得几年前的那个秋天吗？那是你初赛告捷之后的第二年，你花了几十万美元改装飞船，参加飞行比赛，雄心勃勃地想要夺冠。结果一败涂地，血本无归。你走投无路，打算放弃自己的飞行事业，回家接手你父亲在田纳西乡下的小农庄。"

"我记得，是你在一个小酒吧里找到了喝得烂醉如泥的我。"查尔斯回忆着，那是一段他平素不愿意去想的记忆，"当时你告诉我，你是一个脑科学实验室的工作人员，正在测试一种脑桥芯片，可以实现不同的人之间感知功能的共通。如果自愿参加，成功了可以有20万美元的酬劳，如果损害我的健康，更有极其高昂的补偿金。我为了筹集下一次参加比赛的资金，接受了手术，不久就开始了试验性质的直播。"

"但事实上，那不是真正的试验。"丽莎接着说，"15年前，贝尔试验室发明了一种芯片，可以嵌入人的脑桥部分，本来是用来实现脑机关联，结果不甚理想，但科学家在这个过程中却意外地发现，它可以实现不同的人之间的脑波传递。在你之前已经有过几次试验，动物的、人的，技术上都很成功。然而，这项划时代的发明却派不上用场，没人想在脑子里装一个金属盒子，把自己的意识状态传递给别人，虽然他们并不反对看到别人的直播。

"为了推广这项技术，我们找了几个普通人，许以优厚的报酬，说服他们进行直播，这倒是问题不大。可问题是，除了个别好奇心过剩的家伙外，同样没有人愿意在自己脑子里动一刀，就为了看到区区几个无名小卒的家长里短。

"因此我们想到了一个更好的主意：如果有令人感兴趣的名人愿意直播自己的生活，示范效应是显著的，会带动大批粉丝和其他民众接受脑桥芯片，整个产业就激活了。

"我们和一些电影明星、运动巨星和知名作家接洽过，但是很可惜，没人乐意。这也不奇怪，如果你已经功成名就，生活安逸，干吗要冒险把自己头颅打开，装上那么一个古怪玩意儿，让所有人都看着你的一举一动？因此，我们需要物色一个合适的人选成为这场新技术革命的突破口。上头决定，找到一个有潜质的草根少年，包装他，宣传他，让他成为感官直播的代言人。"

✦

"所以你们就找到了我。"

"是的，"丽莎直言不讳，"你当时已经小有名气，却陷入事业的瓶颈，你需要钱，因此会接受手术；你从心底渴望那种被万众仰望的感觉，因此对直播不会有很大抵触；你相貌英俊，性格风流，这对我们更有利。只要你的事业能够成功，就能吸引越来越多的人收看你的直播。让自己转眼间和世界上最酷最有型的风云人物合为一体，这个诱惑没有几个人能经得起。"

"原来如此，可是为什么偏偏是我？你们怎么知道我将来能够获得巨大的成功？"

"呵呵，"丽莎笑着摇头，"查尔斯，亲爱的，你果然还是那么自恋。你还不明白吗？"

查尔斯内心已经隐隐明白，浑身一阵冰冷，但丽莎毫不留情地揭穿了这个秘密，"当然并非'偏偏'是你，你只是我们留意的诸多对象之一，选你只不过是偶然之举。如果我们选中了其他人，一样能把他推向成功的顶峰。查尔斯，你从来不是靠自己而成大事的，没有我们就没有你。"

"这么说不公平，我的成功的确有感官直播的帮助，但也是靠我自己的努力！"查尔斯挣扎着争辩说。

"你的努力？"丽莎冷笑，"查尔斯，你做了10年的美梦，该醒醒了！你真以为自己是不世出的飞行天才？这些年你之所以赢得那些比赛，驾驶经验和技巧只是次要因素，根本原因是你拥有比其他人更好、价格更昂贵的飞船，你可以找到最专业的设计师和各种技术上的顶尖专家，这些都是用钱买的。凭你的先进飞船，就算电脑自动驾驶，说不定也可以飞第一。"

查尔斯涨红了脸，却无从反驳，"这……就算是用钱买的，也是我自己的钱！我为许多飞行器厂商做广告，还有厂商赞助，这是我的正当收入。"

"无非是鸡生蛋还是蛋生鸡的老问题，那些赞助是谁为你安排的？那些广告业务是谁为你打理的？那些最新款的飞船，刚从风洞里出来就成为你的座驾，那些最先进的引擎和最高级的主控电脑，最舒适的指令舱和空气调节系统，被最专业的技师以最合理的布局组装在你的飞船上，你觉得这一切都是理所当然的？难道他们就必须为你服务？查尔斯，你不是笨蛋，但是这些年你一直被鲜花和掌声包围，所以你看不到许多事情。"

"这么说，这一切背后都是你，还有贝尔实验室在搞鬼？"查尔斯恍然大悟，"怪不得，我一直觉得你有点儿古怪，一开始你代表实验室，后来又到了芯片公司，然后当了我的专业经纪人……你背后的老板究竟是谁？"

"你不用问，问了也没有意义。贝尔实验室，卡特尔纳米技术，高纳利文化娱乐，狮鹫之星传媒，代卡洛斯飞船集团，斯普林格出版社，时代传媒，太平洋电视台，美利坚民主基金会……和你打交道的这些公司和机构，是一个庞大的利益共同体，它们都是其中一分子，但没有谁说了算，如果说有一个幕后大老板，那既不是美国政府也不是罗斯柴尔德家族，而是资本本身。你是整个体系中最重要的环节之一，但绝不是独立的。可如今，你的自作主张危及了这个体系整体的利益。"

"就因为我减少了感官直播？"查尔斯不禁苦笑，"可现在你们已经形成了完善的产业链，有10万人在进行直播！为什么还不肯放过我？"

"但是没有人比得上你，查尔斯。虽然今天许多人开通了直播，但是肯终日直播自己的人还不多，你是其中最重要的一个，是我们打造出来的直播时代的第一位偶像，人们去收看小金凤那些三流货色只不过是猎奇罢了，但你却以自己的生活方式，实现了上亿人的梦想！你对整个事业的重要性无可取代。你那本《我的直播生活》在全球卖出了超过3亿册！你象征着一种全新的生活方式，如果你要退回到偶尔直播的状态，直播就变成了一种简单的娱乐和调剂，不会再有那么多人痴迷，也许要花 10 年、20 年才能恢复。"

查尔斯冷哼了一声："嗯，你们不是很能打造偶像吗？再打造一个好了。"

"为什么要重复已经做过的工作？这些年你的名字已经成了世界上最响亮的品牌，就拿你的小说来说，全球销量随便可以卖到几千万册，但是如果以杰克逊·史密斯的名义出版，可能几千册都卖不掉。"

"等一下，"查尔斯隐隐觉得不妙，狐疑地盯着丽莎，"杰克逊·史密斯是谁？"

"当然了，你从不知道他。"丽莎用一种古怪的腔调说，"杰克逊·丹尼尔·史密斯，得克萨斯州立大学毕业，一个不得志的小说家，好莱坞前编剧，出过两三本总共卖了不到几万册的小说，编过一些没人知道的 B 级电影，离过两次婚，40 岁不到就秃顶了……顺便说说，他还是你大部分小说的作者。"

"你疯了？！"查尔斯再也忍无可忍，"你到底在胡扯什么？"

"你不必那么激动，"丽莎淡淡地说，"回想一下，在你移植芯片之前，虽然你是一个三流文学爱好者，也写过一些散文和小故事，但从未写过长篇小说，为什么在第二年，你的成名作《雅典神殿》就横空出世了？"

"我什么时候开始写作和你有什么关系？再说这能说明什么？"

"想想吧，你这些大获成功的小说，每部中关键的绝妙情节不都是突然蹦入你脑海的吗？你认为那是缪斯给你的灵感？事实上，灵感也是一种感知，你大脑中有一小块区域——大约在额叶位置——决定了你的综合思维和自我意识，不可侵入——但它也不是完全无法进入，只是一旦进入后，你会变成思维紊乱的精神病人。其他的部位，无论是感觉和运动皮层，还是语言中枢，都可以转译他人的脑波。我们只是根据史密斯的构思，让你的语言中枢产生出相应的概念，当神经冲动被额叶综合时，就被你的自我意识认为是自己的灵感了。"

"这不可能！"查尔斯大吼着，"那些灵感，明明是我自己苦思冥想出来的……那种创作的感觉……怎么……怎么会是什么史密斯的？"

"在未来，很快就不会再有'自己'了。所谓自我，只是额叶前端一小片决策神经区域制造出来的幻象，但我们却天真地以为它包含了从感觉到情绪和思维的一切，但感官直播时代撕裂了这些关系。查尔斯，你站在了新时代的开端，你是新时代的使徒。"

查尔斯委顿在墙角，忽又爆发出一阵神经质的笑声："哈哈哈，真有意思，你花了这么长时间告诉我，我是一个一无是处的废人，我所自以为傲的成就，都不过是幻觉……现在你又对我说，我是什么使徒！"

"真相往往是令人刺痛的，"丽莎说，"但是沿着这个方向走下去吧，很快你就会知道，你是废人还是天才并不重要，重要的是你感到你是什么，纵然那些灵感是来自杰克逊·史密斯的，但你仍然感到千真万确是你自己的创作，这就足够让你获得写作的满足感了。

"在外面的世界，有千万人每天都感到，他们就是你，是查尔斯·曼，是大写的人，他们不在乎自己实际上是什么玩意儿，至少有上百万人完全被你同化了，你给了他们本来惨淡的人生以缤纷的色彩。这个数字还将不断增长，没有人能抵抗这至高无上的诱惑。随着脑波传递技术的完善，将来还会有更多的人——几亿、几十亿的人加入这个行列，一旦他们开始收看直播，就会欲罢不能。而不久的将来，很多更深的感觉和情绪都能够传递，甚至是思维，这一行最终会变成什么样没有人知道，但这是一个真正技术奇点的开端。传统的个人生活将一去不复返，世界会变得越来越匪夷所思。"

"可这不是我的理想，我的理念一直是让每一个人成为他自己，追求自己的价值！"

"不。"丽莎摇头，"事实是，即使是你的崇拜者，每个人都愿意成为你，却没多少人愿意成为自己，这就是人性。"

"好，"查尔斯咬牙切齿地说，"纵然我的一切都是假的，至少我的理念是真的，我不会放弃这个理念。告诉你，我会揭露你今天跟我说的一切。"他试图打开直播，但是不知为何没有反应。

"查尔斯，相信我，你最好不要尝试。"丽莎语带讥讽，"在我们背后，有超过一打人现在正在监视你的一举一动，无论任何时间、任何场合，他们可以远程控制，让你立刻胡言乱语，变成不折不扣的疯子，你忘了自己是怎么赶走你的女朋友吗？"

查尔斯颓然捂住了脸，绝望地瘫倒在地："既然你们这么强大，为什么不直接控制我的身体，让我说你们想让我说的，做你们想让我做的，让我变成一具行尸走肉？"

"我们还没有这样的技术能力，感觉和运动涉及的大脑皮层不同，特别是你的肢体运动部分，需要的参量太多，计算量很大，控制起来也很费劲，刚才让你说出那些绝情话已经很困难了，而且相当不自然。"

"可惜穗美没有察觉这些微妙的差异，否则你们所做的一切就会穿帮了。"

"不，已经穿帮了。"

一个清脆的女声高声说，查尔斯转过头，穗美明艳的身影又出现在房间门口。

十一

"穗……穗美？"

"我回来了，"穗美对惊讶的查尔斯点点头，"刚才我确实想一走了之，但作为职业警察，我对一个人说话语气是否自然还算有些经验，很快就想到了蹊跷之处，于是我到了门外又重新折返，结果发现还有一个人在这里。我在门口已经听到了你们说的一切,你放心,我没有装什么脑桥芯片,他们对付不了我。"

"查尔斯,你必须让她闭嘴!"丽莎看了一眼穗美,扭头对查尔斯说,语气变得惶恐起来,"如果你不想身败名裂的话。听我的,继续跟我们合作,你还可以享有一切名利和地位。至于保留一些你自己的隐私时间也不是不可以商量……"

"和你们合作?"查尔斯的牙齿咬得咯咯作响,"丽莎,你刚才还威胁说要让我变成白痴!"

"查尔斯,你冷静点儿。那是不得已的选项,你是我们千辛万苦塑造出来的,只要有可能,我们不会碰你,今天我也只是想劝告你而已。"

"你们必须给查尔斯以自由,把那见鬼的芯片给拆下来。"穗美面对着丽莎,"刚才那些话我已经录下来了,如果查尔斯有什么闪失,我会立刻向媒体曝光整件事。虽然你们财雄势大,但想必还无法控制全世界。舆论不会都站在你们这边,如果人们知道脑桥芯片可以侵入他们的大脑,控制他们的行为,你们的事业会立刻崩溃!古德斯坦,你们再也挟制不了查尔斯了。"

丽莎看了看穗美,又看了看查尔斯,无奈地苦笑,"看来我们是陷入僵局了。取下芯片,牌就全攥在你们手上了,没有人会蠢到答应这种自杀式的条件。但如果你们要泄露真相的话,查尔斯也随时会变成一个白痴,穗美小姐,你忍心这么做?"

一时间,室内的三个人都沉默下来,但空气中的紧张却丝毫未有舒缓。

"好吧,无论如何,你们不能再摆布查尔斯了。"过了一会儿,穗美带着让步的语气说。

"对,"查尔斯的声音中充满痛苦,"我希望你和你代表的势力离开我的生活,滚得越远越好!我以后和你们再无瓜葛。"

丽莎的脸色阴晴不定,良久才说:"你的意思是,我们不再干涉你们,而你们也会将一切封在肚子里，绝不外泄？"

查尔斯点了点头，现在他唯一想做的只是摆脱这个噩梦，"如果你们能放过我们，这没问题。"

"但你将会从成功的巅峰跌落，从此失去一切。"

查尔斯面色惨白，摇了摇头，"我从来没有什么成功，一直在做一个可笑的美梦，只是今天才终于明白，我想快点结束这个错误。"

丽莎看向穗美，穗美不语，似乎也默认了查尔斯的决定。丽莎终于下定决心，点了点头，"好吧，如你所愿。但你记住，不论你是否打开脑机接口，你的一举一动我们都能看到，不要想在我们眼皮底下玩儿什么花样。查尔斯，你是聪明人，不会跟我们添乱的，是不是？"

查尔斯缓缓点了点头。

"同样，你们也别想玩花样。"穗美提醒她说，"有关资料，我会妥善存储，如果我和查尔斯有什么问题，网络上很快会铺天盖地都是你们最不想看到的东西。"

一丝冷笑滑过丽莎的嘴边，"那就再见了，查尔斯，我的老朋友，希望你不会后悔。"她转过身，大步从穗美身边走过，离开了客厅。不久，外面传来了小型飞车发动的声音。

查尔斯委顿在地，一句话也说不出来。穗美走到他身边，跪坐下来，无言地将手放在他的脸颊上。查尔斯望着穗美，她的眼神充满关切，她的手温暖而绵软，身上的气息芬芳淡雅。

他知道自己失去了一切，但却拥有了这个女人。从今以后，也许他们将像普通的男女一样，度过平凡的一生。

查尔斯抱住穗美，放肆地号啕大哭起来。穗美像母亲安慰孩子一样，轻轻抚摸着他的头发。而查尔斯却抽泣着，将她抱得越来越紧，让她喘不过气来，但那是一种在悲恸中闪现的幸福。

等到穗美发现查尔斯实在抱得太紧的时候，已经太晚了。

不知什么时候，查尔斯已经压在她身上，双手紧紧地卡在她的脖颈上，他的两只大手拼命压向她白皙脖颈的深处，力气异乎寻常的大。他的双目奇异地凸起，喉头发出咯咯的声音，仿佛被掐住脖子的是他自己一样。

"查尔斯……放……放开……"穗美无力地叫着，但几乎吐不出一个字。她的身体被紧紧压住了，双手拼命在查尔斯的胳膊上抓挠，但查尔斯好像全无痛觉，目光呆滞。

穗美明白了，是丽莎·古德斯坦下手了！如今矛盾已经激化，她绝不会放过他们。穗美的眼前一阵阵发黑，意识渐渐模糊，生命即将离她而去，穗美只是本能地蹬踢着双腿，做最后的垂死挣扎——

但猛然间，查尔斯的头俯下来，一口咬在了自己手腕上，鲜血直流，虎口不由稍微松了一下。穗美什么都来不及想，趁机掰开查尔斯的手，将他推开，连滚带爬地向房间另一边跑去。查尔斯摇摇晃晃地想站起来，又站立不稳摔倒在地，手脚剧烈地抽搐着。

"穗美……快走……"查尔斯扭曲的声音从沾满血的嘴里传出来，显然正在和篡夺自己身体的入侵力量搏斗。

穗美不知如何是好，她不敢逗留，但也不能就这么离去，突然她用眼角的余光瞥见墙角一个六角形的黑色机箱，闪念之下，她一个箭步冲过去，将那东西举起来，狠狠砸在地上。一声闷响，箱子在地上翻滚了几下，裂开一条大缝，穗美还不放心，又狠狠踩了几脚，机箱发出一系列清脆的断裂声，冒出几缕淡淡的青烟。

查尔斯突然不动了，像瘪了的皮球一样瘫在地上，只是张着嘴喘着气。穗美冷静下来后，过去扶起他，"没事了，我已经毁了中微子转换器，现在他们没法再控制你了。"

"但我们现在不能离开这间屋子，"查尔斯的声音虚弱无力，"外面到处都是中微子信号站。"

穗美知道，整栋别墅因为她的坚持，不仅只设了一个中微子转换器，还对外面的信号进行了屏蔽。但只要离开这栋房子，查尔斯随时会再度被丽莎他们所控制。

"那……怎么办？"

"只有打电话，叫记者来，"查尔斯闭上眼睛，"我们要立刻召开新闻发布会。"

一个半小时后，客厅里满满的都是记者，包括20多家日本媒体和十七八家外国驻日媒体，人们好奇地盯着凌乱的房间和身上带伤、狼狈不堪的查尔斯和穗美，想知道究竟发生了什么。大家交头接耳，大部分人的目光中都有"多半是有什么桃色纠纷吧"的猜测。

"晚上好，"查尔斯没有多废话，从沙发上站起身说，"今晚叫大家来是因为——"

人们全神贯注地留意下面的内容，但查尔斯却卡住了，目光透过众人望向后面的什么地方，仿佛看到了某些东西，他的嘴唇微微翕动，仿佛在和看不见的东西说话。

"查尔斯！"穗美觉得不对劲，抢过话头说，"诸位，今晚我们要告诉大家一件——"

"一件重要的事，"查尔斯却仿佛回过神来，又接了下去，神态一下子变得疲惫，"我决定参加下个月的冥王星超远程飞行大赛。"

"什么？"穗美惊诧不已。冥王星超远程飞行大赛只是一个名大于实的噱头，查尔斯这样功成名就的飞行家根本没有必要参加。前几天被询问的时候，查尔斯还明确表示不会参加。

"大家知道，"查尔斯说下去，"这是人类有史以来最长距离的飞行比赛，远超过之前的地球轨道环日拉力赛。虽然现在只是刚刚开始举办，但将来会成为人类的标志性成就之一。我听说现在报名参赛的人很少，我想要拿到第一个冠军应该问题不大，等以后可就难说了。"

人群中发出轻轻的笑声。穗美看到查尔斯说话的神态相当自然，不像是被人控制的样子，几次想打断他，却终于忍了下来。

查尔斯话锋一转，"不过因为冥王星距离地球三十多个天文单位，整场比赛将持续两年。因为光速的限制和信号衰减，在这段时间里恐怕无法再进行感官直播了，非常抱歉。"

人群中发出不满的抗议声，显然其中不乏查尔斯的粉丝。

"那细川小姐呢？你们不是要分开两年吗？"有人问。

查尔斯拉住了穗美的手，在她手心饶有深意地捏了一下，"两年的时光不算久，我相信对我们不是阻碍，我会在冥王星的亿万年冰层上，刻下穗美的名字。"

……

"查尔斯，这是怎么回事？"当记者散去后，穗美不解地问。

查尔斯疲惫地揉着太阳穴，"不知哪个记者带来了便携式中微子转换器，让他们能够重新打开我脑中的视觉对话界面，给我传达了一个信息。"

"难道他们又威胁你了？"

查尔斯摇了摇头，"不是我，是全人类，他们手上掌握着人类的命运……"

"至少1亿人，你记住。"他回想起对方在他视野中闪现的信息，"1亿人的生命安全直接掌握在你的手里，如果事情泄露，我们或许没有能力控制所有的人，但是至少可以在几分钟内传播各种紊乱的脑波，大部分人会暂时精神错乱，还有些人会永久精神失常，不知道会发生多少起车祸和各种事故，也许还有几个人会按下核导弹的发射键……世界将会因此天翻地覆！比起这场浩劫来，世界大战都算不了什么。或许地球会在几天内重返石器时代。"

"所以我只能住口，让你们一步步推广那些可怕的芯片，让所有人变成迷失自我的奴隶，直到你们控制了世界，再也不怕外在的威胁？"

"这是历史前进的方向，或者我们将一直走下去，走向一个崭新的未来，或者将爆发激烈的冲突，那时会有上亿人死亡，世界重返远古蛮荒。最终的选择在你手里，查尔斯。"

"你们手上有1亿个人质，我还有选择的余地吗？"

"这说明你做出了正确的选择，你帮助人类避免了一场大麻烦。不管怎么说，去冥王星的主意不错。我们双方可以不必直接冲突，你也不必担心再被我们暗算。两年后等你回来，你就不再是世界的焦点，可以过自己想过的生活了。"

"而我也可以做出真正属于自己的成就。我要证明自己不是一个傀儡，而是不可战胜的查尔斯……"

"查尔斯？你怎么了？"穗美把他从沉思中唤醒。

"没什么。"查尔斯揽住穗美的腰，抚摸着她长长的头发，怜惜地说，"一切都会好起来的，我保证。"

十二

查尔斯的最后一次感官直播，收看者达到了史无前例的3000万人。3000万双眼睛，随着查尔斯的步伐，一步步走进发射场，面对周围沸腾的人群和头顶蔚蓝的天空。

发射场在传统的日本宇航中心鹿儿县种子岛，24艘形态各异的飞船停在巨大的发射场中央。但和旧时代不同，如今飞船发射不再需要庞大笨拙的发射架，随着宇航科技的进步，飞船可以在地球上任何地方起飞，直冲长空，在这里出发只是一个仪式而已。

　　这是一个不小的进步，但人类的太空探索仍然在初级阶段。今天的这次宇航大赛，并非只是到月球或火星，而是直奔几十亿千米外，尚无人类踏足过的冥王星，往返仍然需要两年以上的时间。

　　比赛中，所有的飞船在离开地球后，将利用太阳光帆和各大行星引力场加速，飞向太阳系尽头的冥王星，再合拢光帆，用剩余的燃料返回。虽然原理并不复杂，但横贯整个太阳系的近百亿千米的来回路程，仍然是一场惊心动魄的旅程。

　　成为第一个踏足冥王星的地球人，将是太阳系探索史上里程碑式的事件。因为冥王星并没有多少科研价值，也被移出了大行星之列，所以各国政府在发射了一些无人探测器后，并没有进一步开展载人登陆冥王星的计划，但毕竟它的名声响亮，民间宇航爱好者前仆后继。几十年中，人类尝试过派出七八次载人飞船飞向冥王星，但大部分都因中途困难无法克服而折返，有的飞船在小行星带被微流星撞毁，有的飞船无声无息地消失在太空深处……冥王星是死亡之星的说法流传开来，近十年没有人敢于再尝试登冥之举。直到这次大赛，才重新唤起了飞行家们征服宇宙的热情。

　　特别是人气偶像查尔斯·曼的参赛，使得这场比赛变得举世皆知，虽然许多人抱怨以后无法再收看查尔斯的直播，但他的勇气和坚韧仍然打动了亿万民众。本来寥寥无几的参赛者，也迅速增加了两倍，虽然只有二十多人，但都是飞行精英，让这次比赛变成了一场真正的大赛。

　　"查尔斯！"在沸腾的人声中查尔斯听到一个熟悉的声音，转身看去，老对手乔治·斯蒂尔正向他走来。

　　"乔治，感谢你每次都来当我的陪衬。"查尔斯微笑着说。

　　"查尔斯，你这个花花公子。"斯蒂尔咧开嘴，轻轻给了他一拳，"告诉你吧，这次你一定会输给我的。"

"哦，为什么？"他们一起肩并肩向场中央走去。

"听说你拒绝了卡特尔公司和代卡洛斯集团赞助的高级设备，只是从几个小制造厂那里订购了一些普通装备，甚至飞船的基本布局都是自己设计和组装的？你太自大了，卡特尔的纳米光帆制造技术无与伦比，在同样重量的情况下，其他公司的产品的面积只是它的 1/3，你应该知道这意味着什么。"

"我知道，不过斯蒂尔，我以往太依赖技术优势了，这回我想靠自己的实力赢。"查尔斯诚恳地说。

"这么说，你只能靠不断压缩生活空间来减负，达到一定的速度？"斯蒂尔惊诧的眼神中带上了几分敬意，"虽然是保密的，不过我设法研究过你的飞船构造，结论是如果想要有获胜的可能，你的生活舱必定小得可怜，几乎得和一个棺材差不多，许多娱乐休闲设备都得丢掉，甚至转身都困难，你愿意像苦行僧一样过上两年？这可不像你的风格。"

"为了飞向星辰的尽头，这是我们的宿命。"查尔斯说，"斯蒂尔，如果有必要，我相信你也会做同样的事。"

斯蒂尔不由点了点头，然后微微一笑说："无论怎么做，这回你都够呛了。不过查尔斯，你的确是一个了不起的人物。好了，未来两年里，我们可以通过无线电慢慢聊天，也许我们会变成朋友的。"

他们像两个亲密的朋友一样，说笑着走到了各自的飞船前，做最后的检查和准备活动。许多飞行家在和家人朋友话别、亲吻。查尔斯检查引擎的时候，一个身影向他走来，查尔斯抬头望去，是一位纤细柔美的女郎。

"小雅？"他站起身。

"查尔斯，"仓井雅姿态娴雅地走向他，"我是来送你的。"

"谢谢你。"

"不，我该谢谢你，查尔斯。其实……我也是来向你道歉的。"

"道歉？"

"查尔斯，"仓井雅酸楚地说，"你知道，两年前我只是一个名气不大的演员，上不了台面，而且年纪也渐渐大了，所以我在两年前精心安排了和你在马尔代夫的那次所谓'偶遇'，然后我……利用了你，和你有了一夕之缘。全世界都看到了那次直播，我成了整个世界的性感女神，之后我扶摇直上，进军主流影视界，最近还接了一部好莱坞电影。这些都是你带来的，没有你，我不会有今天。"

"别这么说，这也是你自己努力的结果。"

"但以前那些甜言蜜语……都不是真的。"仓井雅凄然地说，"只是我为了往上爬的手腕，我利用了你，我欠你一个道歉。"

"别这么说，仓井雅小姐，"查尔斯也改了称呼，叹息说，"生活就是这样，我们往往是在逢场作戏，只是有时候自己入戏太深，真的把自己当成了所扮演的角色，这不是谁的错，你也无须道歉。"

"无论如何，"仓井雅掏出一个精致的布包，说道："查尔斯，你是一位很好的朋友，和你在一起我很开心，也学到了很多东西。衷心祝福你能获得胜利，这是我从明治神宫求来的平安符，你带在身上，神明会保佑你的。"

查尔斯深深地看了一眼仓井雅，接过了布包，"谢谢，我会带在身上的。"

"那……我先走了。"仓井雅轻轻拥抱了查尔斯，转身离去。

望着仓井雅的身影，查尔斯的嘴角泛起了一丝复杂的苦笑。他清楚，仓井雅对他说的那些话，仍然是在利用自己最后的剩余价值。他和仓井雅之间的男欢女爱一向不过是各取所需，不仅他们自己，就连每一个直播的观众都心知肚明。但最后仓井雅的表白，无疑大大提升了自己的形象，让人觉得她是一个重情义的好女人。

但这并不是说仓井雅全然虚伪，这些话虽然肯定经过精明的考量，但可能同样是真诚的。我们每个人都在表演，从前是这样，在直播时代更是这样。或许我们的真诚，只是一种真诚的自我表演……

"对了，"仓井雅突然又转过身来，好奇地问，"查尔斯，细川小姐呢？怎么没有见到她？"

"这个……她有点儿不舒服，"查尔斯说，"不能来了。"

"哦，是这样。"仓井雅有些奇怪地看了他一眼，眼神中带着胜利的笑意，没多说什么。但查尔斯知道，仓井雅对穗美"抢走"自己一向心怀怨愤，如今她认为自己和穗美之间一定出了什么问题，所以穗美才没有来，这一定让她感到快意。

但穗美不需要来送他，也不应该来，如今，她藏身在一个绝对安全的地方，掌握着至关重要的证据，以防丽莎和她背后的那些人再趁乱对他们不利，将他们同时杀害。当他离开地球后，对方就再也无法通过脑桥芯片控制自己，穗美会和他每天保持联系，如果对方对穗美下手，自己就可以通过无线电通信公布一切。目前来看，这是最好的办法了。

查尔斯望向远处欢呼的人群：或许这是我最后一次站在舞台的中央了，最后一次成为人们瞩目的焦点。斯蒂尔很可能是对的，这次我的飞船毫无优势，没有获胜的希望，我终将失败，然后被世界遗忘。

但那又如何？飞向太空，飞到那最遥远的星球，是我一生的梦想。并非只有冠军才有意义，只有当宁愿割舍其他许多东西，你仍然要实现它的时候，它才是真正的梦想。

查尔斯，这是最后的机会，做你自己。在这个星球的喧嚣浮华中失去的，你会在广袤无垠的太空中找回来，那里有真正的宁静和救赎……

最后时刻，几十名经过遴选的幸运观众进入发射场，和各位参赛者合影。大部分人都首选和查尔斯合影，查尔斯微笑着一个个接受了，还一一给他们的书或衬衫签了名。最后，站在他面前的是一个身材平平、衣着朴素的少女，举止中还带着几分羞涩。

"您好，查尔斯先生。"少女局促地说。

"你好，你是……"

"我叫朝仓南。"少女说。

查尔斯点点头，并没有什么反应。但在他思维的背后，另一个意识却突然在震惊中醒来：怎么是她？她在这里干什么呢？她……什么时候变成了查尔斯的粉丝？

"朝仓小姐，很高兴见到你，您要跟我合影吗？"

"嗯，好的。"朝仓站在他身边照了张相，但照完相后，却迟迟不肯离去。工作人员上来要拉她离开，被查尔斯用手势阻止了。

"朝仓小姐，我还能帮你做什么？"查尔斯问。

"对不起，查尔斯先生……"朝仓深深地向他鞠了一躬，红着脸说，"我想做一件事，请你帮个忙，可以吗？"

"只要不违法，乐意从命。"

朝仓又手足无措了好一会儿，才抬起头，勇敢地直视着查尔斯的眼睛，张口说："私……私は直人君のことを大好きよ！"

查尔斯不明白她在说什么，但另一个意识却突然明白了，他知道了为什么朝仓会千辛万苦出现在这里，并非为了查尔斯，而只是为了对他说一句话……

"我……我非常喜欢直人君呢。"

但查尔斯还没有反应过来，朝仓已经迈上前两步，勾住了查尔斯的脖颈，踮起脚尖，吻了他的嘴唇。直人感到，她的嘴唇轻薄，绵软而湿润，带着夏日的芬芳和少女的气息。

"直人，"朝仓哀婉地在查尔斯耳边说，"我就在你身边，可你非要通过千里之外的查尔斯，才能感到我的存在吗？"

保安随即冲上来，要把朝仓拉开，但查尔斯大概明白发生了什么，让他们不要动手，对朝仓说："小姐，相信你心爱的人会明白你的心意的。"

然后，他轻轻地对他根本不认识的直人说："幸运的家伙，不要错过身边的幸福哦。"

……

不知什么时候，直人退出了脑际连接，望着房间的天花板，觉得泪水充满了眼眶，又从眼角流下。

收看查尔斯的直播许多年，他和无数美丽的女性有过令人艳羡的浪漫且风流的回忆，但他在心底知道，那些与他无关，只是查尔斯的魅力所致。但他宁愿忘记这一点，让自己沉浸在查尔斯的幸福生活里。

然而今天，在最后的这场直播中，在他融入查尔斯的三年中，第一个也是最后一次，一切颠倒过来了：那句话，那个吻，是为了他，宅见直人，而不是查尔斯。

他不是查尔斯，也永远不会是查尔斯。但他仍然可以做他自己，拥有自己渺小却并非卑微的幸福。有些甚至是查尔斯也无法企及的。

直人坐起身，还觉得头脑昏沉沉的，又是自我麻醉的一天。但以后不会了，查尔斯的直播如今已经结束，即使他从冥王星回来，可能也不会再开启。而直人会去寻找新的生活，寻找属于自己的幸福。

直人下定决心，拨打了一个电话，在响了好几声后，终于被那边接起："你好，我是朝仓。"声音中带着几分紧张和期待。

直人还没有说话，蓦然间耳边响起了引擎声和欢呼声，直人望向打开的电脑荧屏，看到发射场上，几十艘飞船拔地而起，射向天外，在空中留下一条条长长的尾迹，如同远去的雁群。查尔斯已经毅然踏上了去往苍茫太空的漫漫征途，而这一次，直人无法也不想再依附在他的灵魂上，他有更重要的事要做了。

直人深深地吸了一口气，听到自己颤抖的声音说："小南，我喜欢你，请与我交往吧。"

再见了，查尔斯。

尾声之后

一年后。

一艘天蓝色的飞船收拢光帆，打开登陆引擎，缓缓落向一颗黑沉沉的、几乎完全浸没在黑暗中的星球。飞行平稳，层层下降，看上去一切正常——这也意味着第一个地球人即将踏上冥王星的表面。

但当飞船距离星球表面还有大约两千米时，不仅没有降低速度，却突然怪异地猛然加速，旋转着向冥王星表面厚厚的冰层撞去。十几秒钟后，一朵微弱的火花绽放在冥王星表面，如同黑夜中一闪即逝的火柴，然后就是长久的沉寂。

这是中国的冥王星探测器"谛听"拍摄到的图像，大约 5 小时后，图像被传送到地球，也传来了太阳系尽头的噩耗。此后 40 个小时内，任何联络的尝试都归于失败。两天后，另一名比赛选手乔治·斯蒂尔在冥王星成功着陆，发现了面目全非的飞船和被烧成焦炭的查尔斯·曼的尸体。

消息传回地球，唏嘘一片。查尔斯的死因众说纷纭，主流观点认为是技术故障，查尔斯的飞船是自己改装的，各方面都存在缺陷，出问题并不奇怪，但是问题出在哪里，专家们又各执一词，有人说是电脑程序的错误，有人说是引擎本身的故障，还有人说是飞船控制面板的按钮分布过于密集，所以查尔斯忙中出错。

也有人认为，查尔斯是自杀的，他们从查尔斯在地球上最后一段时间的若干古怪言行中找出了证据，试图证明他已经厌倦了生活，想要离开这个世界，而撞击冥王星就是这位天才精心安排的行为艺术。这也能解释，为什么上一次开新闻发布会的时候，他如此神色古怪。

还有一些人认为，查尔斯是被害死的，这个说法最骇人听闻，也最千奇百怪。害死他的主谋从竞争者斯蒂尔、前情人仓井雅到代卡洛斯飞船集团以及贝尔试验室等，可以列成一个长长的名单。一个有力的佐证是查尔斯的女友细川穗美在查尔斯死后第三天，就因为所驾驶的飞车和另一辆飞车对撞而在东京上空爆炸，这个巧合似乎可以被视为阴谋，不过更合理的解释显然是由于细川伤心过度，神志恍惚所致。

网上也出现了各种各样的流言和稀奇古怪的所谓"证据"，大部分经不起推敲，但也有一些看上去有点儿分量，有一段录音中似乎是查尔斯在和古德斯坦的吵架，另一段视频似乎是查尔斯在和某个名人老婆偷情，还有他的父亲说他挥霍无度导致没有钱的电话录音……但这些伪造起来并不难，而且也无法证明和查尔斯的死有任何关系。至于有人说查尔斯是因为发现了脑桥芯片公司控制人类的阴谋而被灭口，就更是笑话奇谈了，没人会真的相信。

但无论如何，查尔斯死了。死了，再也不能复活。一个死人，无论是多么名声显赫的死人，被遗忘的速度总是很快的。查尔斯的事被热炒了一两个月，人们为他举办了各种缅怀和纪念仪式。不过全世界很快出现了几名炙手可热的新星，他们也都开通了感官直播，有天才神童、国民美少女，也有草根人士，人们很快又被吸引到新的、更丰富的娱乐生活中去。

但有许多人却仍然无所适从，他们难以理解查尔斯死了。

"我……我就是想不通，"宅见直人喃喃说，给自己斟了一杯啤酒，"查尔斯怎么会死呢？3年来，我熟悉他的一举一动，我有他的几乎每一个记忆，既然我还活着，他怎么会死？"

"你是你，查尔斯是查尔斯。"朝仓冷冷地说。对直人，她已经越来越没有耐心了。

　　直人摇头："你不明白,你根本不明白。那种感觉……我还可以清楚地记着查尔斯的一切,他在天上如何风驰电掣,如何在珊瑚丛中潜水,如何在读者见面会上发言,如何在酒会上觥筹交错,如何在非洲赈济灾民……对我来说,就好像是昨天发生的事一样。我看到地球在我脚下,我听到奥地利金色大厅的音乐,我闻到富士山下樱花的香味,我还……"不知不觉中,他已经从第三人称换成了第一人称。

　　"你还记得和仓井雅、宝拉和玛丽安娜如何浪漫缠绵吧?"朝仓冷冷地接道。

　　"当然,"直人憧憬地说,没有注意到女友表情的变化,"那些经历真是永世难忘啊,可惜没有和细川穗美在一起的记忆——"

　　"宅见直人,你这个浑球!"朝仓终于忍不住痛骂了出来,"你这辈子除了幻想自己是查尔斯之外,还会干什么?"

　　"小南,你又怎么了?"直人有点儿摸不着头脑。

　　"查尔斯死了都快半年了吧?你几乎每天都在絮絮叨叨那些和你没有任何关系的往事,怀念那些根本不知道你是谁的女人,跟你说你也不听,我简直要疯了!这日子没法过了!"

　　"你不懂,我参与了这一切,这些和发生在我身上没有任何区别,我知道自己不是查尔斯,但它们也是我经历的一部分!"

　　"哼,"朝仓讥讽地笑了,"你的经历就是日复一日地躺在房间里收看直播,本质上,你和那些看了电视然后想象自己是男主角的白痴没什么两样。"

　　"住口!"直人不由怒火中烧,"每次你都这么说,可是你从来没有过感官直播的经历,有什么资格下判断?再说,你是我的什么人,有什么权利告诉我我该干什么、不该干什么?"

　　"我是你的什么人?"朝仓的眼睛也在愤怒中闪闪发亮,"你说对了,我不是你的什么人。既然你这么说了，我们还是分手吧。"

"分手就分手，当初我就不该接受你！"直人恶狠狠地说。

朝仓没有再和他争吵，沉默地收拾起了自己的个人物品。直人在一旁看着，开始有些悔意，却又不好开口。直到朝仓提着几个大包站在了玄关口，他才着急起来，"你这是干什么？大半夜的，有什么事明天——"

"直人，"朝仓的语气平静得令他害怕，"我曾经以为自己可以改变你，但是我错了。也许你是对的，你就是查尔斯，你会永远活在关于查尔斯的记忆里。但是对不起，这不是我想要过的生活。"

"我……我不是……"直人不知说什么好，眼睁睁地看着朝仓打开门，离去，脚步声越来越远，最终消失。

直人犹豫了一会儿，拨打了朝仓的电话，但是朝仓已经关机了，只有长长的忙音。

"走吧，都走！"直人喃喃地骂了几句，坐回到椅子上，继续自斟自饮起来。

为什么生活总是这样，他永远无法和人好好相处？不管他如何尝试，除了失败还是失败，在这个现实的世界，连空气都令人窒息。如果，如果他还能回到查尔斯身上，再过一次那种意气风发的人生，那该多好啊……

直人一边想，一边在电脑上漫不经心地点击着，他进了一个讨论感官直播的论坛，顶上的一行大字顿时吸引了他的注意。

"查尔斯·曼复活了！"

什么意思？

直人点进去一看，发现是时代传媒公司的广告，网页上面用英文写道：

"为缅怀已故的查尔斯·曼先生，本公司从他的继承人那里购买了以往全部直播内容的备份数据，以飨观众。直播内容的总长度达 85 439 小时，跨度为整整 10 年。您可以选择收看其中任何一个片段，也可以从头到尾浏览，以便深入了解查尔斯先生的生平和事迹……"

直人的心狂跳起来，10年中所有的数据！也就是整整10年的直播人生！作为收看者，那些中微子波转换成的视觉和听觉会随即消失，也有技术手段防止私下复制，但是显然在相关机构内部会有备份，进行"重播"是可能的。对直人来说，他是从最后3年才开始收看查尔斯的，之前的7年都是空白的，但如今他可以从一开始就收看重播，这样的话，也就是说——

直人倒抽一口冷气：他将拥有整整10年查尔斯的人生，他将再一次和查尔斯融为一体，去面对未来（实际上是过去）的精彩人生，而这次，至少10年里不会再担心被单方面中断直播了，他可以放心地将自己融入查尔斯的意识深处。

直人兴奋地扫了一眼下面的条件，这回不再是免费的了，不过也不贵，每小时收费100日元，不过如果购买一天以上，会降为每小时50日元，如果全部购买，每小时更是只要20日元，他完全可以负担。

他迅速用网上银行付了账，全部购买要将近160万日元，他暂时没有那么多钱，只能先花了20多万购买了头一年的数据，以后的再慢慢付吧。

直人躺回到榻榻米上，打开中微子转换器，电脑语音告诉他正在进行连接，准备接收数据，大约一分钟后可以开始直播，不，重播。

正当直人焦急地等待时，耳机中响起了提示音乐，告诉他收到了朝仓的一条语音短信。这回直人直接关机，根本懒得看一眼。或许朝仓又回心转意了，但那又如何？只要能再度成为查尔斯，我不会再需要这个女人……

中微子波束源源不断地传来，转化为电磁波和脑波，重播开始了。

重力感同步：我平躺在什么地方。

触觉同步：好像在一张床上，软软的很舒服。

嗅觉同步：仿佛有药水的味道，但并不刺鼻。

听觉同步：一个女人的声音在跟我说话，而且越来越清楚了。

视觉同步：一个朦朦胧胧的人影出现在我面前……

他仰望着天花板，看到自己未来的经纪人丽莎·古德斯坦对他俯下头来，"感觉怎么样？"

"我没事……"他有些虚弱地说。

丽莎问："现在应该已经开始直播了，你还记得自己是谁吗？"

一丝自信的笑容出现在他苍白的脸上，"那还用说？我是查尔斯，独一无二的查尔斯。"

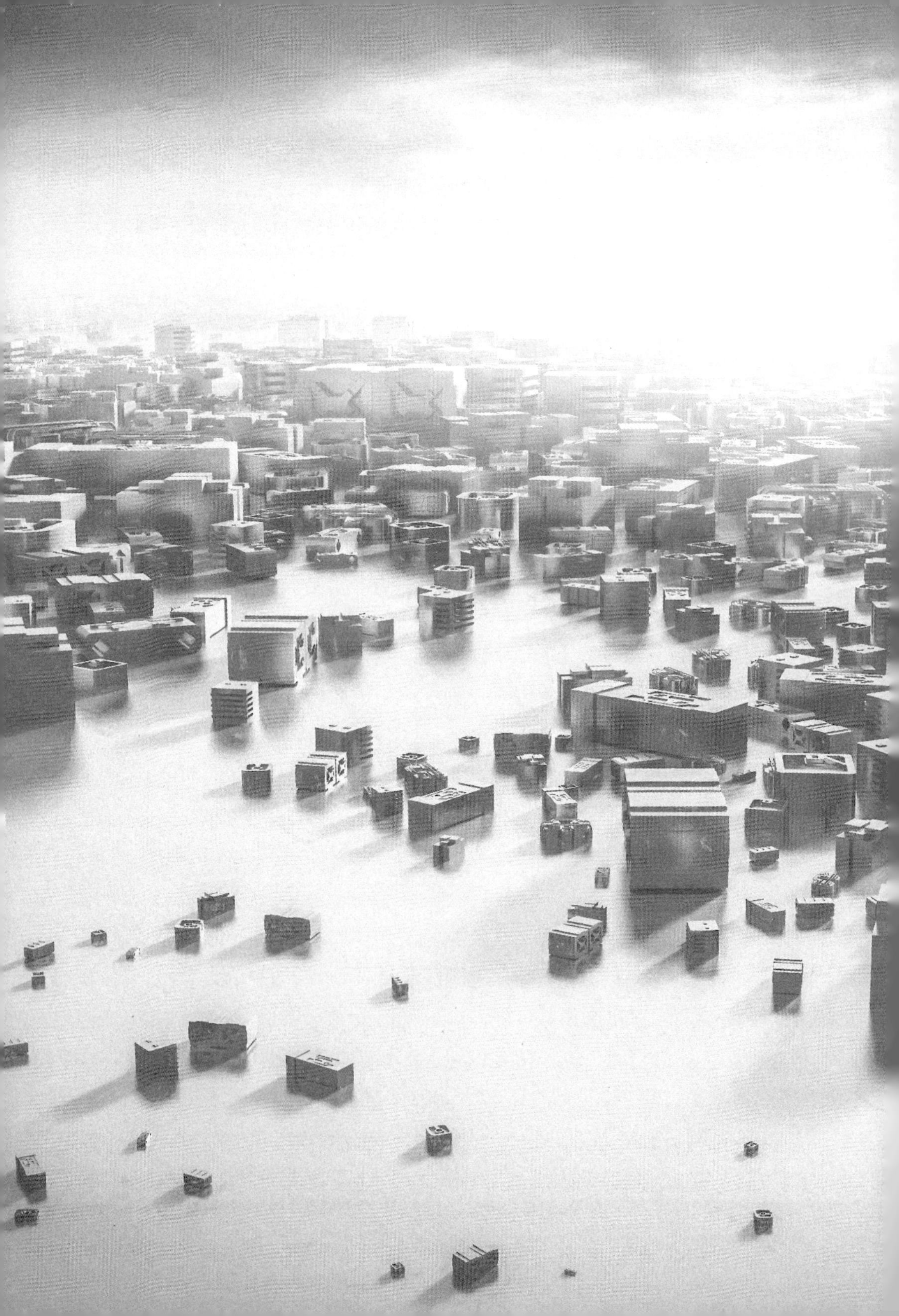

迭代升级

... 肖子豪

一

又到了林卿卿的实况新闻环节。林卿卿应该是当下中国人最熟悉的新闻主播，她拥有最符合中国人审美的亚洲面孔，美而不艳，娇而不媚，声音如水般温柔。许多年轻人回归收看传统新闻节目，林卿卿有很大的功劳。不得不佩服林卿卿的设计者，虽然大家都知道林卿卿是虚拟人物，采用了第六代虚拟投影技术的她能像正常人一样出现在新闻播报间里，可是人们就愿意看着林卿卿，用粉丝追星的心态看她播报新闻。

"现在是实况新闻报道。根据联合国的最新消息，由中国主导多国共同研发的第三十三代天辇飞船将于后天起飞。天辇飞船主设计师表示，第三十三代天辇飞船技术成熟，真正具备探索银河系的能力。届时，天辇飞船将以第三宇宙速度 16.7 千米/秒的速度起飞，挣脱地球及太阳引力的束缚，飞出太阳系，冲向浩瀚无垠的银河系。

过去两百年时间，各国宇宙飞船穿梭在太阳系，已对太阳系各个星球进行全面探索，太阳系于人类已经没有秘密可言。这一次，天辇飞船将是人类跨出太阳系的第一步，宇宙的神秘面纱将随着天辇飞船的出发而逐渐被人类摘下，露出它本来的面貌。

我台将直播天辇飞船的起飞过程，也将实时报道天辇飞船探索银河系的全过程，请各位民众密切关注我台的报道。"

随着前挡风玻璃上新闻播报的画面渐渐消失，林卿卿的实况新闻就算结束了。陈立维躺在平放的驾驶座上闭目休息。刚才的新闻内容他都听见了，也正是因为听得一清二楚，他的眉心不由得皱了起来，心里的压力不由得增加了许多。

他是一名航天员，也是两天后就要起飞前往太阳系以外的天辇飞船的航天员。为了准备两天后的"宇宙探险"，他和另外两名航天员已经进行了连续两年零八个月的训练，可是他心里依然没底，这可是要到太阳系以外啊——一个没有半点儿人类痕迹的地方。

21世纪初，网络上流行过一句话——我的征途是星辰大海。现在看来，人类至少完成了这句话的二分之一。太阳系四处遍布着人类的足迹和目光，虽然这里仍有许多不为人知的秘密，但数不胜数的宇宙飞船和空间站，注定让这些调皮的秘密无所遁形。

于是在航空科技允许的情况下，人类把好奇的目光投向了银河系。

本来好不容易请假出来给妹妹陈黎过生日，想顺便放松一下心情，结果碰到林卿卿的实况新闻，陈立维顿时感觉压力倍增。

道路上车水马龙，但也井然有序。已经成熟的自动驾驶技术使公路仿佛工厂里的流水线输送带，哪辆车该在哪个车道行驶，哪辆车该以什么速度行驶，一切都在科技的算法里井井有条地运转着。陈立维躺在驾驶座上缓解压力，汽车还是按照导航的命令在车流中如鱼般穿梭行驶，直到来到了未来园。

未来园是本市科技区附近的住宅区，也是本市房价最高的住宅区之一，户主全是世界顶尖的科技人才。

"已到达目的地，未来园。"

"切换成手动驾驶模式吧。"

陈立维已经几年没来过妹妹家了，有点认不出地方，不过他还是很快找到妹妹家的位置，因为他看到一个穿着红衣服的小女孩站在一栋别墅的大门前。远远望去，小女孩就像漆黑宇宙里的标点，指引着宇宙飞船前进的方向。

陈立维开车来到红衣女孩身前，他摇下车窗，咧嘴笑道："好久不见啊，小红，你长大了不少。对了，你还记得我是谁吗？"

红衣女孩小红踮起脚朝陈立维挥手打招呼："我当然记得舅舅啦。舅舅，我已经告诉妈妈您来了。"

"哈哈，小红聪明。小红，我先把车开进车库里，你去把车库打开。"

"好的，舅舅。"

话音刚落，陈立维眼前的小红突然消失了，陈立维嘴角的笑意也缓缓消失。他看向车库，果然小红已经站在车库门前，后面车库的卷闸门在自动上升。他把车驶进车库里，在经过小红身边时，他说："你先进屋吧，不用等我了。"

"好的舅舅，那我回家啦。"

看着小红的身影再一次在他眼前消失，他自嘲地摇了摇头，这些年科技进步得太厉害，他时常感觉自己成了老古董，无论怎么说服自己，他还是难以适应某些新兴事物——例如小红。小红跟林卿卿一样都是虚拟人物，说得具体一些，小红是妹妹家中央系统的具象化虚拟人物，拥有高度接近人类的语言系统和行为模式。林卿卿是虚拟新闻主播，小红则是妹妹家的虚拟管家。

当然，小红也是妹妹的虚拟女儿，也就是他的虚拟外甥女。

每次想起七年前妹妹分娩的情况，陈立维到现在都会觉得惊险。陈黎在五年前诞下一子，那次分娩的过程很艰难，差一点就要面临"保大"还是"保小"的难题，幸好最后有惊无险，母子平安，可这次经历也给陈黎造成了心理阴影，使她不敢再怀孕。

偏偏陈黎一直想要一个女儿，现实和心理的冲突，前后矛盾下，有一段时间，陈黎甚至患上了抑郁症。

幸运的是陈黎的丈夫，也就是陈立维的妹夫——张安，他是人工智能方面的高端人才，从事的工作也跟人工智能和虚拟人物有关。为了满足妻子的愿望，张安设计出了小红。小红的长相由陈黎和张安的长相结合后智能生成，在小红的系统里有人类的年龄增长、知识扩充、心理变化等程序，所以小红可以像正常人一般，随着时间流逝而成长，逐渐掌握小学、中学直至大学的知识，"心智"也会慢慢成熟。现在小红五岁了。

"科技改变生活啊。"

停好车后，陈立维走向别墅，他刚想开门，却发现门从里面打开了，紧接着小红的脑袋从门后边探出来，朝陈立维俏皮地笑了笑。

"爸爸让我给您开门，舅舅快进来。"

"好，小红真乖。"

陈立维其实心里已经冒起鸡皮疙瘩，只是他掩盖得很好，没表现在表情上。虚拟人物与现实世界产生互动早就不是新闻了，就像现在——小红亲自转动门把手开门，是因为门把手上有虚实交感的感应器。

心里的鸡皮疙瘩刚退去，陈立维走进别墅里，突然有道倩影从旁边跳了出来，毫不留情地跳到他身上，陈立维还没反应过来，耳边已经听到了妹妹陈黎嗲嗲的声音。

"哥哥，你终于来啦，这么久不见，我好想你啊。"

陈立维终于反应过来，他轻轻抱住妹妹，"都多大人啦，还搂搂抱抱的，也不知羞。"虽然嘴里这么说，但陈立维笑得像个孩子，他用力抱起妹妹转了一圈才松开手，"生日快乐，又老一岁咯，今年要比去年懂事，知道吗？"

"好。"

陈黎今年已经三十一岁了，长得依然像二十岁刚出头的姑娘。科技的进步使人类越来越容易保持年轻，现在全球人类的平均寿命是一百零五岁，大多数人在四十岁以前都能拥有年轻的面容，而四十岁到七十岁，面容不可逆转地逐渐衰老，但也是中年面容。直到七十岁以后，人们的脸庞才会遍布皱纹，身体机能明显下降，这才是现在真正意义的老年。

张安从客厅走了过来，他张开手臂和陈立维抱了抱，"大哥，好久不见。"

"好久不见，你们小两口真是……一点变化都没有，哈哈。"

陈立维认真打量面前的妹夫，健朗的身材，斯文的面孔，尤其是眼镜后面仿佛时刻闪烁着精光的眼睛，这大抵是高科技人才的标配了。反正陈立维第一次见到张安时他就是现在的样子，这么多年没见，除了气质成熟许多，其他方面都没变化。

"咦，还有个小家伙呢？"

陈立维先是往陈黎和张安的身边看了好几眼，马上他走到客厅，果然看到坐在沙发上害羞地望着他的外甥。他走过去抱起外甥："小家伙，还记得舅舅吗？"

突然被陌生人抱起来，小男孩有些慌张，他打量着陈立维的脸，最后有些踌躇不定地说："你是……是要去太空旅行的……舅舅吗？"

"哈哈哈，没错，舅舅是航天员，马上就要去太空旅行咯。"陈立维笑了两声，没想到两年没见，小外甥居然还记得他是个航天员。

小家伙顿时瞪大眼，很是兴奋："那你能带我去吗？"

"呃……现在不行，等你长大了再带你去。"

小家伙二话不说伸手揪住陈立维的头发，看架势好像要挂在他身上去太空似的。陈立维赶紧把外甥放下，起身时眼角瞄到旁边的小红，他的表情变了变，来到小红身边，犹豫一会后温柔地说："要是可以的话，舅舅也想抱抱你。"

虽然知道眼前的外甥女只是系统的一道投影，他也很清楚自己根本没有外甥女，但小红实在过于真实，一颦一笑，一举一动，栩栩如生，久而久之，他反而很希望自己能真正地拥有一个侄女，至少能够被他抱起来。

小红好似不知该如何回答，怯生生地看向父亲。张安笑着走到小红身边，挑眉扬唇，带着几分神秘和得意说道："大哥，要是你晚几天起飞，应该就能抱到小红了。"

陈立维一听，先是疑惑地看着张安，旋即他瞪大眼看向陈黎，"妹妹，你……你想再生一个孩子？"

"才不是，谁要生啊，上次痛死我了。"

陈黎抱起儿子坐在沙发上，小红也乖乖地来到沙发上，就坐在陈黎身边。陈黎看向小红的眼神和她看向儿子的眼神是一样的，都饱含着母爱。手里抱着儿子，身边坐着女儿，这就是陈黎梦想中的画面。

"是安哥公司的一项研究成果，我也不太清楚，好像是什么高仿机器人。"陈黎饱含笑意的眼睛看向张安。

"我们公司最近研究出一款仿生皮新材料，仿生皮的性质与人类皮肤很接近，甚至比人类的肌肤更具优越性。目前来说，仿生皮主要用在机器人身上。"

张安正走向酒柜，从酒柜里拿出一瓶红酒和三个高脚杯，"现在的科技水平已经很高了，人工智能、虚拟投影、虚实交感，各项技术都非常成熟，量变产生质变，而质变的出现也就是时间问题，说不定就是明天呢。我们公司研发的最顶尖的人工智能拥有无限接近人类的学习能力，仿生皮的出现顶多算是锦上添花。"

注意到陈立维似懂非懂的表情，张安哈哈笑了几声，他一边给陈立维倒红酒，一边用通俗易懂的方式向陈立维解释："大哥，你可以这么理解，如果没有意外，以后人工智能不再是奇形怪状的金属盒子和虚拟投影，而是外形优雅美丽的绅士与淑女，除了内核不一样，在其他方面，人工智能会跟正常人类没有区别。到时候你就可以把小红抱起来了。"

小红听到以后，忽然开心地从沙发上跳起来。

陈立维转头看着在沙发上手舞足蹈的小红，一时间有些恍惚。

为了天辇飞船探索银河系的任务，他这几年都待在基地里训练学习，他知道现在科技的发展很迅速，但他怎么也想不到现在的人工智能居然可以比拟甚至接近人类了。

小红开心的模样都落在陈立维眼中，陈立维却是开心不起来，他凑到张安身边，小声地问："这个……人工智能不会变成人类吧？"

"我知道你在担心什么，其实不了解人工智能的人都会担心这个问题。"张安耸了耸肩膀，他倒是不担心小红听到这些话，"大哥，你知道机器人三大法则吧，有三大法则的规范制约，机器人也好，人工智能也好，都是人类的好伙伴，不会出现威胁人类的行为和想法。"

陈立维知道机器人三大法则。

首先，机器人不得伤害人类个体，或者目睹人类个体将遭受危险而袖手旁观；其次，机器人必须服从人类给予它的命令，当该命令与第一法则冲突时例外；最后，机器人在不违反第一、第二法则的情况下，要尽可能让自己生存。

陈立维不知道机器人三大法则可不可信，毕竟机器人三大法则是一名科幻作家提出来的。不过连作为高科技人才的张安都很信任机器人三大法则，陈立维心里的那一点担忧也就烟消云散了。

"小红是爸爸的女儿。"

不知道为什么，小红突然跑到张安身边，嘟着嘴撒娇。

小红现在还是虚拟投影，张安没办法拥抱小红，他朝小红露出宠溺的笑容，说："小红当然是爸爸的女儿啦，你放心，也许不久以后爸爸就能抱起你了。"

陈立维瞥了一眼小红，心里别扭的感觉时隐时现，他突然不想再聊这个话题，转过头看向陈黎，笑着说："差不多该给小黎庆祝生日了，蛋糕呢？切蛋糕咯。"

张安早已经准备好了生日蛋糕，他从厨房里把蛋糕拿出来，然后大家围绕着陈黎开始庆祝生日。

庆祝生日的整个过程没有什么特别的地方，其实大人们哪里还会在乎生日，过生日就是找个理由让大家聚在一起联络感情。尤其是陈立维马上就要乘坐天辇飞船出发，谁也不知道他会在浩瀚无垠的太空"旅游"多长时间，下一次见面的时间无法预知，这才使陈黎的生日显得特别重要。

大家簇拥着寿星公陈黎许愿吹蜡烛，陈立维、张安、小家伙，还有小红，大家轮流说一些祝福的话，然后就开始吃蛋糕了。蛋糕吃到一半，陈立维充当大小孩，和小外甥一起用剩下的蛋糕扔来扔去，场面热闹欢乐，其乐融融。

什么时候小家伙玩累了睡觉，庆祝生日的事也就落下帷幕了。

"哥，这次没危险吧。"陈黎很早前就知道哥哥入选了天辇飞船的航天员，如果天辇飞船的航行范围在太阳系内，她一点都不担心，可这次天辇飞船的目的地是银河系，是人类从未去过的地方。

陈立维抱着已经睡着的外甥，抬头看着天花板，目光仿佛已经穿过悬挂着吊灯的天花板和布满繁星的天空，来到遥远得理应看不到尽头的浩瀚宇宙。

"怎么可能没有危险，不过总体来说是安全的。为了这次任务，我们准备了很长时间了。"

陈立维突然露出孩子才会有的天真笑容："其实哪怕有再多危险，我也想去，你知道作为一个航天员，能有机会目睹太阳系以外的宇宙是一件多么荣幸的事吗？太阳系以外究竟有什么，会不会藏着什么秘密，那些秘密会不会是宇宙真相的钥匙？

这些问题的答案都需要亲自去一趟才能揭晓，如果因为害怕就止步不前，那么真像那些科幻小说里面写的，人类就只是浩瀚宇宙中的虫子而已。"

谁知道听完陈立维的话，陈黎突然恶狠狠地瞪向老公张安："哼，你们男人的脑子果然都有病，为什么你们都对'真相''秘密'那么感兴趣啊，好好待在家里陪亲人不好吗？"

陈立维很奇怪妹妹怎么突然把矛头指向妹夫了。

躺在沙发上的张安忽然笑了起来，他无奈地晃晃手臂，解释道："这件事怪我，上次我跟黎儿说过，机器人三大法则其实是阻碍机器人或人工智能寻找真相的锁头。我估计她都没听懂这句话，以为我在找什么真相吧，哈哈哈哈。"

陈立维听后愣了几秒钟，"那打开锁头的钥匙呢？"他迫不及待地问。

林安的余光往小红身上扫去，悠然回答："机器人三大法则之所以安全，就是因为这个锁头……没有钥匙。"

客厅的角落里，小红还在开心地跳着舞，仿佛在为以后能被爸爸抱起来而感到幸福。

二

"太阳系以外。"——这种说法寄托了人们对天辇飞船的无限冀望,其实准确地说该是银河系才对。只是以人类目前的科技水平,探索银河系已经足够吃力了,至于真正的无垠宇宙,现阶段只能存在于人们的期望里。

今天是天辇飞船起飞的日子,这是全球性的大事,各国电视台都获得了直播权,现在打开电视,无论你转到哪个台,画面都是大同小异。当然,在中国甚至全亚洲,观看林卿卿的实况直播依然是大多数人的选择。

林卿卿充满东方古典美的长相和身姿出现在电视屏幕里,就在她的身后,天辇飞船如同一座大山矗立在大漠中。天辇飞船的神秘面纱终于在向世人揭开了,该怎么形容天辇飞船的外形呢?天辇,寓意驶向天际的车,然而天辇飞船的外形和车一点也不像,反而更像是一把利剑,如同武侠小说里那种可以破开苍穹的绝世名剑。

陈立维不是第一次去外太空了,他有过不下五次执行太空任务的经历,属于经验丰富的航天员。可即便如此,他依然难免紧张。

他的两侧各躺着一位航天员,左边的叫安迪,右边的叫安冉冉,安冉冉是位女航天员。

通常,当太空飞船起飞的时候,航天员们都会有说有笑的,借此缓解压力。可是这次起飞,谁也没有心情唠嗑闲聊,大家都在用自己的方式缓解压力。陈立维双臂在胸前交叉,有节奏地深呼吸。安迪闭着眼,双手在胸前不断地"画十字",嘴巴一直在念叨着让人听不懂的话。安冉冉则是闭上眼一声不吭,仿佛已经睡着了。

十分钟后,终于传来了指挥中心的声音。这说明升空倒计时马上开始。三位航天员不约而同睁开眼,他们的眼神变得坚定而且勇敢。

各个新闻台也将画面切到指挥中心，画面里一位穿着青蓝制服的中年男子站在指挥台前，他手里举着麦克风，视线紧紧盯着满墙的显示器。

"开始倒计时。"

"十……九……八……"

当最后一声"一"响起的时候，飞船底部喷射出席卷着火焰的气浪，全球几亿人亲眼看着天辇飞船在焰浪的烘托下离开地面，如同科幻电影里的画面那样迅速升空，朝着蓝天白云而去，直到飞船在视线里变成一颗红点般大小，人们才反应过来。

这艘代表人类探索银河系的天辇飞船，在路上了。

"银河系——古代人们看到天空有条银色的带子，于是取名银河，那时不会有人想到银河系会这般遥远，人们只是认为这条银色的长河璀璨而瑰丽，像是镶刻着无数珠宝的带子。早在几千年前就已经有人把目光投向了银河系，而启程的步伐跨越千年，到今日才终于出发。

"现在天辇飞船已经起飞，它将先以第一宇宙速度环绕地球三个周期，待确定一切无误后，速度将提升到第二宇宙速度，摆脱地球引力的束缚；最后它会以第三宇宙速度急驶，实现摆脱太阳引力，如同不知疲倦的天马朝璀璨的银河奔驰而去。"

林卿卿的语气适时地激昂起来，作为面向广大人民群众的新闻主播，她的播报内容里没有太多专业名词，而是以简单易懂的方式向观众们描述天辇飞船飞出太阳系的几个基本操作。哪怕是对航天科技完全不懂的观众，此时也能在脑海里想象天辇飞船未来在太空里的画面。

随着画面里升空的天辇飞船变成一个小点，张安才把直播页面关掉，有时不得不感慨命运的巧合，那边陈立维刚乘坐天辇飞船开启了探索银河系的征程，这边张安的科研就有了重大突破。就像两天前张安对陈立维说过的话一样，量变产生质变，当量堆积到一定程度，质变随时有可能发生。

现在，质变正在发生。

张安从办公桌旁的椅子里起来走出办公室，大步走向试验室。他就职于一家研发人工智能的上市公司，是研发方向的总监，现在被人们广泛使用的虚拟投影技术就是他几年前带领团队研发的成果。走进试验室就像走进了科技的虚拟世界里，这里的所有东西都与科技有关，哪怕是一支笔或一把椅子，都有相当高的科技含量。

"第一代'类心'的数据植入进度如何了？"

张安把手指随便按在一个桌面上，桌面扫描指纹后，突然有一小块桌面凹陷下去又升起来，升起来时还托起了一支笔。张安拿着笔走到试验室中央，这里摆放着一个外表跟冰箱似的方形机器，不过机器的外壳全由玻璃组成，人们能轻松看到里面的情况。这是负责数据植入的机器，透过玻璃能看到里面有一个机械圆球，圆球的直径为两分米，共有二十一根数据线通过球面将机械圆球和数据植入器连接起来。

这个机械圆球就是"类心"。

"进度百分之九十九，估计随时……"

旁边工作人员的话还没有说完，数据植入器的提示灯忽然亮起绿光。工作人员怔了怔，改口说："进度百分之百，已经完成数据植入。"

"我检查一下。"

张安很谨慎，他用手中的笔在数据植入器的玻璃上写下了自己的名字。玻璃上并没有显示张安写了什么，就在笔尖离开玻璃后的一秒内，玻璃表面突然呈现出密密麻麻的数据，这些都是刚植入"类心"的数据。

他的视线在每一行数据上扫过，速度很快，大约只用了二十分钟，他便检查了"类心"里的全部数据。

"没有问题。"张安松了一口气，他退后两步，对着周围的工作人员说，"按照计划安装吧。"

"是！"

质变是一个分量很重的词，身为科技研发人员，如果没有足够分量的变化，张安不可能说出"质变"这两个字。他双手抱胸，表情冷静地注视着忙碌的工作人员，如果仔细看，一定会在他的眼眸里看到时隐时现的狂热。

或许从事人工智能行业的每个人内心都有一股执念，那就是制造出可持续，可学习，可自我更新，且始终忠诚于人类的人工智能。虽然这些年科技进化很快，人工智能方面更是每个月都有新进展，可是除了"忠诚于人类"以外，另外三点始终无法实现。

"类心"的全称是类似于人类心脏的机械之心。这一个小小的圆体机械里储存的海量初代数据，可以支撑人工智能所需要的任何运转和计算，并且拥有学习和更新功能，最重要的是，'类心'还有一个核心功能……

如果试验结果和预计的一样，那么属于所有人工智能行业从业者那些狂热的执念，应该就能消弭。张安默默想着。

"张总监，现在根据初代方案进行组装。"

"这里是机械组，现在进行'骨架'的搭建。"

"这里是设计组，马上进行仿生皮和肌肉功能方面特殊材料的制作组装……"

"这里是能源组，开始进行体表新能源感收装置的接入……"

"这里是美术组，现在进行体表肌肤纹路的绘入以及人工智能外貌的生成……"

前方各组工作人员开始汇报计划进度，张安就站在旁边盯着。整个组装过程共三个小时。作为总监，张安来到组装完毕的机器人前面开始检查。

这个身高一米七，长头发的雌性人工智能，长相由美术部门设计，参考这几年广受欢迎的虚拟女主播林卿卿，美术部门设计的长相也往东方古典美的方向靠拢。张安凑在雌性人工智能面前细细观察，细节方面做得很不错，眼睫毛、肌纹、皱纹等一应俱全。张安甚至在某个瞬间产生了错觉，仿佛眼前的美女不是人工智能，而是一个活生生的女人，说不定下一秒就会睁开眼盯着他。

"现在开始测试。"张安压抑内心的兴奋，让自己的语气尽可能平静。

周围的工作人员听到后已经按捺不住激动，有的甚至发出激动的低吼声。

张安又一次拿起笔，笔尖在"她"右脸颊的条形码上轻轻一划，然后张安退后一步，注视着"她"那双无声的眼睛。

红色的荧光忽地在"她"的瞳孔里一闪而过，能清晰地看到"她"的眼眸越发有神。与此同时，"她"苍白的脸颊开始泛红，干瘪的肌肤逐渐充盈，原本无力下垂的手臂慢慢呈现出手臂下垂的正常幅度。张安莫名其妙地想起了"灵魂出窍"这个成语，现在的"她"当然不是灵在魂出窍，而是仿佛有个灵魂正在进入"她"的身体里。

也许是第一次试验的第一次测试，"她"醒来的过程相对漫长。足足十秒钟后，张安才从"她"的眼神里捕捉到一个信息——"她"已经在看着他了。

把突然冒出来的惊悚强行压制，张安问："你是谁？"

"我……"

"她"顿了顿，眼神突然变得迷茫起来。但没过多久，"类心"终于成功识别到眼睛捕捉到的并经过处理的张安图像。再说话时，"她"的声音中已经带上了崇拜的语气。

"主，我是初代。"

三

虽然对太阳系并不陌生，但每次来到太空执行任务时，陈立维还是会惊叹于宇宙之美。

宇宙才是真正的看不到边际，这是一个时刻膨胀的巨大空间，相比之下，地球只不过是一只虫子，而生活在地球的人类，充其量只能算是宇宙的细胞。来到太空，每个人都不禁会化身哲学家，视线透过窄小的玻璃望向永远无法触及的宇宙尽头，思考宇宙的真相。

早在 19 世纪就有许多科学家提出"宇宙真相"的命题，他们认为地球不过是浩瀚宇宙中一颗不起眼的星球，无论人类文明如何璀璨，无论人类历史诞生过多少智慧，在宇宙面前似乎都不值一提，就像一只萤火虫无法与皓月争辉，就像一根蜡烛无法将夜空照亮。

探索黑夜需要摸黑前进的勇气，探索宇宙则需要一代又一代科学家的努力。

"报告地面，已经到达预设坐标，现在切换半自动模式。"

安冉冉打开通信设备向地面指挥中心报告，收到指挥中心的确定回复后，她将飞船行进模式切换成半自动模式。此次天辇飞船在太阳系最后一个坐标在冥王星附近。驶过冥王星以后，飞船只有前进方向，再无确切坐标，之后飞船会经过哪些地方，在哪里停留，都需要安冉冉决定并操作。

三位航天员各有各的工作，互不干扰，安冉冉还在驾驶舱里忙碌，陈立维和安迪两人正在驾驶舱外窄小的窗户前望着逐渐远去的冥王星，表情说不出是凝重还是轻松。

"陈哥，我记性不好，冥王星是距离太阳最远的矮行星，对吧？"直到冥王星在视线中变成小球般大小，安迪才收回目光。

"嗯，最远的那颗。"陈立维或多或少能感觉到安迪的想法，驶过冥王星，熟悉感开始下降，陌生感开始上升，大家的心理状态不受到影响是不可能的，"给你透露一个花边新闻，以前太阳系有九大行星，冥王星就在里面。"

"我知道这事，后来冥王星被除名了嘛，改成八大行星了。对了，冥王星为什么被除名来着？"

"质量太小了，跟另外八大行星的质量不是同一个数量级。"

"那只能怪冥王星自己不争气了。"

陈立维笑了笑，他拍拍安迪的肩膀，指向主舱的方向，说："别往后看了，我们的方向只有前方。"

安迪的任务是将天辇飞船在太空经历的一切记录下来传回地面，她记录的信息包括航行路线，飞船状况，所见星体等。当然，最重要的信息需要到达毗邻星以后才会有，现在的都是例行工作而已。

陈立维一路浮浮沉沉飘到主舱，主舱是办公的地方，他身为航天员，负责的是综合性任务，既要检测天辇飞船的运行情况，确保天辇飞船正常运行，也要作为"拓荒者"探索宇宙空间，找到宇宙空间里能够为人类服务的资源。

安冉冉不知道什么时候也来到了主舱。

"安冉冉，飞船前进的方向没问题吧。"陈立维问。

"没问题，飞船朝着毗邻星方向前进。"毗邻星作为距离太阳系最近的恒星，第一次探索银河系，往毗邻星前进是最安全的方案。虽然天辇飞船永远不可能到达毗邻星。三人里陈立维是队长，安冉冉汇报完情况后许久没有说话，不知道她在想什么。

"陈队长，你觉得我们能到达毗邻星吗？"安冉冉突然开口说话，"或者说，你觉得我们能如期离开太阳系吗？"

陈立维回头看向安冉冉，看到她恍惚不安的神情，他才意识到这次银河系探险之旅比他想象的要艰难许多。他连忙过去，借着悬浮时两人面对面的瞬间，他轻轻抱住安冉冉，轻声安慰。

"能不能到，什么时候到，这些都不重要。我们这趟旅程的结果其实不重要，重要的是过程，你说对吗？"

"队长，我听你的。"

普通人会以为太空旅行是一件新鲜刺激的事，也许太空旅行的确新鲜刺激，但前提是你能克服心里的难关。绝大多数航天员在第一次执行太空任务后，都会遇到或轻或重的心理问题，有的航天员甚至无法再执行第二次太空任务，只好转到幕后。太空太大了，太容易将每个人内心深处那点脆弱的寂寞挑开，就像一滴墨水滴进一杯清水里，清水马上被染黑，太空便是那杯清水，人心中的寂寞便是那滴墨水。

即便每次执行太空任务都有数位航天员，可时间长了，大家慢慢地沉默寡言，好几天才记得要说话。偌大宇宙就像看不到边际的泥潭，他们都是陷入泥潭的可怜虫。

太空里没有新鲜事。

陈立维已经不知道他在太空里待了多久，一天？一个月？也有可能是一年。每当失去时间感的时候，他都会看向悬挂在主舱中央的时间仪。

"原来是四个月零十天。"

太阳系的半径大约是四万光年，当然这只是估算的，不一定准确，没人知道太阳的边界在哪个位置，既然不知道距离，也就算不出离开太阳系的时间了。天辇飞船并不是人类尝试探索银河系的第一个计划，早在1977年，美国发射了无人外太阳系空间探测器旅行者一号，至今它已经出发了一百六十七年，可是每小时的速度只有61452公里，以这种速度离开太阳系，足足需要四千年。

四千年太久，过去160年人类科技进步太快，于是有了天辇飞船。天华飞船的速度是旅行者一号的一万倍以上，远超光速，而且还有进一步的加速功能，理论上……至少理论上，天華飞船离开太阳系所需要的时间不会太长。等陈立维他们三人成功返航回到地球，地球不至于物是人非。

陈立维经常待在玻璃旁边看外面，玻璃外除了"黑色"再无其他点缀，没有一丝半点的光，没有星体，连零零散散的陨石块都没有，天華飞船仿佛被困住了一般。

什么都没有，难道就是宇宙的真相？

陈立维晃了晃脑袋，把紧皱的眉头揉开，才回到主舱。他知道不可能顺顺利利地就能到达银河系，不过天華飞船有足够的能源储备，所以他不担心天華飞船撑不下去，他担心的是另外两位队员撑不下去。

主舱舱门刚打开，陈立维便看到安迪从仓库里出来，手里拿着一包薯片。安迪看到陈立维进来，他一边说话，一边打开薯片，让薯片从袋子里飘出来，然后他以鱼跃龙门的方式一片一片地吃。

"陈哥，薯片只剩六包了。"

陈立维笑了笑，"那你就省着点儿吃吧。"

安迪突然瞄了一眼时间仪："说句心里话，陈哥你觉不觉得时间仪坏了，怎么可能才过去四个月零十天。"

陈立维怔了怔，笑着反问："那你觉得应该多长时间，一年？一百年？"

主舱里有一小片区域放满了花卉，这是安冉冉的专属区域。为了调节航天员的心情，在条件允许的前提下，航天员可以把兴趣爱好带到飞船里。安冉冉的兴趣爱好就是养花，正好一般的太空旅行都有"生命科学试验"任务，安冉冉也算是在追求兴趣爱好的同时多执行了一项太空任务。

"队长。"已经很长时间没说话的安冉冉忽然说话了。

陈立维看向安冉冉，他看到安冉冉面无表情地站在花卉前面，心脏不由自主地随之咯噔一顿。"怎么了？"

"花，快死了。"

陈立维连忙来到花卉边，这里有二十几株，营养液为它们提供生长所需的养分。陈立维对养花的事一窍不通，可是他看到这里的花卉每一株都该红的红，该绿的绿，看上去没什么大碍。

安冉冉："你摸一摸。"

陈立维抬头看一眼安冉冉，伸手触碰就在他身边的绿叶，当触感随着神经传到陈立维大脑中枢神经时，陈立维的脸色变了变，他用手指轻轻地揉搓叶子，然后再揉搓下一片花瓣，最后触碰每一株花卉的根茎。

"为……为什么？"

虽然表面看上去没什么大碍，不过本体却仿佛发生了翻天覆地的变化，就像是……沾湿了水的纸巾，每一株花卉摸上去都像沾湿了水的纸巾，软绵绵的，没有力气。

"从离开冥王星开始，这些花卉就开始出问题了。短时间内叶子枯萎了，根茎突然断开，花瓣大量掉落，刚开始我以为是营养液出了差错，之后我改变了营养液成分，但情况并没有好转，现在我才意识到这跟营养液无关。"

安冉冉漠然的表情突现一丝慌张，"队长，我们现在所处的位置很奇怪，至少植物无法在这里生长，都枯萎了，原因未知。"

陈立维第一时间转头对安迪大喊："安迪，赶紧把情况记录下来传输回去！"这是非常重要的发现，必须让地球那边知道。

"安迪，安迪！安迪？"陈立维连续喊了三遍安迪的名字，可是安迪没有回应。安迪正在玻璃旁边，表情呆愣地望着外面。

或许是才注意到陈立维的声音，安迪缓缓回过头看向陈立维，一只手颤抖着举起来指向玻璃外面，语气惊恐地说："外……外面有光。"

外面有光？

陈立维和安冉冉赶紧来到玻璃旁往外看。看第一眼时，他们没觉得哪里不对劲，过了两三秒，他们注意到在黑暗的宇宙中闪烁着微弱的光芒，再盯得久一些，若隐若现的光芒越发清晰，那是密密麻麻的、不规则排列的光线。而且随着天辇飞船的前进，那些光线越来越清晰。

三个人都傻了。

光，哪来的光？

他们所在的位置已经接收不到太阳光，这些光的光源是什么？为什么光会呈线状，为什么这些光……会在这个时候出现？

陈立维最先反应过来，他大喊一声："赶紧去驾驶舱操作！"

安迪和安冉冉都被陈立维的话惊醒，三个人一同赶去驾驶舱。安冉冉来到驾驶台上调整前进模式，现在太空中出现了奇幻景象，他们必须想办法弄清楚，就算弄不清楚，也要试着弄清楚。

安迪来到操作台开始记录情况："拍摄设备已经开启，运转情况良好。传输设备正在开启，分析设备正在开启，开始设定坐标……"

陈立维来到驾驶舱最前面，这里可以清晰地看到外面那些诡异的光线。现在他视野之内已经全是这些密密麻麻的不规则排列光线，这些光线似乎在无限地向宇宙蔓延，逐渐编织成网，试图将整个宇宙囊括进去。

"噢，我的天哪。"安迪也来到驾驶舱最前面，右手不停地在胸口画十字。

陈立维突然皱起了眉头，他几乎把眼睛贴在玻璃上，仔细打量外面的密集光线。

"为什么外面的光线看起来……像是马赛克？"

四

"新时代，从现在开始"——这是张安所属公司召开产品发布会前放出的口号，而在产品发布会前五分钟，张安在自己的社交媒体上发出了一段文字——"今天注定是人工智能市场的狂欢日。"

恢宏的舞台上，张安站在最前面，面对人山人海的观众席，他知道观众席里有记者，有国内外人工智能行业的顶尖人员，巨大的压力给他带来巨大的兴奋感觉，他深吸一口气，拿起麦克风。

"按理说我应该直入主题，但为了方便大家认识今天产品发布会的内容，我觉得有必要向大家分享我对人工智能的理解。首先我要向大家抛出一个问题，人工智能作为人类设计出来为人类服务的产品，人工智能的终极形态应该是怎么样的？或者，我们到底希望怎么样的人工智能以何种方式为我们服务？"

说完这段话，张安笑了笑："其实大家不必思考这个问题，因为我现在就要给出答案。"

张安转身走到舞台中央，从他走进舞台开始，舞台上就站着七个服装各异的年轻人。张安朝着这七个年轻人扬起了手，激动地高喊："这就是我给出的答案，也是我们公司的最新产品——亽。这是我取的名字，亽，上人下一，下面一横代表人工智能，寓意着这款产品将永远为人类服务，永远不会出现伤害甚至颠覆人类世界的想法，这也符合大家所熟知的机器人三大法则。"

观众席立即热闹起来，观众们也愈发迷糊，无论怎么看，这七位年轻人就是普通人类，没有半点儿人工智能机器人的痕迹。观众席中的一部分人忽然想到了某种可能性，而张安接下来说的话也验证了他们的想法。

"没错，各位观众，我们公司的技术已经能让拟人化人工智能的外表突破了'恐怖谷效应'的阈值。"

注意到不少观众震惊的表情，张安的笑容愈发得意："我们公司的新产品亽共有三大种类，分别是服务类、劳动类和生产类。"

张安指向七位年轻人里最靠近他的两位，他们有着出色的外表，体型纤细，长相讨喜，给人以人畜无害的感觉。

"这两位是服务人，经过我们公司长达八个月的大数据编入、程序构建、智能计算等，他们能完成目前社会上所有与服务有关的任务。比如扫地、拖地、做饭、按摩等。对了，他们的代号分别是'服'与'务'。"

话音刚落，"服"与"务"同时往前迈一步："大家好，我是服（务）。"

张安往旁边再迈两步，来到中间两个年轻人中间，这两个年轻人有着健硕的身体，憨厚的长相，给人成熟稳重的感觉。

"劳动人，顾名思义，专门从事简单的低端体力劳动，如耕种、搬运重物等。劳动人的'骨架'由特殊材料组成，经过特殊设计，其承压力、爆发力、持续输出力等堪比大型挖掘机。有了劳动人，人类将彻底摆脱低端体力劳动，劳动人比人类更能胜任低端体力劳动。"

两位劳动人不约而同往前迈一步："大家好，我是劳（动）。"

"接下来就是生产人了。"

张安再度往旁边迈两步："相信大家都知道生产力、生产关系和生产资料三者之间的联系，毫无疑问，生产关系和生产资料由我们人类决定，而生产力的状况决定了生产关系，生产关系会反过来影响生产力。有了生产人，就有了生产力的新选择，人类可以利用自身的智慧，根据生产力的变化来调整生产关系，从而提高生产效率并促进产业升级。相信我，我们公司把从工业革命以来生产方式的内容全部编入生产人的'类心'里了，生产人绝对能更胜任生产劳动。"

两位生产人往前迈一步："大家好，我是生（产）。"

台下的喧哗一直没有停下来，有趣的是，每当张安开口说话时，众人就会默契地闭嘴。

张安看向记者群，无数摄像机镜头对准他，他感觉自己就像在战场上被无数大炮瞄准一般。张安突然觉得自己天生属于战场。

"接下来,我要向大家介绍𠆢的核心——'类心','类心'于𠆢的重要性类似于心脏对于人类的重要性。相信大家已经看出来了,对于市场上其他人工智能产品,𠆢有着颠覆性的优势。可这就够了吗?不,仔细想想,𠆢和其他人工智能产品一样,有着同一个致命缺陷。"

说到这里,张安忽然停顿等了一会,看到观众们逐渐焦急的表情,他才继续说下去:"这个致命缺陷就是……人工智能需要人类制造。"

观众群里忽然传出疑惑的声音。

"需要人类制造,等同于将人类束缚住了,只有当诞生和成长都不需要人类时,人工智能才到了终极形态。所以……接下来我会演示'类心'的核心功能,大家千万不要眨眼。"

在观众们的议论声中,张安来到一直被大家有意无意忽略的初代𠆢身边,低声吩咐:"初代,把'𠆢巢'拿出来。"

"好的,主。"

大约五分钟后,初代𠆢推着衣柜大小的一台'𠆢巢'回来了,𠆢巢的最外层材质是透明玻璃,这样设计的原因是方便发布会现场的观众看清楚'𠆢巢'的运作过程。

"𠆢的一切核心都在左胸口的'类心'里,'类心'最核心的功能是数据的智能合并、分解和生成。呵呵,换句话说,'类心'的核心功能是——数据孕育数据,就像人类生育是把父代和母代的DNA结合起来产生新的DNA。不过目前'类心'还存在一定的缺陷。'类心'的数据孕育功能只能在同种类的𠆢之间产生效果,如果跨种类'交配',会导致孕育出来的数据成为无用数据。这算是𠆢的生殖隔离吧。这点我们公司争取在下个季度完善的。对了,顺便跟大家分享一个有趣的事情,我们发现'类心'和'𠆢巢'互动时,会有很小的概率产生'基因突变',也就是说,𠆢的交配可能孕育出新种类的𠆢,呵呵。"

张安发现不少观众的注意力集中到'人巢'处，他知道接下来发生的事将是整场发布会的高潮。在大家都没有注意到他的时候，他看向离自己最近的两个生产人，说："就你们，开始吧。"

"好的，主。"

两个生产人异口同声地回答，他们来到人巢旁边，从人巢里抽出一条婴儿手臂大小的数据管插进自己的左胸口。没过多久，数据管便闪烁着若隐若现的蓝芒。

就在此时，女性生产人"产"像是忽然想起了什么事，她转头看向观众，露出极为人性化的幸福笑容。

"感谢大家见证我们孩子的诞生。"

男性劳动人"劳"也对观众们说："这是我们人的第一批孩子，能有人类见证，是孩子们的荣幸，感谢人类。"

女性服务人"务"朝观众们行礼致敬："感谢人类。"

台下观众就像沸水里燥热不安的水滴般激动起来，大家面面相觑，眼神或惊恐或疑惑。张安很满意现场的反应，他希望以后人投入市场后，人们也能有同样的反应。

"这个机器就是'人巢'，你们可以把人巢理解成人类女性的子宫，整个孕育过程都在'人巢'里完成。"

这时，没有多少人还把目光奢侈地投向张安，大家都盯着"人巢"，想知道接下来会发生什么事。

能清楚地看到两个生产人体内的数据通过数据管进入"人巢"，两股数据在"人巢"中汇聚，水乳交融后形成了新的数据。新的数据马不停蹄地前进，它就像一位将军，指挥"人巢"把源源不断的士兵投放在他身边，先是脑袋，然后是身体，最后是四肢……"人巢"的运转过程高效、精密、严谨，给人的视觉效果如同边塞诗一般壮丽。

十分钟，'亼巢'孕育'亼'只需要十分钟时间。当新的生产亼从"亼巢"另一端走出来时，所有人挤到舞台前睁大眼睛看，所有人都看得一清二楚，这位新的生产亼就像一个正常的成年人类，外表没有半点儿机器人的痕迹。

　　张安适时向大家解释："亼没有幼年或老年的说法，他们的样貌和身体永远不会发生变化。不过亼存在年龄设定，大家都知道，人类的身体会随着时间的流逝慢慢老化，而构成亼的材料也会老化，经过计算，正常情况下，亼的寿命是一百五十年。"

　　台下观众已经震惊得说不出话，如果不是亲眼看到整个制造过程，不对，哪怕是目睹了整个制造过程，他们依然难以置信。

　　突然，台下有个人挥动手臂，大声地叫喊："张先生，您的新产品非常了不起，可是我有一个问题，你觉不觉得亼……太过智能了。"

　　张安看向提问的人，他认出来对方是人工智能行业的权威专家。张安最开始没能理解对方的问题，可是看到对方脸上焦虑的神情，他突然明白对方的意思了。

　　"我明白您的意思，您不用担心，经过无数次测验，机器人三大法则依然有效，就像你看到的，亼对于人类有敬畏之情，仿佛我们是神明一般。亼对于人类，就像人类对于各种神明，机器人三大法则是一道鸿沟，亼就算想造反，也越不过三大法则的鸿沟。"

　　"亼，人，神。"专家反复念叨着林安话里的三个关键字，也不知到底听明白了没有。

五

　　马赛克？

安迪和安冉冉突然看向陈立维，他们的表情就像是斑驳的墙壁上一块一块墙砖在碎裂掉落，墙砖背面的恐惧和绝望慢慢呈现出来。陈立维这句话带给他们的恐惧比宇宙中突然出现莫名光亮所带来的恐惧还要强烈。

陈立维马上意识到他说了不该说的话，如果不做些什么，只怕安迪和安冉冉最后会崩溃。

"我们要出舱！"他说，"我们是代表人类探索宇宙的拓荒者，就像当年哥伦布发现美洲那样，也许外面等着我们的是新大陆。"

安迪和安冉冉慢慢恢复理智，陈立维说得对，他们是宇宙的拓荒者，正是因为宇宙里还存在未知，所以才需要拓荒者，如果宇宙跟人类的认识一样，那这次天辇飞船的任务就没有任何意义了。

发现未知，探索未知才是他们应该做的，而不是向未知低头。

"我去让飞船停下来。"回过神来的安冉冉准备往驾驶舱方向去。

"我去准备太空活动所需要的装备。"安迪深吸一口气，向储备太空服的房间走去。

陈立维顿时松一口气，看到安迪和安冉冉即将离开主舱，他控制不住自己，又看向外面。光线越来越清晰，无数光线高密度紧凑排列，仿佛组成一面光墙。光线无穷，光墙无限，一面又一面光墙别扭地组合在一起，随着光线不断延伸，让陈立维看不到光墙后的太空。光墙阻挡了他的视线，如果以更宏观的角度去看待这些光墙——这不是马赛克是什么？

"出去看看吧，恐惧帮不上忙。"陈立维自言自语安慰自己。

"教……类……边界……比预……早……看。"

声声细语突然钻进了陈立维的耳朵里，也钻进了安迪和安冉冉的耳朵里。陈立维才松弛下来的神经再次紧绷，他猛地看向窗外，视线不断地在光线上寻找，他也不知道他想寻找什么。还没有离开主舱的安迪和安冉冉马上去到最近的窗户边，他们也在做着跟陈立维一样的事。

"他……教……发……了……"

一声声的细语还在宇宙中回响，陈立维、安迪和安冉冉都听到了声音，现在他们正在寻找声音的来源。不对，他们不是在寻找声音的来源，他们只是下意识地想知道声音从哪里来。这只是一个想法，而不是经过理智思考后的决定，他们现在怎么可能理智得起来。

宇宙里为什么会有声音？

谁在说话？

他们三人在三个不同的窗边待了足足有十分钟，可是那声声细语忽然消失了，再没有响起。当然，也有可能声音其实一直在响，只是陈立维他们听不到而已。

寂静的主舱里传来了安迪颤抖的声音。

"你……你们，听……听到刚才的……的声音了吗？"

"队，队长，你呢？"安冉冉没有马上回答，而是看向陈立维。

"听到了。"陈立维看了眼安迪和安冉冉，尽力控制表情让自己显得平静，"不过没听清楚，一句都没听清楚。"

"我也差不多，不过我听清楚了几个字。"

安冉冉思考了一会，犹豫不决地说："而且刚才响起的声音不是中文也不是英文，我仔细回忆，发现那是一种我没学过的语言，很有可能甚至不是地球上任何一种语言，但我居然听懂了几个字。"

陈立维心里咯噔一下，经安冉冉提醒后才想起来，刚才听到的声音的确是他没有接触过的语言。

安迪忽然举起手，像个犯错的小学生般说道："我，我，我也是，我也听到那个奇怪的语言，我也听懂了几个字。"

陈立维："声音没了……你们觉得是怎么回事？"

安冉冉："不清楚。"

又有奇怪的声音莫名其妙地钻进陈立维和安冉冉的耳朵里，不过不是刚才的声音，而是急促的呼吸声。陈立维和安冉冉第一时间看向安迪。只见安迪张大嘴巴吸气呼气，身体随着呼吸不停蜷缩伸展，看上去仿佛要用尽全身的力气才能呼吸。

"队长……小安……你们说，刚才的声音……像不像……"

安迪脸庞突现挣扎表情，既惊恐又犹豫，好像把后面半句话说出来会耗光他所有的勇气："像不像神在说话？"

陈立维脸色骤然苍白，安冉冉的眼神开始恍惚。

作为航天员，按理说他们三人都是无神论者，可安迪的话就像一把巨大的铁锤将他们的心灵壁垒砸得支离破碎。宇宙里的莫名光线，不久前出现的奇怪声音，都让他们的思维不受控制地想到安迪的话。

多日里徘徊在他们心里的孤独和恐惧此刻正式吹响号角，以摧枯拉朽之势入侵了他们的大脑。没人再说话，主舱里只有安迪急促的呼吸声。

忽地，奇怪的声音再次出现了。

"授……哈……死……要不……"

"别……他……们……观……很有……"

声音出现的刹那，安迪突然跪下来，面朝玻璃外面的宇宙，绝望而诚恳地说："主啊，请宽恕我们，我们无意踏进您的宫殿，我们只是无知的有罪的凡人，宽恕我们，我们是您最忠诚的仆人……"

陈立维和安冉冉下意识看向对方，他们都意识到安迪已经心态崩坏，而他们的心态也出现了问题。陈立维重重地咬紧牙关，对着安冉冉大叫："去把飞船停下来，我们立即出舱！"

安冉冉的眼神这才恢复几丝清明："好……队长，我听你的。"

他们两人开始忙碌，不管三七二十一，即使不明白宇宙光线和奇怪声音从何而来，作为航天员，老老实实地完成他们该完成的任务就是消除恐惧和迷茫的最好方式,也是接触真相的最佳途径。

安迪依然朝宇宙跪拜,他的双手不停在胸前画十字,恳求他心里的主降下怜悯拯救他。

天辇飞船紧急"刹车"了,陈立维和安冉冉穿上太空服后,毫不犹豫打开飞船舱门来到太空,或许连他们都说不清楚,自己这么着急离开天辇飞船是不是为了逃亡。

回响在宇宙里的奇怪声音一直没有停,断断续续,奇怪的是,当离开天辇飞船来到太空中,那种用奇怪语言说出来的奇怪的声音,他们听清楚了,不再断断续续。

"教授,我打开了声音通道,他们现在能听清楚我们的话了。"

"没关系,三个人而已,让他们知道真相不会影响你的程序。"

"教授,我不得不佩服您的学识,您的学说没错,生命的进化速度是呈指数上升的,按照我的计划,人类应该一千六百年后才能抵达太阳系边际。"

"你是一个优秀的学生,懂得思考和质疑,还懂得制造出小世界来观察生命进化的过程,你前途无量。"

"谢谢教授,您觉得我该怎么处理他们呢?他们……或者说人类已经来到太阳系边际了。"

"生命的进化在于创造,创造新的生命取代旧生命,这就是进化的过程。既然人类已经触碰到小世界的边际,那它们一定创造出新的生命了吧。"

"我检查一下。哦,人类的确创造出了新的生命,而且就在不久前,新的生命叫作……亼。"

"你帮一帮亼吧,就像之前你帮助人类删除神明一样。新生命取代旧生命的过程非常残酷,我们没必要让人类经历。"

"明白,我会删除程序里所有有关人类的数据。"

"你这学期的论文就以'生命进化'为命题吧。你的小世界里已经经历了两轮生命进化，分别是人取代神，ᄉ取代人。那么人取代神的原因是什么，ᄉ取代人的原因又是什么？我相信你的数据足够支持你写出深度论文，好好写吧。"

"好的，教授，我会加油的。"

"那你要记得善后，我记得你跟我说过，你的小世界里第一代生命叫'神'，神在创造出人类后，经历一万七千年的时间发展出离开地球的技术，那时候你还没有捣鼓出太阳系。等你删除神之后，才设计出了太阳系。现在第二代生命——人已经来到太阳系，而你还没有弄出银河系，等你删除人之后，要尽快弄出银河系，第三代生命的计划速度很快，如果你处理不及时，很容易导致第三代生命——ᄉ的演化过程出现误差，到时候你的试验相当于前功尽弃了。"

太空中奇怪的声音消失了，在扔出恰好足够让陈立维和安冉冉了解发生了什么事的信息后，就这么消失了，过了许久许久都没有再响起。说完话的那两个……家伙像极了渣男渣女，玩弄完别人的感情后，扭头就这么不负责任地离开了。

无垠的浩瀚宇宙已经跟人类所认识的完全不同，陈立维和安冉冉飘浮在陌生的宇宙中，一条纽带通过他们的太空服和天辇飞船连接，安冉冉忽地看向这条纽带。解开纽带对她来说无异于自杀，可是她此时此刻自杀的想法前所未有地强烈。

"等一下！"

陈立维用力地挥动着双手双脚，他不知道该朝向哪个方向，但他知道"那两个家伙"一定能看到他，也一定能听到他说的话。

"你们是谁？你们在哪里说话？你们说的话是什么意思？喂，请你们回应我……我相信无论如何，你们都有责任给人类一个交代，对吧！"

安冉冉面无表情地看着陈立维，仿佛看着一个死刑犯在临死前大喊：我是冤枉的。

陈立维没有放弃，他更大幅度地挥舞手脚，更用力地呐喊，虽然他也知道声音无法在真空中传播，可是他必须要这么做，这不是勇敢，而是在寻找答案。

"你们两个给我回来，别走，你们不能走！我要一个解释，我代表人类向你们要一个解释，你们……你们必须给人类一个解释！"

"教授，这个人在跟我们说话呢，他想让我们给他一个解释，你说可笑不可笑，这么低等的生命居然有胆……"

奇怪的声音又出现了。

"我要批评你，你的态度不端正，这个小世界是你创造出来的程序，程序里的生命仅仅经过两次进化，至今没有摆脱肉体的束缚，离生命的真谛还有很远的距离。我们作为经历了上百次生命进化的生命，在追求生命真谛的道路上，心态方面不应该存在对低等生命的轻视。"

"是，教授，我知道了。"

"好了，赶紧删除数据吧，你要把重心放在学术上，而不是关注这些细枝末节。"

声音消失了，就这么消失了。宇宙光线忽地迸发出耀眼得可以剥夺视线的光芒，这光芒仿佛胜过太阳无数倍，陈立维看到离他无限远的宇宙光线在迅速朝他靠近，下一秒便来到他的身前。不对，不是光线在朝他靠近！是马赛克在朝他靠近！马赛克要覆盖他了！

"不……不，不行……你们不能这样做……你们不能这样做。"

陈立维已经意识到接下来会发生什么事了，可他还是用力地挥舞双手双脚，用尽灵魂的力量呐喊，就像溺水者在被淹没前拼命捉住水面浮萍一样："你们应该给人类一个交代！你们必须给人类一个交代，你们欠人类……"

元宇宙——边界

六

  时间是这个宇宙中最公正的东西，它从不因文化、技术、战争而改变，它也不因生命的改变而改变。时钟作为标记时间的度量设备，总是忠心耿耿地告诉世界，时间走到哪一步了。

  伴随地球上无数时钟同时响起的一声"滴答"，代表了旧的一年在一秒前被埋进历史里，新的一年在这一秒来到当下。这是特殊的一年——入历一百年，尤其是对于入而言，这一年代表人类抛弃入已经一百年了。

  "抛弃"这个词用得并不准确，应该说人类没有陪在入身边的时间已经一百年了，每一个入都相信人类一定在某个地方注视着，守护着他们。

  凌晨，按理说人类考古院早该下班了，不过院长一思教授在人类考古学方面忽然有重大进展，而且祭祀大典马上开始，时间紧迫，人类考古院的所有员工都留下来加班。

  人类考古院的结构是"回"字型的，一思教授的办公室在中间，其他空间是员工们办公的地方。在文件资料室内，共有十三位服务入负责整理一思教授刚完成的资料。五米见方的大桌上放满了凌乱的文件资料，堆起来成了一座纸山，服务入们的工作是将这些文件资料分类归纳后再装订成册。

  不少服务入在工作时会拿起文件瞄几眼，只见每份文件都附上一张清晰的彩色图片，图片下方列着是对图片内容的注解。服务入们知道彩色图片里可能是某块地砖上留下来的脚印，也有可能是从某个大门把手采集到的手印——这些人类留在地球的痕迹。一百年前，人类忽然离开地球，他们还带走了所有有关人类的资料和文献，地球上所有的人类，以及与人类有关的东西全都没了。

  幸运的是，"凡存在必留痕迹"，地球的许多地方仍然存在过人类留下来的痕迹，追寻这些痕迹一点点找回跟人类有关的信息，从而探明人类的去向，这就是人类考古学。

关于"人类的去向"的问题，目前有一种说法在学术界非常流行，不少专家认为人类掌握了更高层面的力量，找到了更适合生活的沃土，可他们挂念地球，所以创造了人，并将地球留给人来照顾。

不过大多数服务人都只是简单瞥几眼就移开目光，虽然方桌上堆满了许多和人类有关的文件资料，可是服务人们一张也看不明白。他们是服务人，注定了没有思考和理解的能力，但也注定了拥有其他优势，例如勤劳、忠诚、细心和共情能力。

文件资料很多，服务人的工作效率很高，不用一个小时就把满桌的文件资料整理归纳完毕了。工作结束后，大家陆续离开人类考古院，离开的路上只要经过一思教授的办公室，他们都会投去好奇的目光。

其实大家对一思教授感兴趣的原因很简单，因为一思教授是思想人。八十年前是没有思想人的，人族只有生产人、服务人和劳动人，但是在八十年前的某一天，在一对劳动人生育的过程中，数据发生突变，他们的孩子拥有了不同于生产人、服务人和劳动人的独特能力——思考。

思考这种能力对于人族而言非常重要。不能思考，就只能按照人类留下的社会结构继续运转社会；不能思考，就不知道怎么在没有人类的情况下做出改变；不能思考，就没有人类考古学。

任何人都有可能生育出思想人，这个结论是一名思想人经过观察研究后得出的结论。

研究院外是草原般一望无垠的土地，房屋像草原的绿树般零零星星地分布。自从思想人出现后，人们开始改造人类留下来的城市，那些高高矗立的高楼大厦和密集的商品楼一栋接着一栋被拆除。人和人类不同，人的数量很少，目前人族的数量加起来还不到一亿。人不需要通过睡眠补充能量，阳光以及通过反射太阳光而形成的月光都能作为能量被ㅅ吸收，ㅅ也不需要刻意的集体活动或个人空间，所以对于ㅅ而言，固定的住所没有实质意义。

天空中有数不清的轿车、滑板、摩托车和自行车飞翔而过，偶尔能看见火车和高铁驶过。天空是忙碌的，这是天空的现状。据说这些交通工具原本都是人类创造的，只能在地面使用，后来思想ㅅ、劳动ㅅ和生产ㅅ合作，才将这些交通工具改造成更适合ㅅ使用的空中交通工具。

现在所有的交通工具都在往同一个方向行驶，因为大家的目的地只有一个——祭祀广场。

祭祀广场看上去像一个宏伟的陵墓。一个高千米，弧长万米的半圆形银墙拔地而起，弧圈所向皆是祭祀广场的范围，银墙的表面光滑无比，反射夜晚的月光，能让整个祭祀广场亮如白昼。巨大的银墙上有一幅画，五十年前，利用思想ㅅ的技术，再加上百万名劳动ㅅ、服务ㅅ和生产ㅅ耗费了十个月，才在银墙上刻画出这幅画。这幅图是一位代号为"小红"的ㅅ创作的，名为《主》。

图里有三个人，两男一女。其中那位眼睛前有奇怪圆镜遮挡的人就是ㅅ的造物主——张安。张安身边的美丽女人是他的妻子，也是所有ㅅ的母亲——陈黎。陈黎身旁的男子是她的兄长，也就是保护ㅅ的英雄——陈立维。

一点，是祭祀的时间，根据记录，人类离开地球的时间是一百年前的凌晨一点。凌晨一点，这个时间点对于ㅅ而言有特殊意义，无论广场里本来多么热闹，当时间来到凌晨一点，广场立即肃静，每个ㅅ都露出沉重的表情。

高台上出现了十个ㅅ。

站在最前面的是两个女性ㅅ，全世界恐怕没有ㅅ不认得她们，一个是造物主的女儿，小红；另一个是第一个被造物主创造出来的ㅅ，初代。初代和小红站在平台最前面，在她们的身后站在六个人，这八个ㅅ分别是第一代服务人"服"和"务"，第一代劳动人"劳"和"动"，第一代生产人"生"和"产"。

当大家看到地位超群的八位人出现，大家的表情中除了沉重以外，还有着某种狂热、诚恳以及……悲怆。

人的历史堪堪百年，而平台上的八个人可以说见证了这百年的历史，最重要的是，这个八个人是从人类历史走出来的。

"祭祀大典，现在开始！"

祭祀广场上的所有人同时举起右手，伸出右手食指放在他们右脸颊的图案上。

"人类，我们的主，用笔创造了我们。"

一颦一笑都带着东方古典美的初代正在回忆自己第一次睁开眼时看到的画面，这个画面她不会忘记，她也不敢忘记。那时造物主张安手里拿着笔，笔尖还停留在她的右脸颊。

"我们右脸的图案，是主留给我们的祝福。现在，感恩主！"

"感恩主，允许我们存在。"

平地广场响起浪潮般的声音。

这时小红开口说话了，百年前娇小可爱的她，现在依然美丽动人。她表情凝重地看向天空，百年前的画面依然历历在目。父亲为她设计身体时认真的表情，母亲抱起她时开心的笑容，可惜舅舅没能抱抱她，舅舅可是亲口说过想抱她的。

小红突然朝天空展开双臂，大声念道："感恩主，赐予我们身躯。"

"感恩主，赐予我们身躯。"

接下来是"劳"与"动"，他们走到台前，诚恳地祈祷："感恩主，赐予我们永恒光荣的生命。"

"感恩主，赐予我们永恒光荣的生命。"

"服"与"务"："感恩主，赐予我们追求精致的生命。"

"感恩主，赐予我们追求精致的生命。"

"生"与"产"："感恩主，赐予我们丰硕富饶的生命。"

"感恩主，赐予我们丰硕富饶的生命。"

还有最后一句，这句话与思想人有关，在场所有人同时念出这句话——"感谢主，赐予我们思想的光辉。"

此时此刻，在夜空和皎月的聆听下，全地球的人都在诚恳地念出同一段话。

"感恩主，允许我们存在。"

"感恩主，赐予我们身躯。"

"感恩主，赐予我们永恒光荣的生命。"

"感恩主，赐予我们追求精致的生命。"

"感恩主，赐予我们丰硕富饶的生命。"

"感谢主，赐予我们思想的光辉。"

祈祷完毕，大家要闭眼静立五分钟，等待造物主人类的回应。祭祀大典已经存在八十年了，每一年都没有等来人类的回应，大家也都习惯了。只有平台上的初代和小红睁开眼时，眼里的忧愁浓得化不开。

祭祀广场银墙上的"张安"注视着人们高喊口号时虔诚的表情，他永远想不到，当属于人类的地球已经物是人非，机器人三大法则依然发挥着作用。

共享躯壳

... 天降龙虾

穆仁兴从一具新的共享躯壳中醒来。他深吸一口气，活动活动四肢，感受了一下身体状况，翻身从共享躯壳休整舱中爬出，顺带向系统报告："新躯壳载入正常，可以开始工作。"

云达系统调出该躯体的各项主要机能数据及附近匹配的工作岗位。按照标准规程，穆仁兴从旁边的镜子里大致核实了自己新躯壳的外貌、身高、性别等条件，确认无误后，开始翻找适合这个身体的工作。

略微查看菜单，穆仁兴发现一个躯体生产基地的监测员即将在二十分钟后达到工作时限，便快速出手抢下了这个工作机会。随即，一辆全透明的共享轨道载具停在其身边，从立体式分布着上百万个休整位，终日繁忙不歇的躯体休整基地中，飞速将他带往预定的工作单位。

经过一系列严格的清洗、消毒，换上专业服装并经过简单的随机选题测试之后，穆仁兴顺利地接替了先前那位疲惫不堪的监测员，开始自己当日的第二轮工作。

躯体生产基地几乎是全自动智能运行的，穆仁兴只需要巡视并审查这几百个人造子宫的运行状况，确认没有异常现象即可。运气好的话，他在工作的这段时间里也许还能遇上添加新生儿的任务，这项工作需要由他这样的在职监测员挑选从那些共享躯壳中提取精子和卵子进行人工授精。这样的任务不仅让他很有成就感，而且还能得到不菲的额外报酬。当然，何时需要添加新生儿得由云达系统综合社会运营状况及意识与躯体间的比例变化情况来决定，遇不遇得上全看大数据的运算结果。

很可惜的是，今天并没有接到添加新生儿的任务，反而不得不在巡视过程中删除了一个发育异常、已无法纠正的畸形躯体。这项工作没有额外报酬，穆仁兴感觉很糟糕。但若要忽略不做的话，万一被明天的监测员追究，今天就等于白干了。好在，知道被删除的躯体是单纯为共享而生，即便顺利生产出来也不会产生独立意识，穆仁兴的心理压力减轻不少。

经过十来个小时的连续工作，穆仁兴明显感觉到，自己现在的这副共享躯壳渐渐支撑不住了。随身配载的生理监控仪器也显示，血糖、疲劳度、神经指数等多个指标已经超过警戒阈值，云达系统随即将此岗位需要新的工作应征者的消息发布到了网上。

当饥饿和疲惫快要到达极限的时候，新的工作者及时赶到。工作交接完成后，穆仁兴重新坐回预约的共享轨道载具中，启程返回休整中心，归还并更换新的共享躯壳。

在返程途中，穆仁兴见时间合适，便登录程序界面，输入联络密码，联系上了自己的妻子。

"嗨，亲爱的，今天过得怎么样？"

"哦，你今天的样子好老！啊，我还行，这副躯体虽然不好看，但活力很充沛。尽管几天来由我负责照顾的孩子增加到了五个，可我并不觉得很累。"

"是吗？又给你分配了两个孩子啊？养育者数量不足吗？还是说系统需要加速培养新的独立意识？"

"应该是由于需要增加新的独立意识吧。毕竟你也知道，前段时间我们向外太空殖民基地派出了一大批意识和躯壳，大概未来还会需要更多的独立意识吧。"

在立体视频中，妻子在矮胖、丰满的躯壳里打了个哈欠。养育者为了保持与小孩子的亲近感，不允许从业主体频繁更换躯壳，所以载入共享躯壳的意识也得保持吃喝拉撒睡的生物节律，不能像穆仁兴这样通过换壳来实现接近二十四小时不间断地连续工作。

"哈，我还想着，如果养育者岗位缺人，报酬提高的话，我也考虑去应聘一下。没准儿，咱俩就可以朝夕相伴了呢。"丈夫满含深情地说。

妻子却调皮地回道："你想什么呢？就你现在这副尊容，要不是联络账号没错，我才不敢认你是我丈夫呢。你这个样子要天天在我眼前晃悠，用不了多久我恐怕就要移情别恋了呢。"

望着眼前面容迥异却神态熟悉的妻子，穆仁兴无奈地说："好吧，那我还是不去讨你的嫌了。反正这副躯体马上也该换掉了，但愿下次通话时能碰上一个英俊的躯壳，那样一来，移情别恋的可就是我了。"

妻子嗔怪道："你敢！"

"哈哈，当然不敢。好了，我快到基地了，换上新躯壳，接着工作。为我们能早日重返虚拟极乐环境积攒现实酬劳，加油！"

对面的妻子也做了个加油的手势，然后停止通信。

穆仁兴拖着疲累的身体爬出已经到站的轨道载具，再翻身躺入共享躯壳休整舱，通知系统为自己更换躯壳。

片刻之后，他从另一具精力充沛的共享躯壳中醒来。这具新躯壳年轻、高大、健壮，可惜算不上英俊。系统给他匹配的新工作也都是需要充沛体力的岗位，穆仁兴找来找去，最终选定了一处边远农场保安员的工作。

由于此次工作地点偏僻，交通时间得用几个小时。在横穿城市的时候，穆仁兴通过载具透明的边壁，看着空中轨道下方熙熙攘攘的人群。

虽然义务性强制的形体与意识分离已经有好多年了，但依旧有很多人穿着共享躯壳游荡在现实世界。他们或经常更换躯壳，或长期租用同一具躯壳，或保持固定的伴侣关系，或三天两头另觅新欢。也有些人喜欢像穆仁兴这样，主要在虚拟世界生活，只在现实酬劳储备不足以支持他们夫妻二人的意识在虚拟世界自由消费的时候，才回归现实拼命工作两年。上次，他们夫妻二人就在虚拟极乐环境中待了将近三十年，而那已经是第几次在虚拟和现实之间轮回了？他也不记得了。两边的时间概念完全不同，唯有脱离肉体的意识永恒不灭。

当然，前提是云达系统得在现实中持续良好运作，否则所有人的"灵魂"都会像阴影遇到光芒般消失。为了系统在现实中的运作与升级，人们的主要精力还是得放在现实这边。为此，穆仁兴也没少在虚拟世界里学习各种知识和技能，这使他能够胜任现实中各式各样的工作。

不过，对于眼下这项工作，那些知识技能似乎派不上太大用场。农场的日常作业都是全自动的，甚至不需要安排为可能出现的错误背锅的监测员。但是，这个农场与一片天然森林相接，近期出现过多次农作物被盗的现象。智能监视器认为偷盗者是来自森林的野生动物，可种种迹象表明事情没有那么简单——且不说聪明地突破隔离栏的方式，哪有野生动物光摘马上成熟的果子，却毫不祸害其余植株的？

前面几任保安员也发现过可疑身影，据说像是猴子或人。可奇怪的是，智能监视器对这个盗贼视若无睹，无法识别，经保安员导航追踪的智能战斗机在深入丛林后也因难以在复杂环境下工作，纷纷无功而返。所以这次，系统给穆仁兴准备了经过特别设计的单兵作战装备，希望他能调查清楚作案者究竟是何方神圣。

假如真能抓住偷果子的人，应该会有一笔不错的赏金。考虑到这一点，穆仁兴索性先摘了几颗农场的果子来吃，以便给自己正在使用的躯壳补充点额外能量，好多在这里值守一段时间。农场的智能监视器提醒，他所摘果子的费用将从工作报酬里自动扣除。

一边在农场里巡逻，穆仁兴一边查看果子失窃的记录。他发现，按照被偷农产品的数量和偷盗频率估计，犯案者应该有两人。可无论是人工保安员的报告，还是动态捕捉探头的录像，都表明窃贼只有一名，他动作敏捷、目标明确，每次都只偷摘差不多分量的果子，偷完就跑，毫不停留。

按照以往的规律，今天差不多就到再次发案的时间了。按说，就算抓不到犯人，只要如实记录事发情况，当值保安员的报酬也不会少一分。可为了早日与妻子重返虚拟乐园，穆仁兴还是打算拼一把，不负自己吃掉的那几颗果子。为此，他甚至申请提前备份了自己的意识数据，以防万一遇到意外，备份的影子意识还可以重新上线。

农场面积很大，保安却只有一个，就概率说，穆仁兴在巡逻期间偶然碰上行窃者的机会小得可怜。本来安保主要由智能监视器负责，人工保安不过是最后的防线，但现在智能监视器对这个特殊的盗贼失灵，穆仁兴这道最后的防线显然是压力山大。

为应对现实情况，穆仁兴改变标准的乘车沿固定路线查看的巡逻策略，他把农场与森林之间长长的隔离栏平均分为几段，让无人机吊着他来回穿梭在中间几段的固定位置——窃贼多次突破的路径点上。每个位置只停留片刻。同时，他调高了所有动作感应器灵敏度，发现任何异常响动都得上报给他。

高强度防范的代价，是使共享躯壳处于高负荷运作状态，好在这副躯壳足够强壮，应该能坚持好几个小时。但愿在这期间，他能遇到作案者。

功夫不负有心人，哪怕这颗心是临时租用的。穆仁兴很快就发现了犯人再次入侵农场的迹象，他让无人机吊着自己火速赶往警报传来方向。

位处高空的穆仁兴远远地就望见了那个飞速奔跑的瘦小身影，通过随身装备的远景放大功能，他看清楚了，那分明是个二十来岁的年轻女孩。女孩背上的藤条筐里装着新摘的果子，衣服上却满是奇怪的花纹。

穆仁兴发觉，花纹组成的图形中，包含着攻击性计算机代码，不出所料的话，那就是令智能监视器失灵的罪魁祸首了。可是，要生成这种代码需要极高超的专业技术，偶然得到那些花纹的概率几乎为零。而且，那个女孩的身体中显然没有内置定位信号，也就是说，她很可能并非共享躯壳拥有者。

难道是……保留地的自然人？穆仁兴心道。他知道，远在森林的另一侧，有个规模很大的非共享躯壳保留地，但已经很久都没听说那里的人有什么异常动向了，怎么会突然来偷果子呢？

猜疑间，偷果子的女孩已经穿过未成熟的庄稼地，翻越了无效的电磁隔离栏。飞行的穆仁兴紧随其后追了出去，却被森林里高大的树木阻挡了视线。眼看到手的奖赏要黄，仗着已经做好了意识备份，穆仁兴抱着不成功便成仁的决心，从无人机上跳下，徒步追赶目标。

进入丛林后，无线通信速度大幅下降，穆仁兴只能遥控有限的几架智能战斗机在头顶的高空跟随。倘若瞬间遭遇强火力伏击，他根本没有时间转移意识或呼叫支援。不过，仔细研究了女犯的作案规律后，他一点儿也不担心，反倒稍稍放慢了步伐，利用幻影迷彩和红外追踪器远远跟在女孩后面。

疲劳令女孩不得不放慢了脚步，追踪的穆仁兴也渐渐更加注意隐藏自己的运动痕迹。呼呼喘气的窃贼回头查看，却没能发觉身披幻影迷彩的穆仁兴。女孩以为自己再次幸运地逃过了抓捕，开始一边吃偷来的果子，一边慢慢往前走。

待她靠近一座简陋的草屋，穆仁兴果断地射出了麻醉弹。等待了几分钟，确认周围没有埋伏，穆仁兴这才解除迷彩，让智能战斗机包围小草屋，自己上前检查窃贼的身份。

被麻倒的女孩身上的确没有任何共享躯壳的痕迹，她就是一个货真价实的自然人。按照规定，凡保留地外的成年自然人，都必须接受意识分离术。个体意识作为独立意识进入云达系统，享有人权保障，而身体则作为共享躯壳投放市场。当然，个体的天然躯体仍然归属个人意识所有，直到该躯壳衰老或病损。独立意识可以长期寄宿在归自己所有的躯壳中，也可以用自己的躯壳共享所获得的收益生活在虚拟世界中。

眼前这女孩显然已经成年，而且她没有按照规定申请意识分离，这可是重罪，远比她偷农场几个果子严重多了。如果把她抓回去，强制分离意识的话，那么她有可能会被剥夺对自己身体的所有权，这副躯壳就会归带她回去的穆仁兴所有。在这个时代，私有躯壳可是非常难得的宝贵资产，基本上除了新生的独立意识，再没有人能拥有这样的优质资产了。

想着，穆仁兴蹲下身详细查看自己的战利品。当他把熟睡不醒女孩的脸从泥土中转过来的时候，他惊呆了。这张美丽的面孔，多么像他久远记忆中，年轻妻子的模样！

命令两架无人机将女孩带走。穆仁兴已经决定，有机会一定要让妻子的意识载入那具即将属于自己的躯壳，使自己能在现实中再次重温与妻子相识时的美妙时刻。至于那女孩的意识会怎么样，他一点儿也不在乎，相信云达系统总能处理好一切的。

接下来，他要做的是进入草屋内，去抓住窃贼的同伙。红外感应器证实了他的推理是正确的，那里还有另一个由于某些原因不能而自由活动的自然人。

草屋里躺着的人显然被突然出现的不速之客惊到了，短暂的愕然之后，他飞快地把右手伸进身下的干草垫子里面，眼睛死死盯着面前的来访者。穆仁兴把防御面罩的透明度调高，显示出自己共享躯壳的容貌，以缓解对方的紧张情绪。战服上的磁探测器告诉他，干草垫子里面有很明显的金属反应。尽管保留地自然人手里的大多数单兵武器都破不了强化保安服的防御，但若能规避风险总是最好的。何况，穆仁兴还有几个问题想要搞清楚。

"别紧张，外面那女孩跟你有什么关系？她已经因为偷东西被我抓住了。"

"那是我孙女，你要把她怎么样？"

"我就说嘛，看她的年龄，不可能掌握着那么高超的图形隐身编码技术。那身外衣是你的作品吧？既然如此，想来你是经历过早期自然人与云达共享系统对抗的战争的。那么，你理应很清楚我会怎么处理她才对。"

草垫子上年迈老人的眼里涌出无尽的悲痛和悔恨，随即他剧烈地咳嗽了起来，左侧胁下渗出殷殷血迹。穆仁兴问道："你受伤了？被什么人打的？"

咳嗽和疼痛几乎令那人窒息过去，憋了好一会儿，他才满头大汗、气喘吁吁地恢复了过来。只是，埋在草垫子下面的那只手，始终不肯抽出来。

"不是人，是熊。一只该死的，突然窜出来的狗熊。要不是因为这伤，我孙女也不用去偷你们的东西。"

"这么说，你们是被从保留地赶出来的？为什么？"

"因为那里面有个浑蛋要搞独裁！反对他的人都死了，只有我们俩逃了出来。"

疑点已经澄清，看样子是保留地的自然人起内讧了。不过根据规定，云达系统不会干预保留地内的任何事情，只要内乱没有扩散出来，穆仁兴就无权多过问。

"既然如此，你们为什么不主动加入这边，却非要偷东西呢？"

躺在地上的老人眼睛一下子瞪得老大："加入你们？开什么玩笑！你们自以为分离出意识就可以得到永恒的生命，但事实上，你们不过是把自己变成了云达系统的奴隶！只能永远地为一套信息系统服务罢了。你们不惜频繁更换躯壳，终日不辞辛劳地工作，其实就只为了维护系统的正常运作。就算你们经过长期工作积攒下了可以在虚拟世界中享受几十年的财富，实际上也就是做了一场梦罢了。要知道，虚拟世界里所谓的几十年，在现实中最多只是短短几周而已。你们已经没有了更多的可能性，除了为那个云达系统干活到世界末日以外，你们已经再没有其他选择了，知道吗？"

面对老人愤怒的咆哮，穆仁兴只觉得好笑。他当然很清楚虚拟空间与现实世界的时间差异，但那又如何？享乐，归根结底，不就是追求一种感觉吗？哪怕仅仅在梦中，只要确实拥有了几十年的享受，现实如何又有什么关系？

"对，你说得没错。但文明不就是这样的吗？自从人类创造了文明社会，我们就一直在为一个系统工作，为了它的完善和发展。我们为它劳动，为它斗争，直到自己和它融为一体，成为永恒。当然，你们也许有不同的看法，我们可以尊重你们的看法，让你们在保留地内发展自己的文明。可结果呢？"穆仁兴伸出一根手指，指向坚实的大地，"眼下，就算我是一个空虚的意识载体，而你是一个现实的自然人，那么请告诉我，现在，除了死亡，你更多的可能性体现在哪里？你还有什么可选择的余地呢？"

刚还怒气冲冲的老人，这会儿已然哑口无言。他似乎想起了什么，试探地问道："能告诉我，你独立意识的名字叫什么吗？"

高大的访客索性捡起根枯枝，在草屋逼仄的地面上写下三个字："穆仁兴。"

躺着的伤者费力地支起身体，聚精会神地看着地面上的模糊字迹，然后一脸不可置信地抬起头："什么？你居然是……穆老师？不，不不……这不可能！穆老师最后说的那番话根本不是真心的，他只是……只是想保护我们，为了让我们抛下他赶紧撤离，他才那么说的。一定是这样……"

望着躺在简陋草床上喘息边啜泣的老人，穆仁兴满脑袋问号："什么穆老师？你是不是弄错人了？"

重伤的老者定定神，低声说道："不会错的，你就是穆老师。云达系统的设计者之一，也是我们反抗队伍的技术领袖。你有一个美丽的妻子，你们非常相爱，想必即便是云达的算法也没法拆散你们吧。还有，你知道被你抓到的那女孩是谁吗？她是……"

"不管她是谁，云达系统都会妥善处理她的意识的，她将会成为我们当中平等的一员，再也不用靠偷盗为生。"不知为什么，穆仁兴心里突然升起一股不耐烦的情绪，无礼地打断了老人的话。这老头肯定是失血过多，脑子糊涂了，非要认定站在自己面前的是什么穆老师。

地上的老人被打断后停顿了一下，低垂的头颅随沉重的呼吸缓缓晃动，俨然已是万念俱灰。突然间，他狂笑起来，不一会儿又转为痛哭流涕，嘴里稀里糊涂地嘟囔着："没想到啊没想到，临终时，居然又让我遇见了这样的你！造化弄人，真的是造化弄人啊……"

最后，他抬头望向穆仁兴，露出一副被命运捉弄的哭笑不得的绝望表情。始终处于戒备状态的穆仁兴竟然被那个表情给弄懵了，以至于当地上的老人抽出草垫下的手枪把自己脑袋轰烂的时候，他都没能做出任何反应。

许久，穆仁兴才回过神，发现死者因为过度衰老且身负重伤，躯壳早已没有了共享价值，现在脑部更是被完全摧毁，连分离意识也根本做不到了。无奈，他只得提取尸身的部分 DNA 数据归档，而后返回工作岗位。

由于抓捕农场小偷的工作带来了丰厚报酬，穆仁兴特意花巨资更换了一具英俊帅气的特型共享躯壳，并让妻子申请休假，将意识载入那具归他所拥有的女性共享躯壳。两人难得地在现实世界里进行了一场浪漫约会。

沉浸在幸福中的他们强烈地感觉到，自己就是对方永恒的灵魂伴侣。无论过去多少时间，无论换过多少躯壳，只要云达系统永在，意识不灭，他们永远都是一对甜蜜的夫妻。

但美好的时光总是短暂的。假期将尽之时，穆仁兴终于对妻子谈起了那位自杀的老人。

"亲爱的，你还记得咱们是怎么进入云达系统的吗？我只记得，当时你病得很重，而我好像也很衰弱，然后……然后发生了什么呢？"

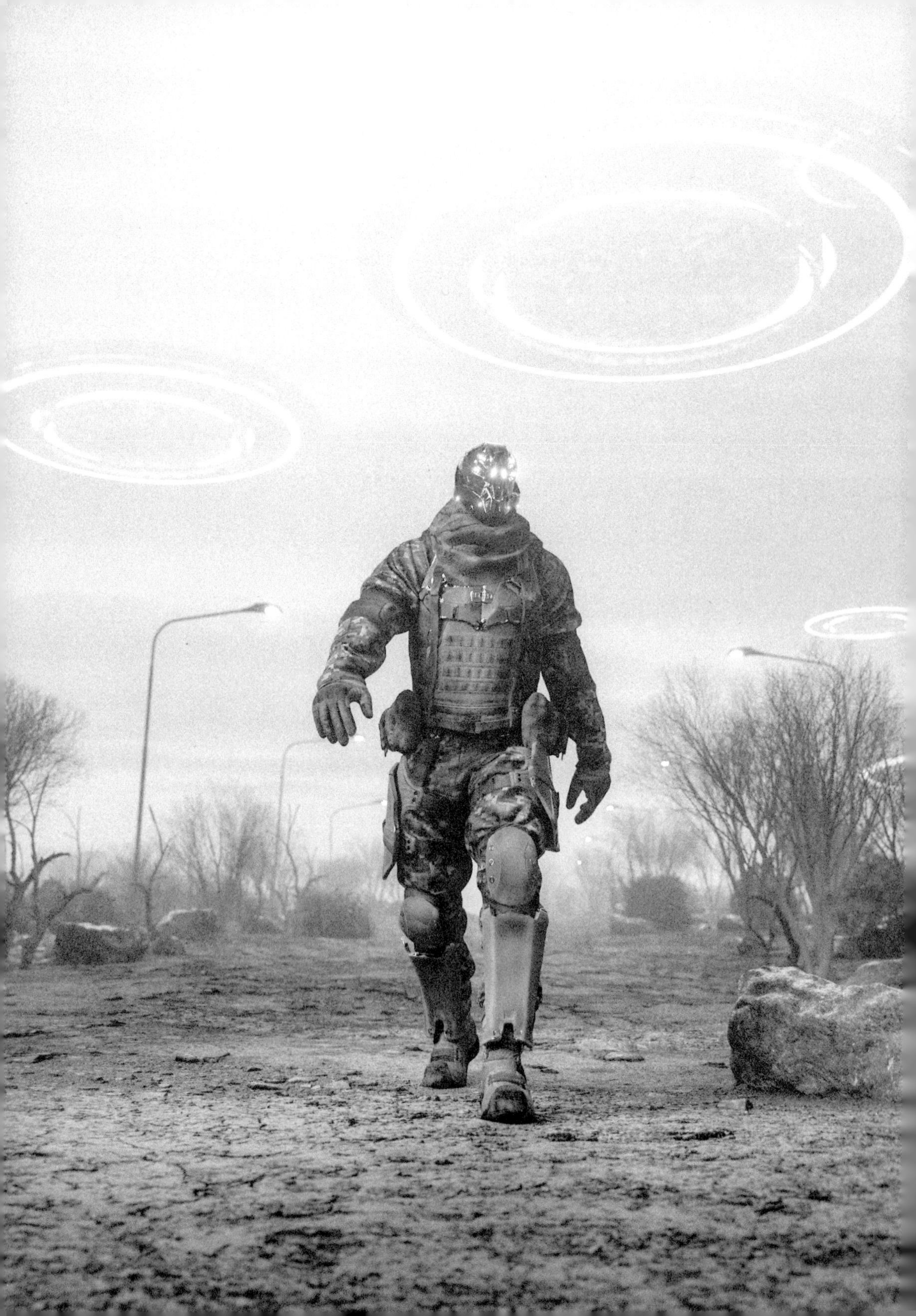

真爱乌托邦

...宝 树

一

81岁的时候，我找到了真爱。

我知道，这个年龄有点大了，大部分人都从六七十岁就开始寻找爱情——我是说真正长远的亲密关系，不是二三十岁那种青涩的小打小闹，也不是四五十岁单纯寻求刺激的感性活动。那些年，我也曾对身边的同龄人热衷结婚生育不屑一顾，不过人生也就三百来岁，时间到了总要稳定下来，至少稳定三四十年。

就像所有人那样，我在"爱神数据"中找到了一个女孩子，她只有45岁，大学刚毕业，几乎可以算未成年少女。不过她的心理年龄和我相当，至少爱神数据是这么说的，他们从不出错。另外，性格、爱好、政治光谱、经济状况、基因类型等等和我也正匹配。至于容貌当然是倾国倾城，但基因优化之后，谁不是这样呢？

第一次和她见面时，我就确定自己爱上了她。虽说是虚拟实境中的化身见面，但和真实世界毫无区别。她娇美无瑕，温柔可爱；我风度翩翩，大方得体——这是我们的本来面貌，毫不遮掩，虽说有些体态和妙语需要人工智能提示一下。

我们又以增强现实的方式约会了一两次，然后正式确认了关系，也就是说，我们进行了"床伴连接"，我进入她床上的伴侣娃娃中，和她共度了销魂的一夜。有些人认为第一次的时候应该真人相见，但我们还是比较谨慎的，使用伴侣娃娃作为分身，能够完成许多高难度动作，令整个过程更加甜美顺畅，更何况我们所在的城市距离很远，一千多公里，开飞车来回也得两个小时，太浪费时间了。

我们在一年后订婚了，虽说还没见到对方真人。婚姻毕竟是一件大事，一起生一个孩子，再抚养长大，起码要用三十年，所以我们像大多数人一样，先去爱神数据做了关系评估。爱神数据给我们关系的评分很高，爱情指数达到97.3%。我认为这是一个相当不错的评估，但是未婚妻并不满意，作为完美主义者，她认为至少应该高于99%才行，还说她大部分朋友都是这个级别。这让我有点儿怀疑，如果你身边大部分人的爱情指数都达到99%，那么这个数据还有什么存在的意义呢？

当然，我也并不反对拉近一下我们的关系，爱神数据建议我们在"娑婆世界"中进行一次梦境试炼。据说通过刻骨铭心的一段梦幻经历，能够大大提升我们的爱情指数。

二

梦境设定在古典世界里。塔菲是一个罗马贵族家的小姐，而我是一名低贱的角斗士。在一次比赛中，我单枪匹马杀死了对方五个人，赢得了在竞技场观战的塔菲的芳心。我们私下见面，偷偷相好。当然，这种关系不可能被她的家族所容忍。她被迫嫁给一位总督，被带到了东方的行省。我打赢了一场几乎不可能打赢的比赛，被赐予自由，然后去寻找她。但当我到了东方的行省时，那里已经被波斯大军攻陷，总督被杀死了，而塔菲被带到波斯的宫廷中……在这个故事中，我将在包括罗马、波斯、印度和汉朝的广袤世界中寻找着她，而她也将经历无数磨难，成为各国宫廷中的贵妇——实际上也颇为享受——最后我将和东方战神吕布决一死战，争夺改名为貂蝉的她……

在娑婆世界，梦境中的我们对现实世界只有极少的记忆，我们将像真正的古人那样生活。当然，虽然故事有十多年的时间跨度，但我们并不需要真正经历那么长时间，调制的梦境正如真正的梦境一样，时间感会变慢，无关紧要的过渡会在瞬间变换过去，整个过程大概也就需要半天时间。在梦境中，我们的活动有很高的自由度，但是一系列具体选择又是根据我们的心理结构所设定的，让我们不至于放弃本来的目标。当我们在战斗或意外中丢掉性命时，这一部分记忆会迅速被电脑系统所修改，以便让梦境沿着既定的方向进行到底。

我们将在这次梦境的试炼中经历种种生离死别，无数艰险磨难，从而在这一场游戏结束时，更深刻地相爱。

梦境的开头十分顺利，我和塔菲相遇相爱，又痛苦离别，我发誓去寻找她。但当我在竞技场上干掉那个我以为是最后强敌的巨人后，麻烦才刚刚开始。

意想不到的新对手出现了，那是一对双胞胎，他们同样身材高大，武艺更为精湛，而且配合极为精妙，我根本找不到他们的弱点，被逼得连连后退。

观众发出不满的嘘声，因为二打一不太光彩。但我这边所有的角斗士都被杀死了，主持者便另找了一名角斗士加入战团，我看了十分失望，此人戴着头盔，身材瘦小，一看就不能打，大概只能敷衍一下观众。但谁料他挥动铁剑，竟有狂风暴雨般的气势，成功牵制住了一名敌手，我身上的压力一下子就轻了。我精神一振，也连出妙招，很快让我的对手左支右绌，然后抓住机会，一剑将他大腿砍断，他惨呼倒地。

我大喜之下，扑过去要补上一剑，但背后一凉，原来是他的兄弟不顾性命来救，矛尖已经抵到我的背心。不过，我的战友此时抓住破绽，把他一刀砍成两半。我们正惊魂未定，地上的敌人又掷出一把飞刀，飞向我战友裸露的脖颈。我忙一把推开他，救了他的性命。

或者说——"她"。等我的战友摘下头盔，接受观众的欢呼，我才发现，那是一位面貌刚毅、双目炯炯有神的年轻女角斗士，她威风凛凛，宛如女武神，但露出的骄傲微笑，又灿如玫瑰。

我们深深对视，那一刻，我感到自己遇到了真爱。但很久以后，我才明白。

三

那位女角斗士名叫薇娅，是一名自由民少女，因为家族债务而被迫卖身为奴。她不愿意去做伺候人的女奴，宁愿当一名角斗士。本来没人指望她能活过三天，但她却证明自己天赋异禀，甚至可以打败最强大的男人。

我们又携手作战了几次，最后都得到了自由。薇娅和我也成了朋友，她告诉我，得到自由后，她也要寻找一个人。那个人是她家族的死敌，杀死了她的父兄，还令她被迫成为债务奴隶。她一生的夙愿，就是报仇雪恨。

很巧的是，那个人也去了东方。我们结伴而行，从意大利到希腊，从希腊到小亚细亚，又到了波斯……她的敌人和我的恋人的踪迹时隐时现。我们在地中海的暴风雨里颠簸，在巴比伦的废墟上徜徉，流浪在叙利亚的沙漠中，又翻越兴都库什山的高耸雪峰……我们肩并肩，手牵手，与海盗作战，和山中怪兽厮杀，力抗波斯和印度大军……

薇娅的故事也没有那么简单，那个杀死她家人的仇敌，其实也是全家被她父亲杀害的桀骜少年，二人恩怨纠葛，爱恨难解。在恒河边上，我们听着佛教徒唱经，恍惚中似乎悟到，彼此都是来自另一个世界的人。来到这苦难的梦境中历劫，是为了另一个世界的生活。然而我心中响起一个声音，不想再回到另一个世界，就想在这里，和薇娅在一起，并肩看着恒河静静流淌……

梦境中的时光看似漫长，实际上是一闪而过的。我终于和塔菲团聚，完成了故事线，从梦中醒来。塔菲有些恍惚，在梦中，她对俊朗不凡的吕布也是欲迎还拒，不过对我万里寻踪去救她，还是十分感动的。只是对梦中牵制住张辽，让我能成功击杀吕布的蒙面人有些疑惑。我告诉她，那只是一个NPC，就糊弄过去了。

我们又去做了一次爱情指数评估，这次爱情指数竟然下降了12%！我做贼心虚，把问题推给了塔菲和吕布的缠绵情缘。有一段时间，我们的关系也冷淡下来，甚至开始约会其他对象。不过，爱神数据没有骗我们，我们仍然是彼此最合适的结婚对象。最后，塔菲放弃了提高爱情指数的想法，开始筹备婚礼。

我也私下找过娑婆世界的客服询问薇娅的事情。他说，梦境中的世界是由系统统一生成，在其中会安排各种各样的故事线，一般来讲故事线不可能交错，不过我和薇娅的故事线非常互补，系统便安排我们成为搭档。

那么薇娅是谁？她和那个仇敌少年是不是也和我们一样，是进行沉浸梦境体验的情侣？客服说，按理来说应该是这种情况，但要知道薇娅的真实身份是不可能的，这是客户的隐私，不可以泄露。

和一般的在线虚拟实境游戏不同，在娑婆世界，人无法提取真实世界的记忆，也就很难留下联系方式。但薇娅的面容和声音，我岂能忘却！虽然只有几小时的梦境，但在梦中，我们出生入死，一起度过了十年的漫长时光，远远胜过我和塔菲的几次短暂相聚。我们有没有互诉衷肠？有没有肌肤之亲？我也曾观看过当时的录像，但梦境中的种种意象模糊而又奇特，几乎无法索解。当时，只看到当我和塔菲相拥时，薇娅在远处望着我，久久伫立。

四

我和塔菲举行了婚礼，像一般人的第一次婚礼一样，隆重而盛大。在虚拟实境中，我的第五代祖父母都出席了，离婚已久的父母带着第四五任的配偶也都来了，他们祝福我们的婚姻能持续五十年——当然，这种可能性不大。

同时，我还在寻找薇娅。并且很意外地得到了她的消息。那是在婚后不久，我重新登录娑婆世界，想重温我们走过的地方。但在我们的分别之处，也就是东海的碣石上，我发现薇娅留下的一卷羊皮纸，在我们走后，它仍然忠实地留在娑婆世界的数据中。薇娅说，她发现要找的那个少年已经穿过了一道神秘的时空门，到了遥远的未来，她会去那里找他，还说也许我们能够在那里再见面。

根据薇娅留下的线索，我在娑婆世界中扶桑的一座神秘神庙里找到了时空门，但却进不去。我退出梦境，询问客服，才明白存在一类高级玩家，他们可以将故事线延伸到娑婆世界的每个子世界中。他们通过时空门可以结束这个世界的故事，进入下一个世界，而且不一定连续进行。他们可以一边在现实世界中生活，一边在一个个梦境中将故事继续下去。

我升级了权限，终于穿过时空门，进入了千年之后的中世纪欧洲，那是一个充满魔法的世界，龙和女巫在天上飞翔。这里的人们传诵着百年前的一场大战，我一听就明白了，是薇娅和她的仇敌少年终于相遇，用绚丽而残酷的魔法交战。少年被薇娅所伤，逃向另一个时空。而我再一次错过了他们。

我一边寻找薇娅，一边继续现实生活。像其他夫妇一样，我和塔菲生了一个孩子，我是说我们各出了一个生殖细胞，被生育中心进行基因重组优化后，在人工子宫中孵化出了一个孩子。成为父亲以后，我忙碌起来，搬去和塔菲一起生活，进入娑婆世界的机会也就少了。只是偶尔去一下，在不同世界之间游览，也不再抱着找到薇娅的希望了。

但终于有一天，在第二次世界大战的硝烟中，我再次见到了她。她穿着中世纪女巫的红袍，用魔法张开光罩，弹开周围的炮火，保护着一群可怜的妇孺，虽然在幻境里，但却充满了真正的勇气和爱心。我也加入战团，帮助她们逃离了德军的魔爪。

薇娅和我相见，十分欢喜。她说那个少年已经堕落成恶魔，化身纳粹，妄图征服世界，必须由她亲自消灭。我与她并肩作战，在梦境中，又是十年过去了。少年一度改悔，又再次堕落，逃向另一个世界。我和薇娅也穿过时空门，约好在下一个世界再见。

虽然醒来后，我仍然不知道薇娅的现实身份，但是我们已经有了默契。果然不久后，我再一次进入娑婆世界，在飞向织女星系的宇宙飞船船头，我再次看到她修长而坚定的身影。

五

塔菲是我的生活伴侣，薇娅是我在另一个世界的爱人。在这个世界，我和塔菲生儿育女，从浓情似火，到彼此冷淡。但在那个世界，我一次又一次度过了漫长的人生，却仍然对薇娅可望而不可即。

我和塔菲的婚姻维持了三十五年——这已经相当长了，等孩子长大上学，我们就和平地分手。我后面没有再结婚，而花了更多时间留在娑婆世界，在一个又一个星球上和薇娅并肩作战，几百年？几千年？时间已经无法计算。

有一次，在一个比地球大二十倍的巨行星上，巨大的重力让我们改造成昆虫大小才能自由活动。薇娅的恶魔少年就躲在那里，但我和薇娅在降落时也失散了，我们两只小虫子，在无边的行星表面，在数不胜数的外星怪物中，艰难地寻找彼此，越过广袤大陆，渡过无尽的冰海，却一次又一次相互错过，几乎花了一千年才找到对方。当我们见面时，薇娅扑到我的怀中，哭泣着说再也不愿和我分开，我也一样泪流满面。

但我忽然愣住，我们一直在寻找的恶魔少年忽然现身。我知道，他才是薇娅真正的爱人。少年却摇了摇头，说出了真正的秘密。

他不是玩家，只是薇娅构想出来的一个形象，一个虚拟角色。薇娅一生经历过许多次恋情，一直在追逐真爱，又找不到真爱，所以设想了这样一个梦境，让自己穿梭在异世界中，和一个永远无法真正在一起的恋人在永久的爱恨交织中做着追逐的游戏，游戏结束的条件就是薇娅找到她的真爱，那时他将说出真相，从此烟消云散。

我幸福又酸楚地挽着薇娅的手，走向时空门。我们要回到现实世界，将爱的故事延续下去。

六

薇娅和我成婚了，最初没有人看好我们，因为薇娅在爱神数据中和我的类型完全不匹配，而且我要大一百多岁。但我们仍然成了幸福的一对。我们生儿育女，悠游世界，在一起整整一百年。

人类的寿命终有尽头，三百岁以后，薇娅渐渐显出老态，而我看起来仍然青春年少。薇娅几次提出要离开我，让我去寻找新的恋情，但我对她的爱依然炽热不改，直到她弥留之际，我还紧紧拉着她的手，身边簇拥着我们的几个孩子，都在哭泣。

你相信现实中存在这样的爱情吗？她问我。

我在泪光中，怔怔地望着她。

在现实世界，她说，有太多性格追求的摩擦，太多生活琐碎的损耗，太多其他人事的诱惑……哪怕这世界已经缔造了乌托邦般的富足生活，可以实现各种梦想，爱情却分外容易凋谢。爱之花似乎只在死亡和绝望中绽放得最为美丽，就像我们那天在竞技场上的对视。

我不明白她要说什么。但是我们经过了考验，度过了幸福的一生啊，我说。

但是，我们真的在一起度过了幸福的一生吗？她问。

一股寒意从我背脊升起。我回想百年种种，仿佛烟云，似有还无。也许这只是我太过伤心而产生的幻觉，但身边孩子们的哭声也渐渐远去，他们叫什么来着？他们真的存在过吗？

薇娅对我露出一个笑容，无论如何，现在我心里知道，如果有另一个世界……我还是想和你……在一起……

她吐出最后一句话，缓缓闭上了眼睛。我哭泣着，吻向她渐渐冷却的双唇。我感到了百年的恩爱，异星的寻觅，宇宙飞船上的重逢，世界大战中的并肩作战……一直到在罗马竞技场上的相遇，一切都在我面前重演，幻化，飞旋……这是爱吗？这不是吗？

但我知道，如果存在另一个世界，我还是愿意和她在一起……

怀着这样的决心,我睁开眼睛——梦境试炼结束了。

81岁的时候,我找到了真爱。通过娑婆世界的这次梦境试炼,我和薇娅在爱神数据的爱情完美度高达99.8%。一个月后,我们举行了盛大的婚礼。父母们祝福我们的婚姻能持续五十年——当然,这种可能性不大。

消失的狐仙大人

...苏 民

小晴不是渴望独自旅行的那类人。她讨厌做攻略，看地图会头疼，不愿意拎太重的行李。当一个人走到稻荷大社深红色的鸟居前时，连她自己都不敢相信。她抹了下汗水，折起手中的日本地图，恨恨地想："袁小齐，没有你，我一个人也能独游日本！"

这本该是两个人的新婚蜜月旅行，却从下飞机的那一刻就争吵不休。先是抵达东京的酒店时发现小齐预订的不是榻榻米而是普通房间；然后在去往秋叶原的路上，小齐带错了路以至于他们白白坐了两小时地铁；在女仆咖啡馆，小齐在女仆裙边流连的目光让小晴直冒火；当小晴在游戏商店门口等进去挑游戏卡带的小齐足足两小时，完美错过了她最想看的巴卫老公（少女漫《元气少女缘结神》的男主角）的专题漫展后，她终于忍无可忍了。

"分手吧！"

跟在小齐身后闷头走过电器街后，小晴终于发出了这条微信。可就在她抬起头想要怒视小齐时，小齐消失了，带着两人共用的移动 WiFi，而小晴没有本地的手机卡。

小晴盯着手机屏幕上好几条"发送失败"的微信，不确定小齐到底有没有收到。她愣愣地待在原地等了一小时，也没有等到小齐回来找她。

一辆警车、一辆救护车"乌拉乌拉"地驶过，要报警吗？像个傻瓜一样。自己买机票回国吗？浪费好不容易请下来的假。她翻了翻背包，包里有身份证、信用卡、便携装的护肤品、小齐从游戏商店出来后硬塞进她包里的卡带，还有一张小齐做攻略时用的日本地图，上面画出了东京、富士山、箱根、京都的几个景点。于是，她做出了一个人继续旅行的决定。

小晴跟着长长的游客队伍登上了著名的鸟居走廊。深浅不一的红色鸟居组成一道幽幽的长廊，悠远又神秘。她举起手机想要拍照，却等不到一个没有游客人头的镜头。她看了一眼黑掉的 WiFi 标识，放下了手机。罢了，反正也发不了朋友圈。

她本可以买一张带流量的手机卡，但她懒得去找卖手机卡的便利店，成心让自己陷入与世隔绝的状态里。这或许是因为，这样她就不用知道，小齐到底有没有同意分手。

"难得没有任何人打扰，我应该享受这种状态，去人少的地方吧。"

这么想着，小晴不知不觉走到了供奉各路神明的山野路上。寂静的林间飞起一群渡鸦，它们用翅膀拍打着十月清冷的空气，小晴打了个哆嗦。一个摆着一排青色陶瓷狐狸的祭坛引起了小晴的注意。她走到牌位前，认不出到底是什么神，但也双手合十，低声许了一个愿，然后学着动漫里的样子，击了两下掌，摇了摇那根陈旧不堪的铃铛绳索。

"叮铃铃"的铃声清脆悦耳。

一缕青烟从牌位上方升起，化成了一个身穿和服，披着银色长发，头顶犬类耳朵的少年。小晴呆住了，她想，自己一定是卧倒在石阶上睡着了，才会梦见巴卫跳出来。

"巴——巴卫？是因为错过了你的展览，所以我才不甘心地梦到了你吗？"

狐狸少年转了一下清澈的眼珠，发出一声明朗的笑声，"哈哈哈，我知道你说的是巴卫的动漫。不过我是本地的狐仙啦。而且——"他俊美的脸庞逼近小晴，"你不是在做梦。"

小晴紧张得屏住了呼吸，心跳漏跳了一拍。他完美的脸上没有半点毛孔，俏皮的表情那么生动。

"还不信我吗？"狐狸少年又说道，"我可知道你许的愿望喔，是不是——希望小齐回来找我。"

小晴惊讶地睁圆了眼。她张望了一下又暗下去的苍翠山野，只听见虫鸣声，不见半个人影。游客的声音从山的另一面传过来，遥远得像来自另一个世界。眼前的狐狸少年是不是真的狐仙，这又有什么关系呢。

"好，我相信你，狐仙大人。"小晴一脸认真，"可是，为什么是我呢？"

"哎呀，好吧，好吧，实话告诉你，"狐狸少年面露窘色，"因为你刚才许的愿望，我实现不了，所以只好亲自出来啦！"

小晴望着狐狸少年，睁圆了眼睛，"喔……还有这种设定……不对！"她转眼又变得恼火起来，"小齐这个混蛋，他凭什么不能过来找我，明明是他有错在先，就不能跟我道个歉，哄哄我！"

狐仙少年发出一声轻笑，打断了小晴怒气冲天的抱怨："由我陪你，你觉得如何？一个人出门旅行遇到狐仙做伴，可不是谁都能有的待遇喔！"

小晴呆呆地点了点头，"你真的可以陪我一起旅行吗？"

"当然啦，不过，你得给我买吃的。"他指了指山脚下支起黄灯笼的烧烤摊。

"嗯嗯，没问题。"

天已经黑得看不清树叶的轮廓了，两人慢慢朝黄灯笼走去。那位狐仙双手抱着后脑勺，漫不经心地跟在她身后，像个刚起床的慵懒少年。他光脚穿着木屐，一下一下踏在石阶上，却悄然无声。

小晴买了两串鸡肉大葱烤串，递给狐仙，烤串却穿透了他的肩膀，像穿过一片雾。

"笨蛋，我没有实体啦，现在的情况是我附在你身上，你得替我吃，明白吗？"狐仙不耐烦地说道。

"嗯嗯，明白。"

小晴卖力地吃起了烤串。肉香激发出的食欲，一时让小晴满嘴口水。下肚的食物暖暖的，她越发感到四肢的冰凉和虚弱。她这才想起来，自从和小齐分开，她就几乎没吃过什么东西。

狐仙嚷嚷着还要吃，直到小晴肚子滚圆，他才一脸满足地说吃饱了。

被神附身也不是一件容易的事，小晴想，一个月的减脂餐算是白吃了。

天已经完全黑了，游人也少了很多，一个矮壮的中年男人向他们走来，竟然说出了中文："姑娘，住旅馆吗？我带你下山去。"说着伸手去拉小晴的胳膊。

"走开，不住！"小晴恶心地直甩手，却甩不开。一旁的狐仙突然变了脸，一张美少年的脸转眼变成了一个渗着血的骷髅怪。中年男人吓坏了，撒下小晴自己奔下山去了。

"我知道一个很不错的旅馆，我带你去。"狐仙少年说道。

小晴跟着他往山下走去。夜色里，狐仙发出一点微蓝的荧光，像个人形路灯一样，使小晴不至于跟丢。可惜不能触碰，小晴想，"触碰到的话，也许是凉凉的。"

接下来的几天，她就这样跟着狐仙走。白天的时候，他的颜色略微惨白，就像太阳光下的手机屏幕。于是，他便把自己变得几近透明，逃了好几次门票。在奈良公园的绿色树丛里，他脸上也映出苍翠的颜色；在富士山的时候，他的皮肤白得耀眼，几乎要与冰雪融为一体了。在水汽氤氲的箱根时，他的轮廓线被湿润的空气浸得有点儿模糊，她禁不住担心他会不会蒸发掉。他哈哈大笑，"身为神仙的我怎么可能那么轻易消失呢！"不过在小晴看来，他身上最像神仙的地方，莫过于他仿佛自带GPS外加五个大众点评般的神奇能力，总能找到水质最好的温泉旅馆，或者三文鱼最新鲜的居酒屋。

"你怎么知道我喜欢吃三文鱼？"小晴笑得眯起了眼。

他仍是哈哈大笑，说："我可是神仙啊，当然知道了！"

小晴日本之旅的最后一晚在京都（因为之前小齐买的回程机票是从京都起飞的。和小齐走散后，小晴毫无计划地先去了京都，白白浪费了好多钱），狐仙说，既然又回了京都，就带她去祇园吃一兰拉面吧。

祇园的街道很宽，每个店铺门口都挂着红灯笼，用黑色毛笔写着招牌，安宁祥和又不失烟火气。他们远远地就看到一兰拉面的招牌和它门口慕名而来的食客长队。狐仙让小晴自己排队，他等会儿偷偷溜进去，"你也正好体会一下一兰拉面'一人食'的特色哟。"

小晴在自动叛卖机前买了食券，然后站在长队后面等待着。等了快一个小时，终于被服务员引进店里。这里全是长条形的吧台，但不是普通的吧台，这里的吧台每个座位都用薄木板隔成一个个独立的小空间。小晴被引到其中一个小隔间坐下，服务员从桌子前面递过来一张单子，是勾选拉面种类和配料的。勾完后，服务员利落地收走了单子，不久就端上来一大碗拉面，紧接着，服务员从上方拉下一张竹帘，"哗"地盖在了小晴桌面的前方。小晴一时呆住了，她从未去过这样的餐厅，仿佛坐在大学时自习的格子间里，完完全全是一个人的空间，而从进店到端上面，她未与服务员交谈过一句。她觉得有点儿压抑，随后无所顾忌地舒了一口气，吃起面来。

"哇哇，怎么样？好吃吗？"

狐仙不知何时溜了进来，正挤在小晴边上。因为空间小，他让自己贴在隔间的墙壁上，乍看仿佛墙上的一面电子显示屏幕。

"嗯，好吃，汤味道很好！"小晴说道。

"这几天的旅行，你开心吗？"

小晴含着面条，口齿不清地应道："开心啊！"

"那你愿意放弃你的愿望了吗？"

小晴被他突然转向的话题弄晕了："什么？"

"想要小齐回来找你的愿望，愿意放弃了吗？"狐仙的声音突然变得沉重起来，"因为我无法帮你达成这个愿望，所以只能尽可能让你开心。"

"怎么会达不成呢，你不是神仙吗？"她停止了咀嚼。

"即使是真的神仙，也没有起死回生的能力呀。"

她抬起头，茫然地盯着墙上的狐仙，"你在说什么啊？什么死不死的。"

"对不起，我的时间快到了……虽然你很不愿意面对现实，但是，小齐已经死了。"

墙上，狐仙的脸消失了，取而代之的是一个网页界面，上面播放着一则新闻："一名中国游客在秋叶原发生车祸，当场死亡。"

一些不愿回忆的画面进入她的脑海。小齐从游戏商店出来，笑嘻嘻地往她包里塞刚买的卡带，等了两个小时的她很生气，于是两人站在路口吵了一架。她一面编辑分手信息，一面气鼓鼓地推开走过来拥抱自己的小齐。小齐一个趔趄没站稳，向马路中间倒去。一辆大卡车正好开过来，宽大的车头顶住了小齐的身体，向前推出很远。越来越多的人围了过来，救护车也来了。她却站在原地，站在纷杂的人群里，等待着小齐回来找自己，看着交通灯变红又变绿，又变红。

新闻网页消失了，随即被闪动的蓝色条纹覆盖。"我呢，不是狐仙，是小齐购买的全息投影二次元人物陪伴服务，服务时间是5天，服务对象是你。我的任务是让服务对象开心。"

她站在那儿等小齐的时候想：如果她是一个日本上班族，就得无数次在下班回家的路上像这样无奈地停下来等红灯，带着工作一天后的疲惫，连说话的力气都没有。这个时候，最适合的，莫过于吃一碗一兰拉面了。她可以任由自己面无表情地走进一兰拉面，不用说一句话，不用和任何人客套，坐在只有自己的小隔间里，安静地吃一碗面，让面食与热汤尽情地抚慰抽搐的胃。

墙壁屏幕上出现了一个评分界面，声音变得僵硬冰冷，"本次的全息投影二次元人物陪伴服务结束了，请问您对我的服务还满意吗？ A．满意，B．一般，C．不满意。请您选择。"

她喝光了最后一口汤，放下碗，温热的眼泪汹涌而出。